JN311873

迎撃せよ

福田和代

角川文庫
18252

目次

- プロローグ ... 五
- 1 予兆 ... 一二
- 2 奪取 ... 三六
- 3 離脱 ... 六六
- 4 追跡 ... 九四
- 5 波濤 ... 一三五
- 6 迷鳥 ... 一八四
- 7 計略 ... 二一〇
- 8 破邪 ... 二四〇
- 9 混沌 ... 二七〇
- 10 霹靂 ... 二九八
- 11 反撃 ... 三三五
- 12 転変 ... 三五四
- 13 迎撃 ... 三八三
- エピローグ ... 三九三
- あとがき ... 四〇一

プロローグ

波、また波だ。

見渡す限り、海しか見えない。

じりじりと照りつける陽射しがまぶしくて、手のひらをかざしながら横山《よこやま》は目を細めた。すっかり日焼けした腕には、先日ジョホールの港で作ったすり傷が白く残っている。潮風にあおられたシャツが、汗でべたついて気持ちが悪かった。もうじき六十五歳という年齢になって、こんな体験をする羽目になるとは思わなかった。

大型タグボートの甲板は、かき分けて進む波と、正確で力強いエンジンの振動とを横山の足に伝えている。

潮の香りにすっかり慣れて、今では船室に入って海風から遮断されると物足りない気分がするほどだった。甲板の上をくるりと舞うカモメを追いかけ、身体を回してボートの後方に向くと、そこには見慣れた光景があった。

船尾から、両手ひと抱えほどもある太い曳航索《えいこうさく》が二本、海に向かって伸びている。さらにその向こうには、海に浮かぶ巨大な白い鋼板――

それは突如として海上に現れた、鋼鉄の土地だった。

幅六十メートル、長さ三百メートルの超大型浮体式構造物《メガフロート》が、二隻のタグボートに曳航されている。もう一隻のタグボートは、数百メートル左側に並んで走っている。まるで、群青色の海に浮かぶ白いクジラと、その前を露払いのようにひた走る二頭のイルカのようだ。それほどサイズに差があった。このタグボートだって、二百トンを超えるそれなりに大きな船なのだ。

――まったく、人間ってのは時にとんでもないものをこしらえる。

それが横山の飾り気のない感想だった。

横山は数年前に造船技師として神戸の造船所で定年を迎えた。今はその技術を東南アジアの国々に伝えるため、シニアボランティアとして活躍している。

マレーシアのジョホールで、メガフロートを建造する技師を探していると言われた時には、初めて訪れる国への興味も手伝って、わくわくしたものだ。メガフロートは、船殻と同じ構造をしている。造船技師としての横山の経験が、存分に生かせる仕事だった。

中国の福州に納品されるメガフロートを建造し、ようやく完成した納品物を、ひと月かけてマレーシアから中国まで曳航していく。建造の仕事を終えた横山が、曳航船に乗りたいと申し出たのは、ほとんど時間を気にせずにいられる定年後の気楽な身分と、もの好きな性格のためだ。

妻は横山が定年退職した後すぐに、ほっとしたように亡くなり、ふたりの息子はとうに独立して家庭を築いている。ひとり暮らしの神戸のマンションに、急いで戻る必要はない。

ただし、孫の誕生日までには、日本に戻らなければならない。六月に五歳になる孫の悠太《ゆうた》は、大の船好きだ。赤ん坊の時から、横山が意図的に船のおもちゃを買い与えておいたせいかもしれない。誕生日祝いには、日本郵船の氷川《ひかわ》丸を七百分の一スケールにしたプラモデルを用意しておいた。悠太の喜ぶ顔を想像すると、楽しみでならない。

ジョホールで建造したメガフロートは四枚だった。横山たちの前に二枚、後ろに一枚。同じように曳航され、南シナ海の南沙《なんさ》諸島沖を北上しているはずだ。残念ながら、ここから他のメガフロートは見えない。

中国は、メガフロートを福州に運んで港湾建設に利用するという話だった。メガフロートは埋め立てよりも費用が安く、地震にも強いということで、世界中で注目を浴びている。港湾、飛行場、遊園地など、さまざまに利用され始めている構造物だ。そう言えば、少し前に中国軍の元高官が、南シナ海にメガフロートを利用して大型艦艇が停泊できる港湾施設を作るべきだと発言し、海外からも注目を浴びたことを思い出した。

運ばれたメガフロートは、あらかじめ杭《くい》で設置されたドルフィンと呼ばれる構造物に係留される。四枚のメガフロートを係留すると、ざっと七万二千平米の土地ができるわけだ。

ふと、かすかなローター音が聞こえたような気がした。

――気のせいかな。

横山は雲ひとつない青空を見上げ、異物を探した。見当たらない。カモメすら、どこかに消えたようだ。

ローター音。

今度ははっきり聞こえた。ひとつではなかった。わずかに重なるような、二機のヘリコプターのローター音。

最初は点のように見えたヘリコプターが、みるみるうちにその姿を現した。一機はこちらに、もう一機は向こうのタグボートに近づいていく。

――こっちに来るようだな。

ヘリは前方、すなわち北の方角から来た。高度は低い。明るい陽光の中で、不吉なほど黒い軍用輸送ヘリだった。横山は思わず甲板を後じさった。正確なローター音を響かせながらこちらに近づいてくるヘリコプターは、何かの固い意志を秘めているようだった。操舵《そうだ》室の窓越しに、船長も身をかがめてヘリの様子を窺《うかが》っているのが見えた。ヘリはほとんどタグボートの真上にまで来ていた。それ以上高度を下げる気配はない。ホバリングで位置を保っている。

――まずいぞ。

わけがわからぬまま、横山は腋《わき》に冷たい汗を感じた。危険を察知するアンテナが、さっきからぶるぶると震えている。誰かがヘリの中からロープを放った。甲板めがけてまっすぐに垂れた、くもの糸のようだ。横山は船室に逃げようとした。あれは不吉だ。自分たちに災いをもたらすものだ。

黒い影がロープをすべり降りてくる。一瞬でヘリを蹴《け》り、身体をロープの周囲でくるりと回転させながら甲板に垂直降下。しなやかで野生動物めいた動作にはわずかな隙もない。ヘッドセットを装着し、黒ずくめの服装。黒い目だし帽をかぶり、マシンガンをぴたりと構えて武装している。精悍《せいかん》な体つきだ。前にテレビでこんな光景を見たことがあった。海上保安庁が、不審船に乗り込んでいく時には確かこんな風に――

「ちがう！」

横山はとっさに両腕を上げて振り、日本語で叫んだ。

「これは不審船じゃない！　マレーシア船籍の船だ。中国にあいつを引いて行くんだ！」

横山はメガフロートを指差した。

ニットの目だし帽から覗《のぞ》いた目が、ふと笑ったような気がした。

腹が熱い、と感じたのと、軽い連射音を聞いたのは、ほとんど同時だった。撃たれても衝撃は受けなかったが、一瞬で足から力が抜けてその場に崩れ落ちた。

唇から息がひゅうひゅうと漏れている。かろうじて動く右手を持ち上げ、Tシャツの胸のあたりを探った。温かい液体が指先に触れた。鼻につんとくる金臭い匂い。左手は動かない。どこか神経をやられたのかもしれない。

黒ずくめの男が、ヘッドセットのマイクに向かって何かをささやく。ロープが、さっと引き揚げられた。高度を上げて離れていく。ヘリは二機いた。きっと向こうのタグボートも、同じようにやられたのだ。

まさか。この連中は、四枚のメガフロートを、二機のヘリで順番に襲撃しているのだろうか。

彼らの目的は、メガフロートなのか。

「おまえ、日本人か」

ややたどたどしいが日本語だった。気づくと男がマシンガンの銃口をこちらに向けていた。

口元は隠れているが、唯一覗いている目が、皮肉に笑ったような気がした。

とどめは刺さず、男が急ぎ足で操舵室に向かった。横山から興味を失ったようだった。奇妙なほど軽い掃射音が聞こえた。船長のモハメドと思《おぼ》しき唸《うな》り声が聞こえたが、それきりだった。悲鳴すら上げなかった。それは——誇るべきことなのだろうか。

甲板が傾く。

タグボートが針路を変えようとしている。それに導かれるまま、メガフロートもゆっくりと進む方向を変える。

——どこに連れていくつもりだ。

視界がかすむ。とどめを刺されなくとも、自分の命がもうじき尽きようとしていることを、横山は静かに悟った。

1　予兆

四月十二日（月）〇九〇〇　大湊分屯基地レーダーサイト

ひどく耳障りな電子音が、室内に鳴り響いた。竹村《たけむら》一等空尉は、書類作成のためにパソコンのキーボードをたたく手を止めた。

「どこだ、故障箇所は」

コンソールを確認している飯吉《いいよし》二等空曹の肩越しに画面を覗きこむ。飯吉が冷静な表情でアラームを止める。

平成十一年度から開発され、平成二十年度から配備された警戒管制レーダー、FPS—5は、青森県大湊《おおみなと》、新潟県佐渡島《さどがしま》、鹿児島県下甑島《しもこしきじま》、沖縄県与座岳《よざだけ》の四か所で運用されている。

彼らが詰めているのは、大湊にあるレーダーサイトの制御室だった。窓から外を覗くと、FPS—5が見える。

七階建てのビルほどの高さを持つ三角柱の側面に、亀の甲羅のようなドームを三つ貼り付けた形をした、FPS—5。

弾道ミサイル防衛《BMD》システムの、巨大な「目」の役割を担うレーダーだ。竹村たちの班は、その「目」が百パーセントの力を発揮できるよう、レーダーの保守・整備を行っている。

「ここですね」

遠隔操作のモニターに、故障箇所を表示する。ちかちかと赤く瞬いているモニター上をペンでつつき、飯吉が振り返った。

「このままの状態でも、稼働できます。モジュール交換は後日でもいいと考えますが」

FPS—5の内部には、何千という空中線処理や信号処理のモジュールが収められている。何しろ数が多いので、たまにモジュールが故障するが、ひとつ故障したところでレーダー全体の稼働にほとんど影響はない。

竹村はちょっと唸った。レーダーメンテナンスを十年以上担当する、ベテランの飯吉がそう進言するには理由がある。大湊の第四十二警戒群を含む部隊は、ミサイル防衛の警戒真っただ中にいる。「北」のミサイル発射台にミサイルが載せられて二週間。モジュール交換中もレーダーは稼働し続けるが、人手がとられるので制御室が手薄になるのを嫌ったのだ。

先日も、ミサイルの発射は四月の二十日前後という観測レポートが上から回ってきたところだった。通常なら「北」は発射の前に関係各国に対し通告を行う。現在までのところ、それも行われていない。

「今のうちに交換したほうがいいな。二十日までにまた故障モジュールが出るかもしれない」

いざという時に故障で動きませんでしたでは、始末が悪い。

「了解」

飯吉が立ち上がりながら、作業用のジャンパーを羽織った。ちらちらとこちらを気にしていた二等空士をひとり連れて、モジュール交換に駆けていく。

「これは、訓練ではありません——か」

竹村は、ディスプレイのひとつに映ったレーダー画面を見ながら、小声で呟《つぶや》いた。

一一〇〇　陸上自衛隊市ヶ谷駐屯地

これでもう、二週間以上だった。

美作《みまさか》二等空尉は、スリーピング・レストカーから外に出て、大きく伸びをした。まったく、毎度のことながら、じらしやがる。

強い風が髪を乱す。午後から雨になるかもしれないという予報だった。訓練で身体を慣らしているとはいえ、長ければひと月にもわたる待機状態というのは、精神衛生上あまり良くない。

美作が所属するのは、入間《いるま》基地の第四高射隊だ。ペトリオット・システム――最近はＰＡＣ―３と呼ばれることの多い防御システムを抱えて、埼玉県の入間基地から市ヶ谷駐屯地に出張ってきたのが、三月二十六日。それから二週間半になる。上からの情報によると、あと一週間はミサイルの発射はないと予測されているらしい。

水や食料などの物資は、陸上自衛隊の支援を受けられるが、それにしても三週間じっとミサイルを待ちつづけ、その間集中力を持続するのは、仕事とはいえなかなか厳しいものがある。

美作は、駐屯地の運動場に整然と並んだＰＡＣ―３の部隊を見回した。

彼らの部隊が抱えるＰＡＣ―３とは、弾道ミサイルを大気圏再突入後の下層で迎撃するための、ミサイルシステムだ。

一個高射隊の編成は、レーダー画面を見ながら射撃等の指令を行う射撃管制装置《ECS》、目標の捜索、追尾、ミサイル誘導等を行うレーダーセット、射撃管制装置と発射機間の通信を行うアンテナマストグループ、それらに電源を供給するいわば小型火力発電所の電源カー《EPP》、そして五台のミサイル発射装置《ランチャー》からなる。うち二台のランチャーをBMD対応化して、PAC―3ミサイルを搭載できるようにしたのだった。このPAC―3の一ユニットに、整備用のスモールリペアカーや、食堂車、二十四人が寝泊まりできるスリーピング・レストカー、ユーティリティカーなど機材一式揃えて、およそ六十名の隊員がこの場で待機している。

自分たちは、万が一ミサイルが本当に日本に向けて発射された場合、防衛線をくぐり抜けたミサイルを最後の最後にキャッチする、ゴールキーパーの役割を果たすのだ。

もうじき交替の時刻が来る。指揮車に入り、レーダーから送られてくる画面を監視し続ける役目だ。

――さっさと終わらせてくれないかな。

不謹慎だと思いつつ、そう願わずにいられなかった。早く自宅に戻り、熱い風呂《ふろ》をのびのび浴びて、新婚の妻の美味《うま》い食事にありつきたい。

美作はうんと背伸びをして深呼吸した。かすかに雨の匂いがした。

一四〇〇　航空自衛隊府中基地

エレベーターのドアが閉まった。

他に乗員はない。あっと思った瞬間に下降が始まり、身体が宙に浮くような気分がした。

――最悪だ。

動悸《どうき》が激しくなる。腋《わき》の下に冷たい汗が流れた。たった五階下。そこに降りるだけの時間が我慢できないほど、気分が悪い。めまいがする。わけもなく不安にかられる。――いつもの発作だと自分に言い聞かせて、ぎゅっと目を閉じた。

　地下三階のフロアでドアが開くと、安濃将文《あのうまさふみ》一等空尉は、凍りついた足を引きずるようにエレベーターから降りた。

　関係者以外は厳重に立ち入りを禁止されているフロアだ。

　最悪だと感じたことは今までに何度でもあるが、臆病風《おくびょうかぜ》に吹かれていると感じることほど、辛《つら》いことはない。

　エレベーターを待っていたらしい泊里《とまり》一等空尉と目が合った。泊里の人懐こい丸顔に、軽いショックが浮かぶのがわかった。さぞかし自分は死人のような顔色をしているのだろう。

「どうした安濃」

　背中を支えようとするのを、手のひらで制した。相手が泊里で良かった、とも思った。

「何でもない」

　彼らは、奈良基地にある航空自衛隊幹部候補生学校の同期だった。泊里は九州、安濃は関西出身だが、一般の大学を卒業して自衛隊に入ったところは同じで、何かにつけて話が合う。

　妻の紗代《さよ》が娘を連れて実家に帰ったことは、何かの折に話してあった。色々と気遣ってくれているのだ。その泊里が相手でも、さすがに身体の不調までは話せなかった。

「疲れてるんじゃないのか」

　同期の気安さで尋ねる泊里に、安濃は強情に首を横に振った。エレベーターを出て、しっかりした足元を踏みしめると、嘘のように動悸と恐怖心が消えていく。もう大丈夫。さっきは軽いパニックを起こしただけだ。職場のエレベーターで起きたのは初めてだったので、自分でもよけいに驚いただけだ。

「大丈夫だ」

「こんな時におまえが倒れでもしたら、よけいに迷惑だ」

安濃は口元に苦笑を浮かべた。

「いいな。邪魔にならないように、なるべく休めよ」

泊里が憎まれ口をきき、軽く右手を上げてエレベーターに乗り込んだ。言われなくてもわかっている。

およそ三週間前、在日米軍司令部を通じて、北方にある某国がミサイル発射準備を進めているとの連絡が入った。「北」のミサイル発射は、数年に一度の割合で起きる。受ける側も慣れたものだ。

——またかよ。

というのが、安濃の正直な感想だった。

直後の三月二十三日、浅間《あさま》和敏《かずとし》防衛大臣より、ミサイル防衛統合任務部隊《JTF-BMD》の編成が発令された。

翌日には、陸・海・空の各自衛隊にまたがり、ミサイル防衛の任に当たる部隊が編成された。防衛大臣の指揮下に、ＢＭＤ統合任務部隊指揮官を始めとする自衛隊員が組み入れられている。その数ざっと七千名。

ちなみに、ＢＭＤ統合任務部隊指揮官は、航空自衛隊の航空総隊司令官が兼務している。

安濃は、航空総隊司令部の航空作戦管制所に所属しているため、そのままBMD作戦統制所に組み込まれていた。

——部隊の編成が、もう少し遅くなっていたら。

清潔でクールな白い廊下を作戦統制所に急ぎながら、安濃は未練がましくその思いを引きずっていた。安濃の鞄《かばん》には、日付未記入の退職願が入ったままになっている。三月二十三日に、上官に提出するつもりで持参した。その当日に、大臣命令が出たのだ。とても切り出すことができず、鞄に入れたままずるずると三週間が経過してしまった。

——辞めたい。

こんな気分のまま、ミサイル防衛の任につくことになるとは思わなかった。自分にとっても、周囲にとっても不幸だ。

IDカードをリーダーに通し、自動ドアが開くのを待った。とたんに、耳に流れ込むかすかな電子音。ひそやかな会話。レーダーを見るため照明はやや薄暗く設定している。作戦統制所の中は、さながらひんやりした金魚鉢の中のようだ。

この金魚鉢の中で、航空自衛隊が誇る、JADGE《ジャッジ》システムを操作している。JADGEシステムは、各種のレーダーから情報を受信し、ミサイルの位置や着弾予測地点を計算し、イージス艦やPAC—3などの迎撃装置に対して情報を伝達する。ひとことで言えば、ミサイル防衛の頭脳だ。安濃は、各地のレーダーと接続しているオペレーター卓を、ざっと眺めた。何も起きない限りは静かなものだ。

「安濃一尉」

遠野真樹《とおのまき》二尉が、卓から離れてこちらに近づいてくるのが見えた。安濃が席を外す間、彼女に指揮所運用隊の指揮を任せたのだ。

指揮所運用隊長の沢島《さわしま》二等空佐は、今日は非番だった。沢島がいない日は、安濃が指揮所運用隊の実質的な指揮を執る。

「一四二〇《ヒトヨンフタマル》、異状ありません」

真樹は肩に力の入った声で報告すると、かっちりとした礼をした。日焼けした肌に、化粧気はない。身長は百六十程度でそれほど高くないのに、紺の制服を着た姿がすらりとして見えるのは、とびきり姿勢がいいからだろう。二十六歳。一般的な美人の基準に照らすと、顔立ちも体格も男勝りに過ぎるかもしれない。ただ、手の指は、長くしなやかだった。

この手でピストルを握ると、国内で並ぶものがない。次のオリンピック出場は間違いないとの下馬評だ。

「ご苦労」安濃は軽く頷《うなず》き、自席に腰掛けた。

午後二時過ぎ。八時間で交替だから、午後四時になれば次のクルーと交替する。今日も何事もなく、無事に過ぎてくれるといい。

安濃は作戦統制所に設置された、レーダーの表示画面を見守った。レーダーは全部で十一基。青森県大湊を始めとする四か所に設置された、最新鋭のFPS―5。亀の甲羅を連想させるお椀《わん》型のドームが付いているため、マスコミに通称「ガメラ・レーダー」と呼ばれている国産レーダーだ。

それからFPS―3の能力を向上させた、FPS―3改が北海道当別《とうべつ》などに七基。それら全てのレーダーの情報が、ここ航空自衛隊府中基地の、作戦統制所にほぼリアルタイムに収集される。レーダー一台にオペレーターがひとりついて、二十四時間監視態勢をとっているのだ。

　平成十年からプロジェクト・チームを発足させ、およそ十年の歳月をかけて完成させた日本の弾道ミサイル防衛の要――JADGEシステム。安濃が所属する部隊は、そのオペレーティングを担当している。

「最近調子はどうだ?」

　オペレーターの邪魔にならないよう、隣に立つ真樹にそっと声をかけた。

　遠野真樹は今年の一月に配属されたばかりの新人だった。大学を卒業して幹部候補生学校に入り、四十週にわたる教育訓練課程を受講したところまでは安濃や泊里たちと同じだ。真樹が彼らと少し異なるのは、幹部候補生学校時代に早々と射撃の腕前で頭角を現したことだった。航空自衛隊の幹部候補生学校を卒業すると、三等空尉として部隊に配属される。真樹は奈良基地にある幹部候補生学校から、入間を経て府中にやってきた。

　環境の変化が、優秀な新人を潰《つぶ》してはいけない。

「――特に変わりはありません」

　何と答えたものか迷うように、真樹が慎重に言葉を選ぶのがわかった。今どきの若い娘にしてはえらく硬いな、とある意味ちょっと感心する。ここに来て三か月以上になるが、まだ完全には馴染《なじ》んでいない。

　退官するなら、安濃は彼女に自分の仕事の全てを教え込んでいかなければいけないだろう。安濃の後は、同じ一尉クラスが引き継ぐだろうが、彼女はその補佐として、立派に仕事をこなしていかなければいけないのだ。でなければ、安心して退職できない。

——ミサイルが発射されて、状況が落ち着けば。

ようやく上官と退職の相談ができるようになる。待ち遠しい。

「北」の工場から発射基地に向けて輸送される長距離弾道ミサイルを米国の衛星が撮影したのは、三月二十二日のことだった。ここ数年の発射においては、「北」の政府から国際機関に対して、衛星打ち上げやミサイル発射試験の実施予定を発表していたが、今回に関してはまだそれがない。

二十三日からおよそ三日かけて、液体燃料がミサイルに注入される様子を、やはり米国の衛星が捉《とら》えた。液体燃料は酸化するため、一度注入してしまうと、使用できる期間は限られる。

——過去の経験から考えると、燃料注入後およそ一か月で発射か。

油断と勝手な憶測は禁物だが、今回も四月二十日前後に発射するのではないかというのが、大方の予想だ。まだ、少し早い。

「北」のミサイル発射は、天候に左右されると言われている。晴天で、風向きや風速、気温などの条件が最適な状況を狙って発射するのだ。そういう意味でも、風が強く雨模様の今日は、ミサイル発射日和ではなかった。

安濃は時計を見た。

交替まで残り一時間半。

長いな、と思った瞬間だった。

突然、何の前触れもなく、不吉なサイレンが唸《うな》り始めた。

いきなり冷たい手で心臓を摑《つか》まれたような気がした。

「早期警戒情報《SEW》入感！」

真樹が一瞬何をすべきか見失ったように、立ち尽くしている。初めてでは無理もない。

内線電話が鳴った。そちらに手を伸ばす。

「安濃です」

『堂内《どうない》だ』

重い声を耳にし、安濃は思わず立ち上がった。相手はＢＭＤ作戦指揮所の二等空佐だ。

『一四四〇《ヒトヨンヨンマル》、米軍の早期警戒衛星がミサイル発射を探知した。今、詳細をシステムに入力中』

ついに来たか。

「了解。一四四〇、米軍の早期警戒衛星がミサイル発射を探知」

隣の真樹にも緊張が走る。同時に、凍りついた身体が動くようになったらしい。安濃は受話器を置き、ヘッドセットを装着する。真樹もそれに倣った。作戦統制所と作戦指揮所の会話が耳に流れ込んでくる。オペレーターは常時ヘッドセットを装着し、関係各部署と交信している。ＦＰＳ―５レーダーの卓に急いだ。

米軍の早期警戒衛星がミサイル発射を探知すると、在日米軍司令部から市ヶ谷の防衛省地下にある統合幕僚総合オペレーションルームと、府中のＢＭＤ作戦指揮所とに情報が伝達される。今ごろ、中央指揮所と首相官邸の危機管理センターも沸騰したような大騒ぎになっていることだろう。

新潟県佐渡島にあるＦＰＳ―５のオペレーターの声が飛び込んできた。

「一四四〇、ミサイル発射を探知！」

ＦＰＳ―５レーダーは、レーダーを中心とする扇形の電子の網を目的方向に張りめぐらせるフェンス・サーチ・ビームで、広い範囲を捜索してミサイル発射を探知する。探知すると、その位置、速度、方向と弾数などをＪＡＤＧＥシステムに自動的に伝達するのだ。

「大湊も探知！」

青森県大湊のＦＰＳ―５も、ミサイルを捉えたらしい。佐渡島と大湊のレーダーは、探索可能域が重なっている。

画面上に、ＦＰＳ―５が捉えたミサイルの情報が表示された。米軍の早期警戒衛星からの情報も、ほぼ同時に画面に載った。ミサイルをキャッチしたＦＰＳ―５は、引き続きトラッキング・ビームによりミサイルの追尾を行う。これらの情報は、ＪＡＤＧＥシステムから自動的に七基のＦＰＳ―３改に対しても伝送され、ＦＰＳ―３改は既にミサイルの追尾態勢に入っている。

人間の目や思考速度では、とても追いつかない。コンピュータだからこそ可能な速度だった。

これからの戦争は電子戦だ。

「どうだ、同じか！」

「同じ航跡です！」

照合を終えたオペレーターが叫ぶ。

ＪＡＤＧＥシステムは、複数のレーダーが取得したミサイルに関する情報を利用し、着弾予測地点を算出する。

今回、「北」が準備しているミサイルは、射程約六千キロメートルに及ぶ長距離弾道ミサイルであることがわかっていた。一段めに新型ブースターを使用し、ブースト段階が終了する高度およそ五百キロ地点において、ブースターを切り離す。弾道ミサイルはそのまま高度一千キロメートルを超える放物線を描いて飛翔《ひしょう》する。ブースト完了時点の位置や速度、方向などの情報から、最終的な着弾予測地点の割り出しが可能になるのだ。

「ブースター、切り離しました！」

発射後七分。

レーダー画面に、ミサイル本体と切り離されたブースターとが別の光点となって表示された。JADGEシステムのレーダー画面や、計算結果などは上部フロアにある作戦指揮所でも同じものが表示されているはずだ。

「ブースター、着水！」

「すぐ日本を飛び越すぞ」

安濃はレーダーの画面を睨《にら》みながら呟《つぶや》いた。JADGEシステムの計算結果を見るまでもない。ミサイルは東北地方のはるか上空を飛び越え、太平洋のどこかに落ちる。迎撃の必要はないので、引き続きミサイルを追尾するだけだ。

「着弾予測地点、出ました！」

「メイン画面に映せ」

画面の映像が変わり、極東を中心として太平洋の一部までを含む地図が表示された。赤く輝く光線が、予測されるミサイルの弾道だ。

「着弾予測地点、日本の東約三千キロの太平洋上です」

この情報は、太平洋上で待機するイージス艦「きりしま」にも、JADGEシステムが即時に伝送している。着弾予測地点から迎撃に最適な兵器の組み合わせを割り出し、選択された兵器に対して自動的に目標の情報を伝達するのだ。

電話が鳴った。真樹が真剣な面持ちで受話器を取った。

「司令部からです」

安濃が電話に出ると、堂内だった。

『迎撃は不要だ。ミサイル追尾に徹してくれ』

「了解。今後は『きりしま』に追尾させます」

オペレーターがレーダー画面を睨んだ。

「じき、ミサイルがFPS－3の探知圏内を出ます」

日本上空を飛び越えて、太平洋上に出ようとしている。日本上空の滞在時間はわずか一、二分にすぎない。

「『きりしま』に連絡だ。『きりしま』のレーダーでミサイル追尾」

連絡要員がヘッドセットのマイクに向かって指令を出す。

レーダーに表示されていた、飛行中のミサイルを示す光点が、レーダー画面の端に徐々に近づき、ついに消失した。

「FPS－3、目標を消失しました」

後は「きりしま」からの追尾情報を待つのみだ。

――また予行演習だ。

安濃は自分の右手が、いらいらと上着の裾《すそ》を摑んでは離す動作を繰り返していることに気がついた。不安定な精神状態を表しているようで、右手をぐっと握り締めて動作を止めた。掌《てのひら》がいつの間にか汗ばんでいる。

――やりきれない。

まるで予行演習のように、何度も繰り返される実害のない危機。もてあそばれているような気がする。そのたびに神経をすり減らす。

（予行演習でいいじゃないか）

笑いながらそう言い放ったのは、泊里だった。

（訓練だよ。相手が金をかけてミサイルを飛ばして、何度でも訓練させてくれるんだ。ありがたいじゃないか。――本当にミサイルが頭の上に落っこちてくるより、ずっといいだろう）

見方によれば、「北」がミサイル発射を繰り返すことで、自衛隊はミサイル防衛にかけられる予算を確保することができたわけだ。おまけに「北」の金で訓練もできる。現在のところ、「北」の行動はこちらの利益にしかなっていない。――それが泊里の見方だった。

残念ながら、自分は泊里ほど神経が図太くできていない。いつか本物になるかもしれないと怯《おび》えつつ、果てしなく予行演習を繰り返すのはたまったものではない。

――いつか本当に、自分たちの手でミサイルを撃ち落とす日が来るのだろうか。

安濃の体調が崩れ始めたのは、そんなことを考え始めてからだった。

額に気持ちの悪い汗がにじんでいる。さりげなくハンカチで拭《ぬぐ》い、ふと、真樹がじっとこちらを見ていることに気づいた。彼女も気づいたのかもしれない。

——上官の怯懦《きょうだ》に。

「『きりしま』のレーダーが、ミサイル追尾に成功！」

「よし、映せ」

安濃は自分の声が震えていないよう祈った。真樹が画面に視線を戻した。SEW入感のサイレンが鳴った時こそ、頭の中が真空状態になったように立ちすくんでいたが、既に彼女は落ち着いている。冷静さは命だ。慣れればこの事態を自分で指揮できるようになるだろう。

イージス艦「きりしま」に搭載されたレーダーは、日本の東五百キロほどを飛んでいるミサイルを捉《とら》えていた。

ミサイルは民間航空機の航路を外して飛んでいるが、国土交通省からは民間機に対して航空《ノー》情報《タム》による安全確保の注意喚起が出された。ミサイルの着弾予測地点付近の海域にいる船舶に対しても、海上保安庁から航行警報が出ている。

ミサイル発射から、既に二十分が経過していた。たった二十分の間に、やるべきことが山のように積み上がる。

訓練か、と安濃は口の中で呟いた。

確かに、何度でも繰り返し訓練しなければ、これだけの手順を身体に覚えこませることはできない。頭では理解できていても、身体が動くとは限らないのだ。

「ミサイル、海面に着水！」

安濃は内線電話の受話器を上げた。堂内二佐が出た。

「一五〇三《ヒトゴーマルサン》、ミサイルの着水を確認しました」

『ご苦労。分析用データを取得してくれ。そちらは引き続き警戒に戻るように』

「了解しました」

ミサイルを撃ち落としたわけではない。それでも堂内からの指令を指揮所運用隊に伝えると、オペレーションルームの中にほっとした雰囲気が広がった。今しがたの興奮の余韻が、オペレーターたちの頬にわずかに残っている。

ようやく終わった、と安濃は平常に戻ったレーダー画面を見ながら考えていた。

発射から二十分。

一年三百六十五日のうち、この緊張を強いられるのがおよそ二十分。

それが長いのか短いのか、安濃にはよくわからない。

先月から警戒していた「北」のミサイル発射が実行され、いつもの通り発射試験で終わった今、厳戒態勢も解除されるだろう。鞄《かばん》に入れて密《ひそ》かに持ち歩いている退職願を、ようやく提出できそうだ。もっとも、しばらくは飛来したミサイルのデータ分析などで、忙しい日々が続くだろう。数日は様子を見て、上官に相談するつもりだった。

やっと、辞められる。

――この部屋とも、もうじきお別れだな。

安濃はそっと作戦統制所を見渡す。

居並ぶレーダー画面と、その前に陣取るオペレーターたち。ＪＡＤＧＥシステムのサーバー群は、室内の壁際に据えられたラックで稼働している。

辞めると心を決めてから、基地の建物に入るたびに、厳粛な気持ちになった。この仕事に就いたからこそ、こんな場所に入ることもできたのだ。普通なら、とうてい入ることのできない場所だった。これからどうするかはまだ決めていない。ただ、自分にはもう限界が来ている。たぶん、もともとこういう仕事に向いていなかったのだろう。

「安濃一尉、引継報告書にサインをお願いします」

次の八時間を担当するクルーに引き継ぐ事項を真樹が書面にまとめていた。ミサイル発射の件についても、時系列で簡潔に表現されている。

ペンを取り、表紙にサインをしようとして、安濃は指先の震えを感じた。まただ。文字を書こうとすると、手が震える。とことんポンコツになったものだと思う。まだ三十五歳にもならないというのに。

真樹が震えるペン先を見つめていることに気がついた。無理やり手に力を込め、歪《ゆが》んだ文字でサインをすませ、黙って返す。ほとんど意地になっていた。

「——ありがとうございます」

無表情に真樹が言った。何を考えているのか、読みとりにくい顔だった。

一七四〇　航空自衛隊府中基地

「また家に帰らないつもりか？」

シャワーを浴びて仮眠室に転がり込もうとした安濃は、泊里の声にしぶしぶ振り向いた。

もう半月近く、自宅に戻っていない。妻の紗代が官舎の人間関係になじめないというので、無理をして借りている賃貸マンションだ。府中の森公園を横切り、自宅のある天神町まで歩いても十分とかからないが、紗代と娘の美冬《みふゆ》を紗代の実家に戻らせてから、わざわざ自宅に戻る気がしなくなった。戻っても、寒々しい部屋が待つだけだ。

仕事が終われば、基地の仮眠室に転がり込んで次の勤務時間までを過ごす。眠れるわけではない。ここしばらく、ずっと不眠に悩まされていた。仮眠室の簡易ベッドで寝苦しい時間を過ごすだけだ。仕事熱心で有名な安濃だから、周囲も見逃してくれているようだが、本音は迷惑していることだろう。

「ちゃんと食べてるのかよ」

心配してくれていることはわかったが、チェックするような視線がわずらわしく、安濃は眉《まゆ》をひそめた。人の良さそうな顔を見れば一目瞭然《いちもくりょうぜん》だが、泊里はおせっかいな男だ。

「食べてるよ」

嘘だった。食欲がない。時々、コーヒーで無理やりグラノーラバーなどの非常食めいたものを流し込むだけだ。

鏡を覗《のぞ》くと、陰鬱《いんうつ》な表情をした三十男が映っている。目の下には茶色い隈《くま》ができ、頬に濃い影がある。自衛官は身だしなみに気を遣うから、まだ何とか見られるが、これで制服を脱ぐとどうしようもないなと思った。

——食べず、眠らず。

まるで、緩やかな死に向かっているかのようだ。

「嘘つけ。ちょっと待ってろ。俺ももうすぐ上がるんだ。うちに来て飯食っていけ」

「よせよ。奥さんに迷惑だ」

泊里は、やはり基地から歩いて十五分ほどの距離にあるマンションを借りている。事情は同じで、妻が官舎暮らしの窮屈さを嫌ったからだった。行けば歓待してくれることは間違いないが、紗代と同じで本音は人づきあいが苦手な女性だと、安濃は見ている。

それに、紗代と美冬が実家に戻っていることは、泊里の妻も知っているかもしれない。妙に詮索《せんさく》がましいことを聞かれたり、同情されたりするのも嫌だった。

「なら、クラブで軽く飲まないか」

こちらの気分を見抜いたように、泊里が顔を近づけてきた。

「仕事の話だ。さっきちょっと、妙な話を聞いてな。おまえ、明日《あした》は非番だろう」

八時間ずつの三交替で、四日に一度は非番の日がめぐってくる。明日は確かに非番で、一日中仮眠室で過ごすのかと考えるだけで、少しうんざりしていたところだった。

「妙な話とは何だ」

「今日のミサイル発射だよ」

誰かに聞かれるのを恐れるような、低い声だった。泊里がさっと周囲を確認した。

「『加賀山《かがやま》学校』の俊英と言われたおまえに、聞いてみたかったんだ」

「古い話だ」安濃は苦笑いしたが、泊里の様子に好奇心をそそられてもいた。次の質問に、その笑みは凍りついた。

「――ミサイル発射台を、乗っ取ることは可能だと思うか。つまり、今日『北』から発射されたミサイルは、誰かが無断で発射したものだという可能性はあるだろうか」

一八四五　市ヶ谷防衛省情報本部

「松ちゃん、何してるんだよ」

隣の席で、松島《まつしま》がひっきりなしに足を打ちつけているのが気になって、越前《えちぜん》は眉をひそめ小声で注意した。貧乏ゆすりでもない。松島が興奮した時にやる癖だ。

松島はノートパソコンにうつむいた姿勢のまま、肩越しにきょろりとした目だけでちらりとこちらを見た。その視線に隠しきれない興奮の色があふれている。

「これこれ。これ見てよ」

「どれ」松島のパソコンを覗き込んだ。

市ヶ谷の防衛省にある情報本部。平成九年一月に設置された、防衛省の中央情報機関だ。平成十八年には防衛大臣直轄の組織として編成され、現在にいたる。総務、計画、分析、統合情報、画像・地理、電波の六つの部門を持ち、約二千四百名の職員を抱えるおそらく日本最大の情報機関だった。

越前は、統合情報部に籍を置く分析官のひとりだ。通常は、海外の軍隊に関する情報の収集・整理を行い、自衛隊の統合幕僚監部に対して情報提供を行うのが仕事だった。

三週間ほど前に、ミサイル防衛統合任務部隊が編成されてからは、「北」のミサイル情報を収集し分析するチームに組み込まれている。傍受した通信の内容や、衛星が撮影した画像、各国の情報機関から入手した情報などを総合し、状況を分析する。

今日のミサイル発射を受けて、越前たちのチームは事後処理に追われている。ふたりを残して、他のメンバーは夕食を摂《と》りに出てしまった。

「『北』の若手将校三名が、非公開で処刑されたって――?」

韓国情報部からの情報は、いったん暗号化され、復号されている。

「やっぱり若手のクーデターだったのか」

越前は首をかしげた。今日のミサイル発射については、これまでに類例がなく、筋が通らないことが多すぎた。

「ミサイルを発射した直後、『北』の戦闘機が二機、スクランブルをかけた。米軍のコブラボールに対する威嚇行動だと最初は思っていたけどさ。戦闘機と基地との通信を傍受して解析した結果、どうやらミサイルを追いかけて撃墜しようとしていたようだって」

米軍は、「北」のミサイル発射準備が明らかになった時点で、三機保有しているRC－135Sコブラボール偵察機を二機、嘉手納《かでな》基地に送り込んでいた。弾道ミサイルの情報収集機能を持つ電子偵察機で、ミサイルの発射探知から追跡が可能な航空機だ。「北」への示威行動でもある。

「若手が勝手にミサイルを撃って、上層部は撃墜を試みたが失敗した。そういうことかな」

「失敗したのか、あるいはミサイルの目標地点が判明したから、そのまま飛ばすことにしたかじゃないか」

「さっぱり理解不能」

越前の反応に、松島がにやにやと笑う。

「だろ。中国の外交ルートに流れた情報や、韓国が得た情報によると、『北』の軍部はこっちの予想通り二十日前後の発射を予定していたようだ。燃料注入を終えたミサイルとその発射台を、誰かが乗っ取り、勝手に発射した。『北』の司令部は、慌ててミサイルを撃ち落とそうとした。そう考えるとつじつまが合うんだけどね」

「それが処刑された若手将校か。でも、処刑される危険を冒してまで、なぜ乗っ取ったんだろう？　乗っ取ったミサイルで、何かを狙うならともかく、結局また太平洋にドボンだぞ」

「北」の毎度のセレモニーだ。命を懸けてミサイル発射基地を乗っ取らなくとも、あと十日前後で同じことが起きたはずだった。松島は含み笑いをしながら肩をすくめた。

「連中が考えることはわかんないよ。今のところ、『北』の軍部で大きな混乱は見られないし。クーデターだったとしても、よほど一部の跳ね上がりが取った行動だったのかもね」

ミサイル発射直後、日本政府と米国政府はともに「北」に対して厳重な抗議声明を出したが、これまでのところ反応はない。

――毎度のことながら、何を考えているのかわからない国、か。

マスコミの論評ならそれで許されるが、情報本部の分析官がそうとばかりも言っていられない。一見して不可思議な彼らの行動にも、隠された事情があるはずだ。それを読み取るのが仕事だった。

電話が鳴った。

『すぐメールを見てくれ』

受話器を上げた越前に、男性の声が性急に話しかけた。名前を聞かなくてもわかる。統合情報部長の新藤《しんどう》だ。

『官房長官と首相補佐官たちのメールアドレスに、テロリストから一斉に犯行声明が送信された。転送したから、内容を確認してくれ。映像の真偽もだ』

テロリストとはいったい何で、何の犯行声明だと思ったが、短気な相手に面倒は言わない。通話を切ると、松島がさっそく自分宛《あて》のメールをチェックしていた。

「何これ。外部の動画サイトにリンクしてるぞ」

嫌な予感がした。越前もさっそく自分のパソコンに向かう。松島の言葉通りだ。ふたりで別々に動画を開いても回線の無駄遣いなので、松島の肩越しに画面を覗き込んだ。

不鮮明な画像だった。画質が悪く、粒子が粗い。粗悪な映像だが、それでも何が映っているのかはわかった。

「ミサイル発射装置か」

同じものを、昨年のミサイル発射騒動の最中に、「北」の国営テレビ局が何度も放映した。映像は、ミサイルを誇示するように、二度、三度とミサイルの全体像を舐《な》めるように映し出した。

「形は『北』の長距離弾道ミサイルに似ているな。今日発射したやつかな」

「いたずらかもしれないぞ」

誰でも簡単にコンピュータを利用して、映像を発信できるようになった昨今、いたずらの可能性は常に無視できない。越前が不審げに呟《つぶや》いた時、映像から音声が流れた。ミサイルの映像は消え、代わりに時を刻むアナログの壁掛け時計が現れた。時計の針は六時半を指している。

『本日のミサイル発射は、我々の仲間による警告だ。明日夜二十四時に、我々はミサイルを日本の主要都市に撃ち込む予定である。およそ三十時間の猶予を君たちに与えよう』

音声変換装置を使っているらしく、B級SF映画に出てくるロボットかコンピュータの合成音声のように聞こえた。

「まさか」反射的に越前は呟いた。

――ミサイルを、本気で撃ち込むだと――？

唖然《あぜん》とした表情の松島と、顔を見合わせる。ありえない。ありえないと言いながら、額にじわりと汗がにじむ。デスクの上についた手のひらも、汗をかきはじめている。身体のほうが正直だった。

犯行予告の、あまりに淡々とした話し方がかえって不気味だ。ただの脅しなら、もっとドラマチックに煽《あお》ろうとするんじゃないか。

『とはいえ、この映像だけでは君たちは信用しないだろう。一時間後の一九三〇、我々の言葉が真実だということを証明するために、花火をひとつ上げて見せることを約束する』

合成音声は時刻を「ヒトキュウサンマル」と自然な感じで読み上げた。軍事関係者、あるいはそれを装っている。

「嘘だろ――」松島が上ずった声で囁《ささや》いた。

冗談じゃない。思わず時計に目を走らせると、もう六時五十五分。二十分以上もロスしている。映像の真偽を調査しろと言われても、これでは白黒がつく前に七時半が来て、自動的に犯行声明の信憑性《しんぴょうせい》が明らかになる可能性が高い。

いや、そんなことより。

「こいつら、ミサイルを持っているのか——？」

それも、ひとつではないということだ。

とんでもないことになった。携帯電話を開き、手分けして他のメンバーを呼び戻すことにした。いくら人手があっても足りない。長い夜が始まろうとしている。

2　奪取

一八五〇　陸上自衛隊市ヶ谷駐屯地

「撤収中止ですか？」

美作は隊長の横田《よこた》三等空佐の前で、一瞬動きを止めた。コマンド・ポスト・トレーラーに集められたところだった。

横田が頷《うなず》く。

「そうだ。追って指示のあるまで、現状を維持して待機せよとの命令だ」

居並ぶ同僚たちと顔を見合わせる。

昼過ぎのミサイル発射が一段落し、ＰＡＣ—３の部隊は装備を撤収して入間基地に帰還せよ、という命令が発令されたのは、午後四時過ぎだった。それから三時間もしないうちに、いったいどう状況が変化したのか。

「どうも今回は——おかしな具合だな」

横田が日焼けした広い額にしわを寄せて、唸《うな》るように呟いた。

一九〇〇　航空自衛隊府中基地

もう自衛隊を辞めようと思っているのに、皮肉な話だ。最後の最後まで、安濃を縛るのは「加賀山学校」の名前だった。

顔をしかめてビールをひと口あおる。このところ飲みつけないビールが、喉《のど》にしみた。安濃は横目で泊里を眺めた。隣に腰を下ろした泊里は、つまみのチーズ鱈《たら》を、さも美味《うま》そうに齧《かじ》っている。子どものようなやつだ。

ミサイル発射台乗っ取りの可能性などという繊細な話を、誰に聞かれるかわからない外部の居酒屋で話すわけにもいかない。基地の敷地内にあるクラブ——居酒屋に、ふたりで転がりこんだというわけだ。

「いったいその噂の出所はどこだ」

先ほどから何度尋ねても泊里が答えない質問を、安濃は繰り返した。

「だから、言えないって。さっきも言ったように、上が話してるのをちらっと聞いたんだよ」

それにしては、泊里の話は随分具体的だった。

午後二時四十分のミサイル発射直後に、「北」の基地から戦闘機が緊急発進した。発射したミサイルを撃墜しようとしたのではないかと、米軍や防衛省の上層部は分析しているらしい。

「何のためにそんなことを？」

「わかってりゃ苦労しないだろ。おまえはどう考える」

さあな、と呟いて安濃は首をかしげた。

「軍部の意図しない発射。しかし、数週間も前に工場から運び出され、発射台に載せて燃料注入を終えたミサイルだ。軍部が知らなかったはずはない」

「クーデターだと思うか？」

チーズ鱈を飲み込みながら泊里がぎろりと目玉を動かした。

「上層部にそんな意見があるのか？」

「あるようだ」

指揮所にいる泊里は、トップクラスの情報に触れる機会が多い。

「過激な意見を持つ若手将校が増えたという情報が、韓国から米国経由で入ってきたこともある」

「クーデターなら、ミサイルを落とす場所が違うんじゃないか」

太平洋の真ん中に落としても意味がない。そもそも長距離弾道ミサイルを使う意味がないが、ミサイルの目標は「北」の指導部だろう。

「だよなあ」泊里がぼやくように答えた。平然とした顔が癪《しゃく》に障った。

「相変わらず、下手な芝居だよな」

安濃が鋭く切り込むと、とぼけようとして失敗したのか、笑いをこらえる表情になった。

「おまえは深読みのしすぎだ」

「本当は何が目的だ。紗代に何か頼まれたのか」

「北」のクーデターなどという雲をつかむような話がしたくて、安濃を捕まえる男ではない。

実家に帰っている妻の紗代が、泊里に何か話したのじゃないかと思った。泊里が丸い顔で磊落《らいらく》に笑いとばした。

「かなわねえよな。そうだよ。うちのやつが、奥さんから電話をもらったんだ」

自分が普通の状態でないことは、何か月も前から気づいていた。

衛生状態が気になって、何度も繰り返して手を洗う。ガスを止めたか、鍵《かぎ》を閉めたか、窓を開けっぱなしにしていないか、確認してもすぐ不安になってまた見てしまう。冷蔵庫の中身が古くなっていないか心配で、何度も消費期限を確認してしまう。電車に乗り、揺れを感じた瞬間に冷や汗がどっと出て動悸《どうき》が激しくなる——

異常だ。

自分でもそう思うが、どうしてもやめられない。やめるとさらに良くないことが起きるような気がする。

初めのうち、紗代は度を越した安濃の神経質さを笑って見ていたが、四歳になる娘の美冬が真似をするようになってからは、目つきが変わった。何度も冷蔵庫を確認されたり、食器の洗浄を調べられたりするのに耐えられず、苛立《いらだ》って口げんかをすることもあった。

こんな状態が長く続けば、家庭が崩壊する。

そう感じたから、紗代を説得し、一時的にふたりを彼女の実家に戻して、その間に対策を立てるつもりだったのだ。

(病院に行って、お医者さまに診てもらって)

紗代が何度もそう頼んだが、安濃はその気になれなかった。インターネットで調べて、どうやら自分の状態が、強迫神経症と呼ばれるものに近いのではないかと考えているが、逆に自分は病気ではないとも思う。

「医者、行ったのか」

案の定、泊里がこちらの目を見ずにそう尋ねた。紗代の奴、他人にそんな話までしたのか。そう思うと、苛立ちとともに妻を疎ましく思う気持ちまで湧いてきた。最悪の気分だ。泊里も泊里だった。女房たちの言い分を、こちらに丸投げする奴があるか。

ふと気づくと、グラスを握る手に力が入っている。そっとテーブルに置いた。

「――いや」ひそかな憤りを、胸の内に秘めたまま首を横に振る。

「どうして」

「自衛隊を辞めようと思うんだ」

ある程度はその言葉を予想していたのか、泊里は驚く様子を見せなかった。

「辞めたら治るのかね。その病気は」

「さあな」

ただ、この状態になるきっかけを作ったのは仕事だと考えている。それがどんどんひどくなった。最初はミサイル防衛の仕事から外してもらおうと思った。それが、時間の経過と共に、自衛隊そのものを投げ出したくなってきた。自分には荷が重すぎる。なぜ自分は自衛隊員になる道を選んだのか。近頃はそれさえもよくわからなくなってきた。

――やめよう。考え始めると、いくらでも他人に責任を負わせたくなる。一番の責任は自分にある。安濃はぎゅっと目をつむる。

「医者、行けよ」泊里がビールを飲んだ。

「病気が治るまで、しばらく休職する手もある。何も焦って辞めることはない」

「病気ってわけじゃない」強情に言い放った。

この仕事を続けるのは無理だと思っただけだ。先のあてがあるわけではないが、自衛隊にいる間に、いくつか資格を取得している。辞めても何かの仕事につくことはできるはずだった。家族三人の生活を支えることができればそれでいい。

「おまえ、加賀山さんには相談したのか」

泊里がグラスを下唇に当て、考えるように言った。安濃はとまどい、視線を落とした。

「——いや。まだだ」

加賀山一郎《いちろう》元一等空佐は、安濃が警戒管制を特技に選び、入間で航空警戒管制団に配属されたときの上官だった。当時は二等空佐。階級も年齢も離れていたが、加賀山は若手に自分の知識や考えを惜しみなく伝えてくれる人で、安濃は随分可愛がってもらった。二年前に、問題を起こして自衛隊を退官している。

防衛大学を優秀な成績で卒業したエリートで、将来的には幕僚長の呼び声も高い男だった。幹部候補生学校の教官を務めたこともあり、今でも加賀山を慕う若手将校は多い。「加賀山学校」と呼ばれるのは、幹部候補生学校の教官時代の教え子を中心とする、彼の弟子たちだった。安濃は加賀山の下で働いた期間が長かったため、やはりその一員と見なされている。

「相談してみろよ。加賀山さんに」

泊里自身は直接教えを受けたことはないが、安濃が加賀山の自宅に遊びに行く際に、何度か誘って連れて行った。

——退職の相談など、できるわけがない。

(後はお前にまかせる。頼むぞ)

加賀山の声が耳に蘇《よみがえ》る。自分はその期待も、恩も、裏切ろうとしているのだ。

安濃はグラスにびっしりとついた水滴が、流れ落ちるのを見つめた。

今年は加賀山から賀状が届かなかった。噂では、年明け早々に夫人が亡くなったらしい。遊びに行くたび、心づくしのご馳走《ちそう》を並べて歓待してくれた加賀山夫人は、母と呼ぶには若すぎるが、まるで歳の離れた姉のような存在だった。

「こんなことで、加賀山さんに心配をかけるわけにはいかない」

本当は、別に理由もあった。それを泊里に話すわけにはいかない。

「おいおい——」泊里が呆《あき》れたように目を丸くする。

「相変わらず堅いやつだな」

続けて何か言い募ろうとしたが、その瞬間に泊里の胸ポケットから、携帯電話の着信メロディが流れ始めた。泊里がはっとした表情になって電話に出たとたん、安濃の電話も鳴り始めた。

——指揮所運用隊長の沢島二等空佐からだった。安濃の直属の上官だ。

「安濃です」

『沢島だ。勤務時間が終わった後にすまんが、緊急招集だ。すぐに出てこられるか』

泊里と視線が合った。どうやら同じことを言われているようだ。

「すぐ出られます。まだ基地にいますから」

『一九三〇《ヒトキユウサンマル》に、オペレーションルームに集合してくれ。緊急発表がある』

「了解しました」

沢島はすぐに通話を切った。まだ他にも連絡する先があるのだろう。こんな時刻に緊急発表とは、どうせろくでもないことが起きたのに違いない。

「もったいない」

携帯電話をポケットにしまいこんだ泊里が、食べかけのつまみを見てぼやいた。安濃など、ビールをひと口飲んだだけだ。

「おまえも集合か」

「幹部は全員集合だと」

ぼやきながらも、泊里の行動は速い。もうクラブを飛び出していくところだった。

「こいつは何か起きたな。忙しくなりそうだ」

安濃は泊里の後に続きながら、ひそかに顔をしかめた。退職願を出すタイミングを、逃すことにならなければいいがと思った。今はそれだけが、自分の心のよりどころなのだ。

一九二〇　航空自衛隊岐阜基地

滑走路の向こうにある格納庫で、光が見えたような気がした。

鈴川《すずかわ》二等空曹は管制塔のレーダー卓に身を乗り出し、光ったように見えた格納庫周辺を見つめた。鈴川の視力は二・〇だ。管制官は目が良くないと務まらない。見間違いとは思えない。

今日の飛行計画は出ていない。昼過ぎのミサイル発射騒ぎがようやく落ち着いたところだ。

「今、光らなかったか」

「いえ、自分には何も見えませんでした」

隣に座った空士長が首をかしげる。ほんの一瞬だったのだ。

「あの格納庫は、今F―2が入ってるはずだな。飛行開発実験団の」

「そうですね。明日《あした》の早朝、〇六〇〇《マルロクマルマル》より、試験飛行の飛行計画が出ています」

岐阜基地は、名鉄各務原《めいてつかかみがはら》市役所前駅から徒歩十分という距離にある。基地のすぐそばまで迫るように高層マンションが立ち並ぶ住宅地に、二千七百メートルの滑走路が敷かれているのだ。マンションの窓から基地の内部が丸見えで、こんな状態で本当に機密が守れるのかと不安に思うことがあるほどだ。

おまけに、すぐ近くの山上には三井城址《みいじょうし》があり、滑走路全体をきれいに見晴らすことができる。十月に開催される基地の航空祭では、絶好の撮影ポイントとして慣れたアマチュアカメラマンたちの穴場になっている。

明日早朝の試験飛行というのは、開発中の次期空対艦ミサイル、新空対艦誘導弾《XASM―3》の発射試験を指している。F―2に搭載し、試験発射が可能な空域まで飛んで、廃棄される船に向けてミサイルを発射する。開発は最終段階にあり、搭載するXASM―3は模擬弾ではなく実弾を使うと聞いていた。

本来なら、今日の夕方に試験飛行を実施するはずだったのが、「北」のミサイル発射騒動で延期になった。F―2はすでに、ミサイルを積んだ状態で格納されているはずだ。

また光が見えた。ちらちらと動いている。

「明日の準備でもしているんでしょうか」

空士長の言葉を無視して、鈴川は内線電話の受話器を上げた。格納庫に電話する。呼び出しているが、誰も出ない。

「おい。おかしいぞ」いったん受話器を置き、今度は警備の番号にかけた。

「管制隊の鈴川です。第三格納庫に誰かいるようで、中から光が洩《も》れているのですが、電話をかけても応答がありません。誰か様子を――」

鈴川はあとを続けられなかった。格納庫はいつの間にか、扉が開いていた。F―2がゆっくりと優美な姿を現す。滑るようにタキシングをし、滑走路の端まで移動した。

「おい、誰だあれ――」

整備がすみ、ジェット燃料が注入されていれば、戦闘機を飛ばすのに人手はそう必要ない。極端な話、パイロットがいれば飛び立てる。

「誰かのいたずらか？」

基地の人間だととっさに考えた。外から侵入する人間などいるわけがない。基地の周囲には監視カメラが設置され、二十四時間の監視態勢が敷かれている。ときどき戦闘機の離着陸を間近で見たくて、危険な距離まで接近してつまみ出されるマニアはいるが、まさか本気で基地に侵入する人間なんて――

たちの悪いいたずらか、何かの冗談に違いない。

鈴川はヘッドセットのマイクに向かった。タワーの周波数はいくつかある。滑走路を走り出したF―2が、どの周波数に無線を合わせているかわからない。無線を聞いたとしても、応じ

ると は思えない。

「滑走路のF―2！　乗ってるのは誰だ！　今すぐ離陸を中止せよ。離陸許可は出ていない！　繰り返す、離陸許可は出ていない！」

警備担当が、F―2に走りよる。

F―2のエンジン後方に、黄金色の炎が噴き出した。

「危ない！」

思わずマイクを握り締める。頭を低くして、逃げ惑う隊員の姿が見える。

エンジン点火。夕闇の中を、紅白に塗り分けた尾翼のF―2が走り出す。およそ千メートルの離陸滑走。車輪が浮いた、と見えた次の瞬間にはもうぐっと機首を空に持ち上げ、ぐんぐんと高度を上げていく。急な角度で空に駆け上がっていくF―2が、その腹にしっかりと四発のミサイルを抱いていることを、鈴川は確認した。

「何てことだ――」

既に基地中にサイレンが鳴り響いている。あちこちの格納庫に灯《ひ》がともり、飛び出してきた整備士やパイロットたちで格納庫前がごったがえしはじめた。岐阜基地には飛行開発実験団があるため、自衛隊が持つ多様な種類の戦闘機の大半を保有している。これ以上何かあったら大変だ。

電話が鳴った。

『百里《ひゃくり》からスクランブルでF―15が二機上がる。連携してくれ』

基地司令からの直接の指示だった。

「了解しました」

Ｆ―２は、高度を一万メートルほどに上げ、それから東方に飛び去った。レーダーからはほどなく消えた。

若い空士長は隣でしきりに額の汗を拭《ふ》いている。悪夢だった。絶対に起きてほしくない、起きるはずのないことが起きたのだ。

一九三〇　航空自衛隊府中基地

戦争だった。

指定された時刻よりも少し早くオペレーションルームに潜りこんだ安濃は、当直の班が異様な雰囲気に包まれているのに気付いた。

ちょうど、今日の昼過ぎに安濃たちの班がミサイルに対応した時の空気と似ているが、それよりさらに緊迫した表情。

何が起きているのかは、オペレーションルームの壁面上方に掲げられた大型スクリーンを見れば、たちどころにわかった。

――戦闘機が富士山に向かっている。

「ミサイル四発だな！　四発積んでる！　よし、間違いない」

ヘッドセットをつけたまま、オペレーターが叫んでいる。

――ミサイルを積んだ戦闘機だと？

耳を疑った。

周囲を見回すと、安濃よりも少し早く到着したらしい遠野真樹が、蒼《あお》い顔をしてスクリーンを見上げていた。独身の彼女は、基地内の宿舎で寝泊まりをする。緊急招集された連中で込み合う室内をかきわけ、どうにか移動した。

「何が起きたんだ」

「岐阜のF―2が、基地から奪われたようです。開発中のXASM―3ミサイルを四発搭載しています。これで招集がかかったんでしょうか」

岐阜のF―2が乗っ取られた。真樹が何の話をしているのか、一瞬理解できなかった。なんだと、と言いかけた時に、ひときわ大きな声が室内に響き渡った。

「SEW、入感！」

ミサイル探知だ。

室内にいる全員が一瞬ぎょっとして、スクリーンに注目した。戦闘機を示す光点から、発射されたミサイルを示す光点が分離し、すさまじいスピードで離れつつある。JADGEシステムは、ミサイルの位置や方向などを瞬時に計算し光点の横に表示させる。

「着弾予測地点、出ました！　富士の樹海付近です！」

「樹海？」

F―2はミサイル発射後、即座に反転。百里基地からスクランブルで発進したと思《おぼ》しき戦闘機F―15二機の追撃を振り切ろうとしている。ミサイルを三発も抱いているのに、動きがいい。

「迎撃、間に合いません！」

ミサイル発射地点と、着弾予測地点が近すぎる。これでは首都圏に展開したPAC―3で迎撃することができない。

「着弾！」

誰もが息を呑《の》んだ。

スクリーンの地図上に着弾地点が赤く示される。傍らの熱源トレーサー画面には、瞬間的に赤く大きな円が広がり、すぐさま黄色に変わり消えた。

オペレーションルームの中が、凍りついたように静まりかえる。

「——被害状況を確認せよ！」

まさか本当に、この国にミサイルが落ちる日が来るとは——

誰もが心の中でそう考えているはずだった。

ヘッドセットをつけたオペレーターたちは、レーダーで探知できるすべての情報と、飛び交う指示や報告を聞き分けて作業をしている。

実際のところ通常弾頭を載せたミサイルの破壊力は、非常に限定的なものだ。ミサイルに核や生物兵器などの弾頭が載った時に、その脅威は計り知れなくなる。開発中のXASM—3は、通常弾頭しか積んでいなかった。熱源トレーサーの反応もすぐに消えた。富士の樹海に着弾したミサイルは、そのあたりの木々をなぎ倒した程度だろう。山火事にもならずにすむと思われる。

問題は、そういうことではない。

「F—2は百里のF—15から逃げて、日本海側に向かっています。現在、蓼科《たてしな》山の北西約十キロのポイント」

「小松から二機、スクランブルで上がります！」

信じられない光景が目の前で繰り広げられている。Ｆ―15が、Ｆ―２にいいように手玉に取られている。もし撃墜して良いのなら、Ｆ―２はとっくに燃え上がる鉄屑《てつくず》と化していたかもしれない。市街地の上空で、撃墜命令を出せるわけがない。誰が、何の目的でＦ―２を奪取したのか、その背後関係なども知りたいはずだ。

撃墜命令は出ない。

Ｆ―15は、無線交信でＦ―２のパイロットに強制着陸を命じようとしているはずだ。もちろんＦ―２は応じない。最初から、撃墜されることはないと読んでいるのに違いない。

問題はＦ―２の行く先だった。飛び立った航空機は、どこかに降りなければいけないのだ。

――海外か？

ミサイル騒ぎが発生したばかりだった。Ｆ―２が「北」に逃げ込むつもりなら、上層部も重い腰を上げてＦ―２撃墜を承認するかもしれない。

――あいつは、最新鋭のＸＡＳＭ―３を搭載している。

「北」には渡せない。

安濃は額にじんわりと汗がにじむのを感じた。落ち着け、と自分自身を叱咤《しった》しても、心臓の鼓動がさらに激しくなる。オペレーションルームの喧噪《けんそう》を通してすら、ここにいる全員に自分の鼓動を聞かれてしまいそうな気がするほどだ。隣に立つ真樹は、夢中でスクリーンを見上げている。彼女にとっては初めての戦場だ。

「黒部《くろべ》上空から日本海に抜けました！」

「高度を下げています」

まずい。海上で低空を飛ばれると、レーダーの圏外になる。

「相当腕のいいパイロットですね。まさか、隊員でしょうか」

真樹がひとりごとのように呟《つぶや》く。F―2は米国のF―16をベースに、日米共同で改造開発した準国産の戦闘機だ。日本は兵器の海外輸出を禁じているため、F―2を使用しているのは自衛隊だけだった。

F―2を奪取したパイロットは、自衛隊員もしくは、元自衛隊員――それも、非常に高度な技術を持ったベテランパイロットだ。

ひやりと、背筋に冷たいものが這《は》う。

――元自衛隊員――まさか。

オペレーションルームの喧噪が、一瞬遠くなった。プールの底に沈んで、ざわめきを聞いているような、外との隔絶感。安濃はもがくように呼吸をした。

「レーダーから消失！　見失いました」

「小松のF―15は追尾中です」

安濃の脳裏には、日本を中心としたアジアの地図が浮かんだ。このままの方向でF―2が飛び続けた場合、目的地は「北」ではなく東シナ海――中国だ。

F―2が、台湾やわが国と中国との間で、一触即発の危険を招きかねない地域に飛び込もうとしているのは明らかだった。

そこに行き着くまでに撃墜するのか。

安濃は思わず手のひらを握りしめた。上層部の一瞬の判断だ。間に合うのか。

「追尾の中止と撤退命令が出ました！」

溜《た》め息のような声が、オペレーションルームのそこここで漏れた。政治的な判断だろう。このままF—2を追尾し、中国との微妙な空域に突入するよりも、着陸するのを待って引き渡し交渉を行ったほうが、安全だ。米軍が衛星や警戒機で着陸先を追っている。その情報を待とうということに違いない。

ふと、安濃は自分が両手のこぶしを痛いほど強く握りしめていることに気づいた。ゆっくり深呼吸をし、少しずつ握ったこぶしを開いていく。

まだ鼓動が速かった。みんなが自分の様子を怪しんで、こちらを見つめているような気がした。恐る恐るオペレーションルームの中を見渡す。誰もが自分の仕事とスクリーンに気を取られている。こちらに注意を払う余裕はなさそうだ。それとも、気が付いていて、安濃になど構っている余裕がないふりをしているのか。

いや、ひとりだけ——

真樹と目が合った。直立不動の姿勢のまま、いぶかしげにこちらを見ていた。視線が合うと、観察していたことを恥じたのか、ちょっとうつむいて目をそらした。

自分の態度を不審に思っているのだろう。だが、安濃は気にかけている余裕がなかった。

——加賀山さんに連絡しなくては。

興奮冷めやらぬオペレーションルームの中で、ただひとり凍りついたように立ちすくみながら、それぱかりを考え続けていた。

二〇一〇　総理大臣官邸

浅間和敏防衛大臣は、コの字型に並べられた肘《ひじ》掛《か》け椅子のひとつに深く座った。

総理官邸地階の危機管理センターには、もう何度も出入りしている。何しろ、毎年のように「北」はミサイルを発射し、核実験を実施する。この国は地震、水害などの天災も少なくない。そのたびに危機管理センターには官邸対策室が設置され、関係閣僚や官僚が招集される。浅間が座っているのは、ベルベットのような毛足の長い織物を張った、高級そうな椅子だった。危機管理センターが地階に置かれたのは数年前のことで、それまでは総理官邸の食堂が、危機管理センター代わりに使われていた。

浅間が七十二歳という高齢で防衛大臣に就任したのは、前任者が失言で批判を浴びて失脚したためだ。もうすぐ在任半年になる。七十五歳になれば政界を引退したいと考えているが、肝心の政権がそれまでもたないかもしれない。

「それでは、お揃いですので始めます」

内閣官房長官の石泉《いしずみ》が、出席者の手元に資料が行き渡ったことを確認した。対策室に招集されたのは、官房長官と防衛大臣の浅間のほか、各省庁の局長クラスの官僚たちだった。倉田《くらた》総理は午後二時過ぎに発生した「飛翔体《ひしょうたい》発射」の報を受けて安心したのか、タウンミーティングのために夕方から九州に向かったところだった。F―2奪取の緊急連絡を受け、官邸に戻る途中らしい。

「お配りした資料は、官房長官声明の草案です。内容を補足しながらご説明します」

石泉は倉田総理の懐刀と呼ばれる男で、まだ四十代後半と若いが、どんな事態にも冷静に対処できる胆力を、浅間は評価している。黒い縁の眼鏡をかけ、ことさら地味な黒っぽい服装を好む男だ。容貌《ようぼう》にもこれといった特徴がなく、目立たないようにふるまいがちなせいか、マスコミは「黒子の官房長官」というあだ名をたてまつっている。

「本日午後七時二十分、航空自衛隊岐阜基地保有のF－2戦闘機一機が、基地に侵入した何ものかにより奪取されました。この戦闘機は、発射試験を行うため、開発中の空対艦ミサイルXASM－3を四発搭載しておりました。午後七時半、犯人はうち一発を富士の樹海に向けて発射したのち、日本海を西に向けて逃走しました。ミサイル発射による人的な被害などはありません」

事件の詳細を初めて耳にする人間も多いらしく、官邸対策室の中が一瞬ざわめいた。

「本当に人的被害なしですか」

「最近あのへんには、一般人のハイカーが出入りしているんだろ」

「警察および自衛隊が付近の被害状況を確認しましたが、これまでのところ人的被害は確認されておりません」

石泉が淡々と繰り返す。

局長たちでさえこの調子だから、マスコミの執拗《しつよう》な取材合戦も無理はない。

「これよりおよそ一時間前の午後六時半、官房長官や首相官邸スタッフなどのメールアドレスに、テロリストの犯行声明とみられるメールが一斉に送信されました。当該メールには、ある動画サイトのアドレスが添付されており、動画には本日午後二時四十分に発射された『北』のミサイルと思われるものが映っていました。F―2を奪取したテロリストは、『北』と何らかの関係を持つものと考えられます」

石泉は、迷いのない口調で説明を続けている。この男にかかれば、「北」のミサイル発射も、自衛隊の戦闘機奪取も、想定済みの事故か何かのように思えてくるから頼もしい。

「F―2は逃走した――とのことですが」

警察庁の警備局長が、厳しい視線を一瞬だけ浅間に投げかけ、石泉に向かって尋ねた。

「それは既に海外に逃亡したということですか」

石泉が落ち着いた様子でうなずく。

「そうです。F―2が東シナ海に向かい、中国との国境に近づいたため、安全策を取り撤退しました」

「新型ミサイル三発を抱えたまま」

石泉がうなずきを繰り返す。

信じられない、と言いたげに警備局長が椅子の背に倒れこんだ。

「F―2の行き先については、現在自衛隊のレーダー群から得られた情報と、在日米軍の衛星情報などから分析を進めているところです。外務省経由で、中国政府からも情報を得ようとしています」

石泉が無難に話をまとめようとしていた。

「F―2奪取の経緯は？　なぜそんなことが起きたんですか」

警備局長の攻撃は鋭い。

「それについては私から」

石泉が口を開くより先に、浅間が身を乗り出した。

「奪取されたF―2は、今日の夕方に新型ミサイルを搭載して発射試験を実施する予定でした。十四時四十分の飛翔体発射騒動があったため発射試験が中止になり、明朝に繰り延べになった。ミサイル四発はすでに搭載されており、明日《あした》の試験まで格納庫に厳重に鍵《かぎ》をかけて保管される予定だったそうです。そこを狙われた。基地の周辺には監視カメラを設置して二十四時間態勢で監視していますが、死角をついて侵入したようです。侵入者は一名。警備していた隊員二名が、麻酔銃で昏倒《こんとう》した状態で発見されました」

「問題は現在テロリストの手に、新型ミサイル三発を搭載した戦闘機があるということです」

石泉が会話の流れを引き取る。

「テロリストは、犯行声明の動画の中で、明日夜二十四時にミサイルを国内の主要都市に撃ち込むと宣言しています。あと二十九時間――いや、二十八時間を切りました」

ちらりと冷徹な表情で腕の時計に視線を走らせる仕草も、石泉ならではだ。

官邸対策室に集まったメンバーが、一瞬で黙りこんだ。浅間はまた静かに口を開いた。

「ここにいらっしゃる皆さんには釈迦《しゃか》に説法だが、ミサイルそのものには、さほどの破壊力はありません。ミサイルが脅威になるのは、その弾頭に核や生物兵器、化学兵器などを載せた場合です。通常弾頭の場合、注意すべきなのはミサイルが撃ち込まれる対象物です」

「盗まれたミサイルに、核や生物兵器が搭載される可能性はありますか」

「いや、XASM―3自体が開発中の兵器ですし、わずか三十時間弱で弾頭を改造するのは難しいでしょう。むしろ、テロリストが通常弾頭を使って最大限の被害を出そうとすることのほうが心配です」

出席者はふと視線を見交わした。誰かが、ワールドトレードセンター、と呟《つぶや》いた。おそらく全員が9・11事件を思い起こしたはずだ。あんな惨劇が起きる時代だ。ミサイル三発に戦闘機が一機。何が起きても不思議ではない。まして、今や東京の空は高層ビルの超過密状態にある。

官邸対策室の扉が開き、首相官邸の男性スタッフがひとり駆け込んできた。石泉にメモを渡し、何事か囁《ささや》いて去る。

「総理はあと二十分ほどで官邸に入られます。総理の指示が、今入りました」

石泉がメモを片手に読み上げる姿勢になったので、みな注目した。

「ひとつ、情報収集態勢の強化。ふたつ、米国・中国をはじめとする関係諸国と連携しつつ対処すること。みっつ、国民への迅速な情報提供」

この時点で倉田総理が指示できることと言えば、そのくらいだろう。

「そろそろ、一部のマスコミが自衛隊の動きに不審を持ち始めています。F―2のミサイル発射は日没後でしたから、肉眼でその瞬間を見られなかったのは幸いでしたが、航空機らしきものが、光る尾を引く飛行物体を発射した瞬間を、偶然携帯電話やビデオで撮影していた周辺住民がいたようです。インターネットでは、戦闘機のスクランブルに関する情報や、富士の樹海に隕石《いんせき》が落ちたのではないかという情報まで流れているそうです。マスコミもその情報を得ているので、ますます自衛隊で何かあったという疑惑を強めているんです。これ以上、無駄な憶測が流れて混乱を招かないように、八時半から官房長官記者会見を予定しています」

石泉がさらりと言った。

防衛省と自衛隊にも、早速マスコミ対策を検討させている。ミサイルとF—2が自衛隊から盗まれたと知れると、マスコミのバッシングが始まるのは目に見えている。

浅間はまた椅子の背に深々と背中を預けた。防衛大臣としての仕事が、自分の政治家人生最後のキャリアになることは、ほぼ間違いない。七十二歳。政治家として、思い残すことは何もない。だからこそ最後に、自衛隊という存在をきっちりと守りぬいて去りたい。

——この難局を乗り切るためには。

テロリストを退治するのも、自衛隊でなくてはならない。自分で播《ま》いた種を自力で刈り取るのだ。

石泉と目が合った。軽くうなずいたような気がした。自分と同じことを考えている。そう感じた。

二〇三〇　航空自衛隊府中基地

新人というのは、こんな場合に肩身が狭いものだ。

安濃や泊里をはじめ、先輩自衛官たちが彼らの持つ人脈を生かして情報収集に走ったり、今後の対策を検討したりしている中、真樹にできることは何もない。かと言って、今夜は宿舎にも帰れない。尉官以上は、全員緊急事態に備えて待機を命ぜられている。

こんな時こそ安濃たちに聞いてみたいことも山ほどあるが、今は邪魔にならないようにおとなしくしているしかない。

——戦闘機の奪取とミサイルの発射。

自衛隊始まって以来の異常事態だ。よくまあ、冷静に座っていられるものだと我ながら思う。自分が焦ってもしかたがないと、どこか醒《さ》めた目で見ている「遠野真樹」がいるのかもしれない。

——こんな時、せめて銃の練習でもできれば。

学生時代にクロスボウで全国大会に出たことはあるが、ピストル競技でいい成績を取れるとは夢にも思わなかった。

——今日の安濃さんは、何か変だった。

F―2がミサイルを発射した後くらいから妙にそわそわして、しょっちゅう携帯電話を握り締めて、地下と地上を行ったり来たりしている。変すぎる。

もっとも、安濃の様子がおかしいのは今日に始まったことではない。真樹が府中に配属されたのはこの一月だが、ここ数か月、彼はどんどん体重を減らしているように見える。どうやら自宅にもほとんど帰っていないようだ。仮眠室に寝泊まりしていることが多く、洗濯も隊に備え付けの洗濯機を回しているから、いつぞや泊里一尉が呆《あき》れていた。

——家庭に問題があるのか、健康面に不安があるのか。

配属先の先輩がこんな状態だとは、ついていない。最初はそう思った。

他人に慣れるのは、大の苦手だ。

早く職場に馴染《なじ》みたいとは思うが、どうすればいいのかわからない。笑顔を見せろと同期の女性隊員にはアドバイスされたが、いざ鏡の前で作り笑いをしてみると、そんなのは自分ではないような気がする。幹部候補生学校でちょっと射撃の成績が良かったのを、鼻にかけていると思われそうで、警戒心をハリネズミのように尖《とが》らせながら府中にやってきた。それなのに——自分を指導してくれる立場の安濃が、あの通り不安定な状態なのだ。がっかりした。

——ただひとつ、レーダー運用に関する技術を除いては。

安濃一尉は、時にJADGEシステムの先を読んでいるような気がする。発射されたミサイルの位置、速度、角度、気象状況、そういったものを読みとると、即座におよその弾道と落下予測地点を割り出してしまうという、奇妙な才能がある。だからこそ、JADGEシステムの画面を表示させるにも、最適な位置と角度、見せ方を指示することができる。これぱかりは、真樹には真似ができない。

——変なひと。

真樹にかかると安濃の異能ぶりも形無しだが、同期だという泊里一尉は、その腕を高く買っているようだった。別の隊にいる泊里だが、安濃を心配しているらしく、しょっちゅう様子を窺《うかが》いに来るのだ。

(なんたって、加賀山学校の俊英だからな)

(何ですか、それ)

泊里は曖昧《あいまい》な笑みを浮かべ、そのうちわかるよとだけ言った。

ふう、と溜《た》め息をひとつつく。八時半。いったいこの騒動は、いつまで続くのか——

府中は静かだが、内部にじわりと熱がこもっているようだった。

二〇四〇　東シナ海海上

そろそろじゃないかと思ったまさにその時、水平線から「それ」が姿を現した。高性能なGPSが開発されたおかげで、だだっ広い東シナ海のど真ん中で、こんなアプローチが可能になった。

月明かりに輝く海面。その上に浮かぶ白い鋼鉄の地面、メガフロート。夜の海を飛ぶカモメが見失わないように、煌々《こうこう》と滑走路灯を灯《とも》した海上の滑走路だ。

「滑走路視認。これより着陸を開始する。オーヴァー」

『了解。幸運を祈る』

菊谷和美《きくたにかずみ》は、ヘルメットの中で色のない唇をぐっと曲げ、F—2の脚を出して操縦桿《かん》を倒した。ここまでほぼ千キロ近く、海面すれすれの超低空を飛び続けてきた。高度を下げることで、レーダーに映ることを回避したのだ。曲技飛行並みのアクロバットも、あと少しで終わる。

大変なことを始めてしまった。もう後戻りはできない。するつもりもない。

自衛隊の仲間たちが、どんな思いをするかと考えると胸が痛んだが、今さら言ってもしかたのないことだ。どんなに尊い行為にも犠牲はつきものだった。ただ、自衛隊員を傷つけるのは嫌だった。自動小銃を持って行くように言われても、頑として麻酔銃のみを携行したのはそのためだ。

後悔はしていない。

むしろ——自分の中で、ようやく解き放たれた何かが、歓《よろこ》びの声を上げている。熱く、狂おしい何かだ。

操縦桿を握りしめると、司郎《しろう》の笑顔が目に浮かんだ。

――見ていてよ。もうすぐ、司郎の代わりに飛んでみせるから。司郎の夢は、私が必ずかなえてみせるから。

高度計の針が下がる。秒読みを開始する。三、二、一、ゼロ――

車輪が接地し、摩擦の高熱でゴムが焼ける。速度を落としながら、和美は風防に当たる風の音を聞いていた。F―2はミサイルを四発積んだ状態でも、離着陸に要する距離はおよそ千メートル。メガフロート四枚を連結した滑走路は、十分な長さを持っている。

残り数百メートルを残して、停止した。誘導灯を振るマーシャラーの指示に従ってタキシングをし、停止位置にまで機体を転がしていく。風防を開き、操縦席からすべり降りた。停止するのを待ちかねたように、真っ黒な戦闘服を着た男たちが数人、駆け寄ってきた。

「大至急、給油！　シートで機体を隠せ」

大柄な男のひとりが指揮を執っている。あたりは夕闇に包まれ顔がよく見えないが、イ・ソンミョクだろうと思った。十数年に及ぶ工作員生活を日本で送ったと聞いている。発音もアクセントも、日本人だと言われても通じるくらいの見事な日本語だ。

「ライト、回収！」

イ・ソンミョクの指示を受け、精悍《せいかん》な男たちが無言ですぐさま走り出した。仮設の滑走路からライトが回収され、あっという間にメガフロートは闇に溶け込んでいく。彼らはよく鍛え上げられた軍人だった。

メガフロートの端には、白い鋼板と似た色のシートで覆われた輸送ヘリがあった。メガフロートの表面に杭《くい》を打ち込み、万が一海が荒れても、機体が放り出されることのないように、ロープで支持している。F—2の機体も、同じようにロープをめぐらされつつあった。輸送ヘリに積んだ機材から給油を受け、やはりシートで覆って隠す。衛星や空からの監視を警戒しているのだ。

イ・ソンミョクが無線機を握った。

「機体を無事回収した。メガフロートを切り離せ」

暗い海の向こうで、淡い光が灯る。曳航船《えいこう》だ。一枚につき、二隻の曳航船。合計八隻の船が、イ・ソンミョクの命令を闇の中で待っていたようだ。

F—2回収後、メガフロートはばらばらに切り離して、元の状態でまたゆっくり曳航を続ける。輸送ヘリやF—2の機体はシートでカムフラージュしている。誰かが見ても、中国に曳航されていく「ただの」メガフロートにしか見えないだろう。

メガフロートを仮接合するための連結板を取り外すと、曳航船が前から順にエンジンを始動し、前進を始めた。一時間もすれば、四枚はすっかり離れた位置にいるはずだった。再連結するのは、今からおよそ二十五時間後の予定だ。

——こんなとんでもないミッションをよく考えついたものだ。

和美は切り離されるメガフロートに見とれていた。

「ミッション成功、おめでとう」

声をかけられて振り向くと、イ・ソンミョクが立っていた。反射的に敬礼する。イ・ソンミョクの敬礼は、ゆったりと落ち着いていた。「北」の人民軍では中堅幹部クラスのひとりだと聞いている。「北」では五指に入る腕のパイロットだという話だった。

「よく、こんなものを持ってこられましたね」

声がはずむのを抑えきれない。和美はメガフロートを示すように手を広げた。イ・ソンミョクという男は、よほどの影響力を持っているのに違いない。

「まあな」

イ・ソンミョクは面白がるような表情で和美に視線を走らせた。当初、F―2に和美が乗ることには難色を示した男だ。退職するまで、数少ない女性パイロットのひとりとして活躍していた和美が、実際に彼を乗せてビジネスジェットを操縦してみせるまでは、信用しなかった。

「日本の衛星放送が、ニュースでF―2の奪取とミサイル発射を報じている。見るか？」

イ・ソンミョクが白い歯を見せた。夕闇の中にいるためばかりではない。この男はいつも陰のある表情をしている。口元だけで笑う癖がある。

――司郎と反対ね。

何事にもあけっぴろげな司郎の、身体中ではじけるような笑顔を思い出して、少し苦しくなる。もう二度と帰らない。司郎が自分にあの笑顔を向けることはない。

つんと鼻の奥にしょっぱい香りがするが、和美はそれを無理に飲み込んだ。こんな連中を相手に涙など見せるつもりはない。彼らの目的が何なのかは、知る必要すらない。彼らは自分を利用しているつもりかもしれない。

――まさか。

自分こそ彼らを利用しているのだ。

ぎゅっとこぶしを握り締め、負けるものかと思う。男ばかりに囲まれた生活には慣れている。その中で背伸びばかりすることにも慣れている。

ただ、今はもうひそかに自分を後ろでかばってくれる、司郎の力強い腕がないだけだ。

イ・ソンミョクの合図を受けて、輸送ヘリに乗りこんだ。

輸送ヘリの後部に、小型のテレビが積んである。グレーのスーツを着た女性ニュースキャスターが、深刻な表情で画面の向こうからこちらを見つめていた。

『──今日、午後七時二十分、航空自衛隊の岐阜基地からミサイルを載せた戦闘機F―2が一機、奪取されました。誰が何の目的で盗んだのかなど詳細は調査中ですが、緊急事態を受けて自衛隊機が追跡したところ、逃走中のF―2がミサイルを発射する事態になりました。発射されたミサイルは富士の樹海に落ち、今のところ被害の報告はありません』

なるほど、ずいぶん情報を絞っている。戦闘機に積んであったミサイルが、開発中のXASM―3だったことはもちろん、ミサイルが何発搭載されていて、うち何発が発射されたのかすら、伏せられている。逃走した戦闘機の行方についても、ニュースでは触れていない。政府に対してテロリストが犯行声明を送ってきたことも、公表されていなかった。これが政府の公式発表の内容なのだろう。

「もう隠しておける段階ではないはずだがな」

イ・ソンミョクは陰気にしのび笑った。この男は、日本人のことを本心ではどう考えているのだろう、と和美はふと考えた。

「あとは国内のチームに任せよう。我々はしばらくここで待機だ。君も休んでくれ。何かあれば私に声をかけるといい。国内と話したければ衛星電話を用意したので言ってくれ」

イ・ソンミョクの幅広な手がぽんと肩をたたき、輸送ヘリを出て行った。大声で部下に指示を飛ばす声が、ここまで聞こえてくる。

和美はテレビの電源を切った。目はパイロットの命だ。あまり疲れさせたくない。

あと二十数時間。その後に起きることが、待ち遠しくてならなかった。

3　離脱

二二〇〇　航空自衛隊府中基地

携帯電話に登録されている加賀山の電話番号は、横浜にある自宅のものだった。もう何度もかけてみたが、誰も出ない。

――俺からの電話だから出ないのかもしれない。

ふと、そんな考えが脳裏をよぎった。

――まさか。

安濃の中の冷静な部分が、そんな憶測は馬鹿げていると否定している。相手はそういう大人げないタイプの男ではない。近頃安濃は、自分の中にもうひとり別の自分がいるような気がしていた。そのもうひとりが、加賀山はお前を避けているのだと呟《つぶや》き続けている。

──何が加賀山学校の俊英だ。おまえなんかとっくに見限られている。

「そうじゃない！」

思わず大声を出し、はっとして会議室の前の廊下を見渡した。向こう端にいた数名の自衛官が、顔を上げてちらりとこちらを見たが、電話をかけていると誤解したようで、すぐにまた話し始めた。

安濃は携帯電話を胸のポケットにしまい、エレベーターに乗った。また地下のオペレーションルームに戻るのだ。地下三階に潜ると携帯が通じないので、電話をかける時だけわざわざ上がってくるのだった。エレベーターに乗ると気分が悪くなる。たった三階分の降下を、目を閉じて脂汗をにじませながらじっと耐える。

ふと、誰も乗り合わせていないはずのエレベーターに、他人の気配を感じる。

(君は迷いが多すぎる)

加賀山の静かな声が聞こえる気がする。

最後に会ったのは、二月の初めだった。バスターミナルから府中駅に続く階段付近で、声をかけられた。雪がちらつく寒い日で、ラクダ色のコートにマフラーを巻いて、穏やかな笑顔を見せていた。

(近くで友人に会うことになっていてね)

府中基地の近くで会うのなら、航空自衛隊の誰かだろうと思った。二年前に、雑誌に寄稿した論文がもとで退職に追い込まれた彼が、まだ自衛隊に友人と呼べる人間を持っている。素直にそれを喜びたかった。だが無理だった。加賀山の顔をまっすぐに見ることができなかった。

あのころ既に、安濃は退職を考えていた。合わせる顔がなくて、動揺して俯《うつむ》いたのを覚えている。加賀山はその動揺を見抜いただろう。見抜いて、どう解釈しただろう。解職された自分を避けているのだと、誤解しなかっただろうか。

恥ずかしかった。恩知らずな男だと思われたかもしれない。

その日安濃は、市ヶ谷で打ち合わせがあるため駅に向かったのだった。

今になってよく考えると、加賀山は安濃に会うためにわざわざ府中に来たふしがある。

友人に会うと言いながら、手すりにもたれて、階段を上がってくる自分を待っていた。

——あの時、俺がもっとよく話を聞いていれば。

今年に入り、安濃は自身の精神面が不調で、他人を思いやる余裕がなかった。妻の紗代と、しばらく実家に戻ってもらうための相談を始めたころだ。

（近々、君たちをちょっと驚かすことをするかもしれない）

加賀山は、面長で品のいい顔立ちに、いたずらっぽい表情を浮かべていた。現役時代、英国紳士のようなと言われたことがあるくらい、端整な面ざしをしている。

たった二年で随分老けた、とも感じた。

（また、論文か何かですか）

二年前に、彼は論壇誌に二十枚ほどの論文を寄稿した。戦前から戦時中にかけて、東南アジア各国の独立戦争を後押しした帝国軍人の存在に触れ、国家間の侵略戦争という側面だけでなく、当時真摯《しんし》にアジアの解放を願った軍人がいたことを知ってほしいという趣旨の文章だった。

加賀山さんらしい、と安濃は一読して素直に感じたものだ。

（国家の正義と個人の倫理が、必ずしも一致するとは限らない）

それが加賀山の持論だったし、常に部下という「個人」を尊重する彼ならではの文章だと思ったのだ。どちらかと言えば理想を追う男だった。その理想が心地よくて、「加賀山学校」などと呼ばれるほど、傘下に若手が集まったのかもしれない。

ただし、人間としては別として、国家の正義に従うことのできない軍人に、問題があることも確かなのだろう。加賀山の論文は、戦後五十年を期した「村山談話」の路線を逸脱するものとみなされ、政治的な判断で早期に退職せざるを得ない立場に追い込まれた。加賀山学校に代表されるような「人気」も、上層部から危険視されたのかもしれない。

そんな事情があったので、また世間をにぎわす論文でも寄稿するつもりではないかと思ったのだ。

目が笑っていた。

（いや。今度はもっと、行動を伴うことだろうな）

微妙な表現だった。笑顔を見る限り、何かの冗談なのだろう。

（君は現状に満足しているのかな）

相変わらず、加賀山はにこやかだった。その顎《あご》に、まばらに伸びた不精ひげが目立つ。よく見れば、こげ茶のマフラーのあちこちに、コーヒーか何かの染みが飛んでいることにも気がついた。現職の頃には、身だしなみには人一倍気を使う男だった。それが最初の違和感だった。

静かに笑っている加賀山の、心がここにない。どこか遠くに魂を置いたまま、安濃の前に立っている。見ているのが辛《つら》くなった。

（これ、渡しておくよ）

　差し出された一通の白封筒を、安濃はためらいながら受け取った。裏を返すと、しっかりと封緘《ふうかん》されている。

（何ですか？）

（ぼくの遺書かな）

　軽やかに言った加賀山に、思わず顔を跳ね上げる。

（冗談だ。いや、これは悪い冗談だったね）

　加賀山が微笑んだ。

（迷いが晴れたら、中を見てほしい。迷っている間は、見ないほうがいい。でもあまり長くは待てないけどね）

　いったい何を言っているのだろう。

　解職された上に妻を亡くし、少しおかしくなったのではないか。

　正直、そんな疑念が浮かんだ。長いつきあいで、尊敬する上官だった。いや、上官以上の存在だ。胸がふさがれる。

（いいね。迷いが晴れたら、だよ）

　瞳《ひとみ》をきらりと輝かせ、繰り返した。その瞬間だけ、以前の上官が戻ってきた。

（お手柔らかにお願いしますよ）

　安濃は当たり障りのない表現で笑顔をつくり、きびすを返した。先を急いでいる、という雰囲気を自然に身にまとっていた。

（近々）と、加賀山が背後で大きな声を上げた。ほとんど叫ぶようだった。

（落ちるよ、この国に）

いったい何が。思わず振り向いた安濃に、優雅な笑顔で手を振った。その唇が、ゆっくり動いてひとつの単語を形作るのを見つめていた。

——バリスティック。

加賀山が手すりを離れた。背中を見せ、バス停に向かってしごくのどかに階段を下りていった。あっけにとられ、遠ざかるコートの背中を見送るしかなかった。加賀山は本当に、どうかしてしまったらしい。

バリスティック・ミサイル。弾道ミサイルのことだ。そんなものが、この日本に落ちてたまるか。加賀山こそ、弾道ミサイルからこの国を防衛する専門家だったのだ。安濃はその弟子だった。豊富な知識を受け継いで、いま府中でミサイル防衛の任務についている。

冗談にもほどがある、とその時は思った。

「どうした？」目の前に泊里が立ち、心配そうに覗《のぞ》きこんでいた。

「お前、やっぱり顔色悪いぞ」

無意識のうちにエレベーターを降り、オペレーションルームに向かっていたらしい。白い廊下ですれ違いざま、うつろな目をして歩いている安濃の肩を摑《つか》んできたのだ。

安濃はごくりと唾《つば》を飲んだ。

加賀山に連絡が取れない、と言おうとし、思い返して黙った。二月に加賀山が言ったことを、他人に話すわけにはいかないと思った。もしあれがただの冗談だったら、とんでもない嫌疑をかけてしまうことになる。

「——上の状況は？」

泊里は深刻な表情になり、安濃の肩を摑んだまま廊下の隅に連れていった。オペレーションルームはいまだ今後の対応を検討して騒然としているはずだが、廊下は静まりかえっている。

「テロリストが政府に犯行声明を送りつけたらしい」

朗らかな泊里の声が珍しく低い。

「テロリスト？」

「そうだ。まだ政府も公表していない。犯行声明を送りつけてきたのは、F—2を奪取した犯人と同一人物——あるいは同一グループ——だとみられている。犯人は、明日《あした》夜二十四時に残りのミサイルを、国内の主要都市に向けて発射すると宣言している」

息を呑《の》んだ。F—2に搭載されていたミサイルは、四発。そのうち一発が富士の樹海に向けて発射された。残り三発。

「犯人は、『北』のミサイル発射も自分たちの仲間によるものだと宣言している。信じられないが、米軍や韓国から伝えられる情報を総合して、どうやら本当かもしれないと考えられている。『北』では今日のミサイル発射の後、若手将校が数人処刑されたらしい」

泊里の話は、安濃の予想を超えていた。

「それでな」

泊里が周囲を見回し、ほかに誰も廊下に出てきていないことを確かめた。

「F—2を奪取したパイロットだが、お前も見ていたとおり驚くほど腕が良かった。何よりF

―2の運動性能に慣れていた」

安濃は泊里に頷《うなず》き返した。彼が何を言わんとしているのか、聞かなくてもわかった。レーダーに映るF―2の動きを見て、おそらく多くの自衛隊員が感じていたことだ。

――寒い。

夜になって冷えてきたのか、空調が効いているはずの地下が、しんしんと冷たい気がする。

「上層部は、テロリストの中に現職または元自衛隊員がいると考えて、調査を始めた。特に、F―2に乗った経験のあるパイロットを中心に調べているところだ」

二二三〇　総理大臣官邸

「弾道ミサイル防衛は、『北』などの海外から弾道ミサイルを発射された場合に備えて検討されています」

スクリーンに投影された構想概念図をポイントしながら、航空幕僚監部の小山《こやま》三等空佐が説明している。浅間防衛大臣は、官邸対策室のメンバーをそっと見回した。

今ここにいるのは、倉田総理と石泉官房長官、浅間と彼らのスタッフだけだった。倉田も石泉も、BMDに関する基礎的な知識は、充分持っている。小山の説明は「おさらい」にすぎない。

「弾道ミサイルが発射されると、米軍の早期警戒衛星がまず発射をキャッチします。ほぼ同時に、航空自衛隊の地上配備型レーダーFPS―5が、あらかじめ網の目のように張り巡らせたフェンス・サーチ・ビームによって、ミサイル発射を探知します。ミサイルの位置、速度、向き、数量などの情報は瞬時にJADGEシステムに送られ、JADGEシステムから各地のFPS―5とFPS―3改、イージス艦、PAC―3部隊など、連携する各システムにデータリンクを使って送信されます。弾道ミサイルというのは、このように――発射した地点から、放物線を描いていったん大気圏外に飛び出し、その後大気圏に再突入して音速の数倍ほどの速さで目的地に飛んでいきます」

小山がスクリーンに描かれた放物線を、ポインターでなぞった。

「いったん発射され探知されたミサイルは、各地のレーダーによって追尾され、落下予測地点が計算されます。わが国に何らかの危険があり、迎撃の必要ありとみなされた場合は、まずエリアディフェンスを担当する海上自衛隊のイージス艦が、艦載のSM―3ミサイルを使って迎撃します。SM―3は、先ほどお話ししたように、放物線を描いて飛ぶミサイルを、大気圏外のミッドコース――この、最も上空において迎撃するミサイルです。イージス艦二隻から三隻で、日本上空をほぼ完全にカバーすることができます」

倉田総理は、どことなく渋い表情でスライドを睨《にら》んでいる。

「万が一、SM―3がミサイルを撃ち漏らした場合には、ポイントディフェンスを担当する、PAC―3の出番になります。PAC―3は、大気圏に再突入したミサイルを、高度十数キロメートルの下層において、落下してくる弾頭に体当たりして破壊するミサイルです。PAC―3は、東京を始めとする主要都市に移動して配備されます」

倉田総理が椅子から身体を起こし、こちらを振り向いて何やら一瞬苦い顔をした。

「小山くん」浅間が手を上げて、解説を止めさせる。

「総理がお聞きになりたいのは、ＢＭＤの基礎じゃない。盗まれたＦ―２と、それに搭載されたＸＡＳＭ―３ミサイルを、現在のシステムで迎撃できるのかどうかだ」

「もちろん、迎撃可能です」小山が即答した。

「確実に、できるんだね」

倉田総理が念押しをする。小山がちらりと浅間に視線を走らせ、頷いた。

「ミサイルの目的地が東京であれば、確実に迎撃できます」

「東京であれば？」

「テロリストは、Ｆ―２を目的地の近くまで接近させ、ミサイルを発射するでしょう。弾道ミサイルのように、イージス艦とＰＡＣ―３の二段構えで迎撃することはできません。今回のミッションでは、ＰＡＣ―３が迎撃任務を一手に背負うことになります」

「ＰＡＣ―３は全国に何台あるんだ」

「ＰＡＣ―３を運用する高射隊は、全国で八つあります。首都圏の第一高射群に、入間、習志《ならし》野《の》、武山《たけやま》、霞ヶ浦《かすみがうら》のそれぞれひとつずつ。岐阜の第四高射群には、岐阜にふたつ、饗庭野《あいばの》、白《はく》山《さん》にひとつずつです。福岡の第二高射群は導入の途中ですし、浜松に教育用のものもありますが、これは除外します。高射隊が三つあれば、東京全域の防衛が可能です」

浅間は、倉田総理が今の小山三佐の発言をじっくり反芻《はんすう》するのを見守った。三つの高射隊で東京全域ということは、残り五つで日本全土を守ることは不可能だということだ。

「東京以外に、テロリストの目標になる都市などあるわけがない」

倉田が苦虫を噛《か》み潰《つぶ》したような表情で呟《つぶや》いた。それについては、現段階では浅間も同じ意見だった。覚悟を必要とする前提ではあるが、防衛もコスト・パフォーマンスと切り離して考えることはできない。

「総理、私もテロリストの目標は東京だと考えます。ただし、今後の話ですが、テロリストが情報を攪乱《かくらん》し国民を不安に陥れるために、東京以外の都市を目標にすると宣言する可能性もあります。その際の混乱を、計算に入れておく必要があります」

「具体的にはどうすればいいですか」

石泉官房長官が、冷静に尋ねた。

浅間は小山三佐に合図し、日本地図上にPAC―3配備状況を表示した図を投影させた。小山が引き続き説明を始める。

「自衛隊は、PAC―3を配備する場所について、今回は公表しないことにしました。東京はここ二週間ほどのミサイル騒動で、マスコミが既に報道している通り、朝霞《あさか》駐屯地と市ヶ谷駐屯地、習志野分屯基地の三か所に配備しています。これはこのまま動かしません。また、東京以外の場所については、位置を公表しません。配備場所が明らかになれば、当然ながらテロリストがPAC―3を配備していない場所を狙う可能性があるからです」

「あれだけ大きなものだから、公表しなくても目立つでしょう」

「もちろん、PAC―3の部隊を展開する際には、一般道を移動するわけですから目立ちますし、陸自の駐屯地に配備したとしても、近隣住民の目にはさらされることになります。インターネットなどで情報が流れる可能性も高い。リスクはありますが、明日の夜二十四時までにPAC―3配備の全体像が明らかにならなければいいんです」

石泉が深く頷いた。

「なるほど。では東京以外の配備場所については、どういった基準で選択するんですか」

「テロリストは、XASM—3を通常弾頭のまま、使用すると分析しています。通常弾頭を撃ち込まれて、大きな被害が出る可能性があるのは、まず原子力発電所」

小山が説明を続けながら、地図上に国内の原子力発電所分布図を重ねた。福井県若狭《わかさ》地方に複数の発電所があるほかは、北海道から鹿児島まで全国に散っている。

「それから、ガスや石油などの巨大な燃料タンクを持つコンビナート。爆発を契機に化学反応を引き起こす可能性のある、化学薬品工場なども危険です。また、大きな被害が出るかどうかは別として、たとえば国会議事堂や都庁のように象徴的な建造物を狙う可能性もあります。ただし、そういったランドマーク的な建造物はほとんどが首都圏にありますので、カバーできると考えております」

「つまり、東京以外に配備されるPAC—3は、主に原子力発電所を守ることになるわけですね」

浅間は小さく咳払《せきばら》いをした。石泉も倉田も、浅間に注目している。

「テロリストが指定した時刻は、明日の夜二十四時。その時刻には、できるだけ自宅にいるよう、国民に呼びかけましょう。テロリストは貴重なミサイルを住宅地に落とすようなマネはしないでしょう」

「テロリストが大きな人的被害を出すことを目的にしているなら、民間航空機を狙う可能性もあるのではないですか」

考えをまとめようとしているのか、石泉が下唇を軽く嚙みながら尋ねた。もっともな指摘だった。

「その可能性もあります」小山三佐が頷く。

「テロリストは、犯行声明の中で『主要都市にミサイルを撃ち込む』と宣言しましたが、航空機を狙う可能性もゼロではありません。ただ、幸いなことにテロリストが指定した時刻が真夜中です。国土交通省の協力を得て、明日《あした》夜二十四時の前後一時間程度は、民間航空機が日本の上空に入らないように、調整します」

浅間は倉田総理に身を乗り出した。

「F−2は海上から侵入してくるでしょう。ミサイルの射程がおよそ百五十キロメートルとして、目標から百五十キロメートルの位置にまで近づかなければなりません。未確認機が侵入した場合は戦闘機が迎撃します。PAC−3は最後にゴールを守るゴールキーパーだと考えていてください」

ミサイル防衛戦略は、米国の核戦略の変遷と、技術力の進歩により変化してきた。

一九六〇年代末から米ソの冷戦時代下を通じて、米国の核戦略は相互確証破壊理論《MAD》と呼ばれる考え方に基づいていた。

核兵器による先制第一撃から生き残り、反撃して相手国に決定的なダメージを与える核の報復能力を、双方が保持することで、お互いに第一撃を加えることができない、という相互抑止の考え方である。万が一の第一撃で国民が被害を受けることは前提として認めているわけで、ある意味不毛な戦略だ。このMAD理論をベースに、米ソはミサイル開発競争を進めていた。

当時は、攻撃ミサイルの技術進歩が著しく、有効な迎撃ミサイルを開発することが技術的に困難だった、という事情もある。一九六〇年代半ば以降に米国で計画された、「センティネル・ミサイル・システム」や「セーフ・ガード・システム」などは、技術的な問題を抱えついに完全配備されることはなかった。

ミサイル防衛システムはその後政治的な意図をもって封印され、復活には一九八三年にレーガン大統領が発表した宇宙配備型の弾道ミサイル防衛構想を待たねばならない。現在のような多層防衛システムの構想に行きつくまでには、さらに十数年の時間が必要だった。

米国の戦略がMAD理論から転換したのは、ソ連の崩壊による冷戦終結と、いわゆる「ならずもの国家」やテロリストの存在が引き金になっている。「ならずもの国家」には、相互抑止など効果がない。第二撃により自国が壊滅的打撃を受けることなど気にもかけず、彼らは第一撃を発射するかもしれない――

ミサイル防衛構想を現実のものとしたのは、衛星による監視システムや、衛星搭載レーザー、迎撃ミサイルなどの技術の進歩だった。

――いままさに、その技術が試されようとしている。

テロリストによるミサイル発射という試練をもって。

浅間はソファに身体を深く沈めた。

他国が発射したミサイルを迎撃する。ただその目的で開発された迎撃ミサイル――あるいはミサイル防衛システムは、専守防衛を旨とする自衛隊のありように馴染《なじ》みやすい。軍事アレルギーを持つ日本人にとっても、受け入れやすい概念だ。

官邸対策室のドアをノックする音が聞こえた。総理官邸の若手スタッフが、ただならぬ表情で駆け込んできて、石泉にメモを渡した。

「どうした」

倉田総理が見るからに不安げに尋ねる。ハト派で知性派を標榜《ひょうぼう》する総理だが、やや線が弱いのが気になるところだ。メモを読み下した石泉が顔を上げた。

「テロリストが、インターネットを使って犯行予告動画を流しているそうです。東京が火の海になる映像を流して、不安を煽《あお》っているようですね。地方都市を狙うかもしれないとも言っている」

これだけインターネットが普及した現在、犯人が一般大衆に向かって直接犯行予告をしないわけがない。

「テロリストは、動画で何か我々に要求しているんですか」

犯人の目的が読めない。国内に混乱を引き起こしたいのか。それとも他に目的があるのか。

石泉が首を横に振った。

「要求については特に触れていません。思想的な背景もよくわからない。いったい、何を考えているのやら——ともかく、対策室のメンバーを再度招集しましょう。記者会見も開きます。いま、上には官邸のコメントを求めるマスコミの電話が殺到しているそうです」

石泉の言葉をしおに、それぞれ立ち上がった。そろそろ夜の十一時近い。いつもなら、就寝準備を始めている頃だ。浅間は長時間座り続けて、痛む腰をそっと伸ばした。

これほど難しい状況をさばいた歴代の防衛大臣や防衛庁長官は珍しいだろう。重荷を代わりに背負ってくれる相手はどこにもいない。何かのトップに立つということは、そういうことだ。

二三〇〇　航空自衛隊府中基地

大手町《おおてまち》が炎に包まれている。

「合成だ」

泊里が言ったが、安濃は半信半疑でその映像を見つめた。それにしては、できすぎている。東京駅にミサイルが撃ち込まれ、周辺の建物が炎に包まれるという映像だ。もちろん、こんな状況がありえないことは、安濃にもわかっている。盗まれたのは通常弾頭で、東京駅に撃ち込まれたところで建物の一部が損傷する程度ですむはずだ。ショッキングな映像を利用して、国内に感情的な議論を巻き起こそうというテロリストの意図が見え見えだった。

会議室には真樹もいた。食い入るように画面を見つめている。

基地内にいさえすれば、仮眠を取ってもかまわないのだが、これだけ緊張感を漂わせた基地の中で、眠る気にもなれない。

噂では、各基地に所属する現役パイロットや、パイロット経験のある自衛官は、ひとりひとり呼び出されてヒヤリングを受けているようだ。ここにいる三人は、パイロットの資格も経験もなかったから良かったようなものの――

テロリストと通じている人間が内部にいるかもしれないと疑われている。それだけで、基地内には不穏な空気が漂い始めている。

奇妙な熱気。たちこめる疑心暗鬼。

泊里が、インターネットの動画サイトで公開されている犯行声明を見つけてきた。テロリストはそこにふたつの動画をアップロードしていた。

「ひとつめは、政府に送りつけたのと同じものらしい」

泊里はコンピュータに強く、無線の通信カードをつけた小型のパソコンを会議室に持ち込んで、説明しながら動画を見せてくれている。

「今見てるふたつめは、どうやら国民に向けてのメッセージのつもりらしいな」

燃え上がる大手町の後は、富士の樹海に撃ち込まれるミサイルの映像だった。どうやって撮影したのかはわからないが、今日の夕方、F―2から発射されたミサイルの映像のようだ。あらかじめ撮影部隊が現場付近に潜んでいたのかもしれない。F―2がミサイルを発射し、次の瞬間に反転してF―15の追撃をかわそうとする様子も、ミサイルが発射直後に樹海の木々の中に飛び込んで、木々を揺らす様子も、みな丁寧に撮影されている。

うっそうと茂る木々を何本かなぎ倒し、地面に激突してミサイルは爆発した。火災などは起きなかったが、衝撃が地面を揺らしたのか、画面もしばらくの間はかすかに震えているようだった。

――こいつは本物だ。

映像にかぶせるように、まるでロボットのように機械的な声が話し始めた。音声の変換装置を使っているのかもしれない。声を聞く限りは性別すらはっきりしなかった。

『われわれは、本日一九三〇《ヒトキュウサンマル》に自衛隊のF―2戦闘機を奪い、搭載していたミサイル一発を発射した。われわれは、ミサイルをあと三発持っている。明日夜二十四時に、国内いずれかの主要都市に向けて発射する予定だ。C4ISR《シーフォーアイエスアール》、いずれの面でもわれわれは自衛隊に負けない』

「今、何て言った？」

聞き取れなかったのか、泊里が首を傾げる。安濃は低い声で、映像が語った言葉を繰り返した。

「C4ISRだよ。指揮《コマンド》、統制《コントロール》、通信《コミュニケーション》、コンピュータ、情報《インフォメーション》、監視《サーベイランス》、偵察《リコネッサンス》。指揮官の意思決定を支援する重要な要素」

こんな言葉を、日常業務の中でわざわざ使うことはない。この言葉が大好きな人間を、安濃は知っていた。

――加賀山さんだ。

加賀山とは、いまだに連絡が取れない。自宅の留守番電話には、電話をくれるようにメッセージを残したが、何の反応もなかった。

ずっと心に引っかかっているのは、加賀山に渡された封筒のことだ。二月に渡されてからというもの、加賀山が言う迷いとは何のことなのか見当もつかず、うかつに開くこともためらわれて、鞄《かばん》に入れたままになっている。

――退職したら、開こう。

実は、そう考えていた。退職すれば、自分が今抱えている迷いも晴れるだろう。

「この動画、もう三十万人が見てる」

泊里がうんざりしたような声を出した。

明日の夜、ミサイルが飛んでくる。そう言われても、なかなかぴんとこないものだ。まず

「まさか」と思う。この国にそんなものが撃ち込まれるわけがない。自分たちの平和を破るものなど、いるはずがない。おまけにミサイルは三発、撃ち込まれるのは国内に三か所だけだ。ひょっとすると不運な誰かの上に落ちるかもしれないが、それは自分ではないだろう。そう考えるのが普通だ。

しかし、さっきの映像があれば、少し話が違ってくるかもしれない。目の前で樹海にミサイルが撃ち込まれ、大木がなぎ倒される映像を見れば、少なくともその威力に目を瞠るかもしれない。

ふと、紗代たちの上にミサイルが落ちかかる映像をリアルに想像して、思わず身を震わせた。

——ミサイルが落ちるのは明日《あした》の夜。

安濃は両手のひらを握り締めた。何度も強く爪を立てるので、手のひらが傷だらけになって血がにじんでいる。本当に加賀山がテロに加担しているのなら、何としても止めなければならない。

「さあ、あまり長いこと会議室に居座っているのも、何だからな」

泊里がノートパソコンを閉じ、時計を見る。

——午後十一時半。

「あと、二十四時間と三十分だ」

安濃も立ち上がった。

加賀山の封筒の中身を、見るべき時が来た。

『たぶん君がこれを開くのは、何かが起きた後になるだろうね』

加賀山の手紙は、そんなくだけた文章で始まっていた。

安濃は仮眠室のベッドに腰を落ち着け、鞄を横に放り出して封筒の上部を少し切り、中から三つ折りにした一枚の用箋《ようせん》を取り出した。

泊里たちの目を逃れるように、こっそりと仮眠室に転がり込んできたのだ。今頃不審に思っているかもしれないが、かまっている暇はない。

『君は相変わらず迷うだろうから。でも今回はそのほうがいい。できれば、ことが起きた後にこれを開いてほしい。心から、そう願っている。

私はこれから、この国にひとつの問いかけをしようと考えている。この問いに答えが返ることは、ないかもしれない。答えが返る前に、おそらく私の命はないだろう。色々考えることも、言いたいこともあるが――

言い訳はやめておく。ただ、後のことを君に託したい。私のすべては、君に伝えた。後のことはよろしく頼む』

封筒を逆さにして振ってみた。何も出てこない。これきりだった。

――やはり。

実際にこうして読んでみると、意外に驚きもせず受け止めている自分がいる。

やはり加賀山は事件に関係しているようだ。

これは賭《か》けだったのだろうか。何となく、彼は自分を勧誘するためにこの手紙を渡したのではないかと思っていた。俺についてこいと、書かれてあるような気がしていた。そうなった時、自分はどうするのだろうと、背筋が寒くなるような想像をしていた。

——違った。あれは、別れを告げに来たんだ。

唇を噛《か》む。

二月に府中駅の近くで会った時には既に、ミサイルテロの青写真は加賀山の中にあったのに違いない。わざわざ、自分の顔を見に来てくれた。そのことが、今じわりと安濃の胸を熱くさせていた。加賀山を止められるのは、自分しかいない。そう思った。

『いったいどうした。こんな時刻に電話してきて、いきなり加賀山さんの話か』

奥さんに代わって山瀬《やませ》の太い声が聞こえてきたときには、正直ほっとした。まだ眠ってはいないだろうとは思っていたが、案の定酒が入っているらしい。晩酌の途中だったのだろうか。自衛隊がF—2の盗難騒ぎでひっくり返っているというのに、呑気《のんき》なものだった。それも当然で、加賀山が解職されてすぐに、彼も自衛隊を辞めたのだ。隊内ではまるで加賀山に殉じたかのように話す人もいた。

「最近、お会いになりましたか」

唐突な質問だったが、アルコールが入ると細かいことを気にする男ではない。盛岡で両親の養蜂《ようほう》場を継いで経営者になったと聞いている。山瀬はえらの張った四角い顔立ちの男で、肩幅も広く横にがっしりしているので、誰が呼び始めたのか戦車《タンク》とあだ名されていた。

ひょっとしてテレビを見ていないのかもしれない。F—2とミサイルの盗難が新聞に載るのは、明日の朝刊になるだろう。話を聞きだすなら今のうちだ。

『いや、退職以来ご無沙汰《ぶさた》だなあ。電話で話したことはあるが、俺も東京に出る機会が減ったからな。噂は色々と聞いているが』

「噂というのは、たとえば奥さんが——亡くなったことですか」

安濃のためらいがちな言葉に、山瀬が意外にも声を詰まらせた。

『奥さんが亡くなったのか。いつだ』

「今年の一月です」

『そうか——それは知らなかった』

どこかしんみりと呟《つぶや》くように言った。

『奥さんの作ってくれるおかかの握り飯が、俺大好きでさ。加賀山さんとさんざん飲んだ後に、ちょっとおなかが空《す》いたかな、と思うと出てくるんだ。実に美味《うま》かったよなあ』

安濃にも覚えがあった。深夜までいやな顔ひとつせずに付き合ってくれた奥さんの笑顔と、甘辛く煮た鰹節《かつおぶし》入りの握り飯にかぶりついた瞬間の、炊き立てのご飯の香りがよみがえる。

山瀬も何かにつけて加賀山の自宅に招かれ、気取りのない奥さんに温かくもてなされたひとりだった。加賀山は教官を務めた経験もあるためか、要撃管制に関する自分の知識を、惜しみなく若手に教えてくれた。そばにいることが、まさに「加賀山学校」だった。

「山瀬先輩が、お聞きになった噂話というのは、いったい——」

会話しているうちに酔いが醒《さ》めてきたのか、困惑したように言いよどむ。

『いや——亡くなった息子さんのことだ』

「亡くなった？」今度は安濃が驚く番だった。

「息子さんはたしか、空自でパイロットだったはずですよね」

ひとり息子が、自分と同じ道を選んだと、加賀山がさりげなく、しかし嬉《うれ》しさを隠しきれない表情で話していたのは、数年前のことだ。口元にこぼれる照れくさそうな笑みを、今でもよく覚えている。

『自殺だったらしいんだ』

山瀬が押し殺すように言った。そばにいる家族に聞かれたくないのかもしれない。

『去年、宿舎で首を吊《つ》ったという噂を聞いた。おそらく自衛隊の内部ではあまりおおっぴらに語られてないんじゃないかな。加賀山さんも奥さんも、ショックだっただろう』

「それは——いったい何が原因だったんですか」

『うつ状態になっていたと聞いたよ。加賀山さんの退職の件で、彼なりに思うこともあったんじゃないか。上司とそりが合わなかったという噂も聞いた。腕のいいパイロットだったらしい。残念だ』

山瀬はそれ以上の情報を持たないようだった。安濃が電話したのは、加賀山は自分の後を追って退職した彼を、テロに勧誘したのではないかと疑ったからだった。

「変なことを聞きますが、山瀬さんはどうして自衛隊を辞めたんですか」

ふいに、聞いてみたくなった。苦笑いが目に浮かぶようだった。

『本当に、唐突に電話してきたかと思えば、妙なことを聞く奴だ。実を言うとな、俺はずっと前から、あの時点で退職することになっていたんだ。親父の身体の具合が悪くて、帰ってこいって前から言われていてさ。隊内では、加賀山さんの解職に抗議して退職したと噂されたみたいだけど、実際はそうじゃないんだよ』

何となく、ほっと胸を撫《な》で下ろしている自分がいた。

「いきなり夜中にすみませんでした」

『いいよ。こんど盛岡に遊びに来いよ。こっちの酒も美味いぞ』

酒好きの彼らしい言い草だった。ふと、加賀山の息子の名前を思い出せないことに気がついた。

『ああ、息子さんの名前か』山瀬が朗らかな声で言った。

『一度だけ会ったことがある。明るくて随分きちんとした、いい青年だったよ。さすが加賀山さんの息子さんだと思ったんだ。名前はたしか、司郎君だった。――加賀山司郎』


安濃は仮眠室に戻り、置き去りになっていた鞄《かばん》を取り上げた。

耳元で誰かが、行け、行け、行け、と囁《ささや》き続けている。

加賀山がテロに関与していると考えるのなら、すぐさま上官に報告して指示を仰ぐべきだ。そう冷静に分析する声よりも、すぐにここを出て、直接会って話をしろと叫ぶ声のほうが、ずっと強くて高らかだった。

自分は馬鹿なことをしようとしている。

しかし、やめられない。

加賀山の家に行ってみよう、と思った。場所は横浜だ。第三京浜を飛ばせば一時間と少しで着くはずだった。

鞄を持って立ち上がりかけ、気づいた。こんなものを持ってうろうろしていたら、いかにも基地の外に出ようとしているようだ。見咎《みとが》められて足止めされることは避けたい。

置いていくか。

念のために中身を改め、退職届が入ったままになっていることに気づいた。

何という皮肉だろう。「北」のミサイルのために、退職届を出すこともできなかった。ようやく落ち着いたかと思う暇もなく、今度はテロリスト騒ぎでそんなゆとりが消えてしまった。

それだけを制服の内ポケットに押し込んだ。これを残して行けない。ベッドの下に鞄を残したまま、仮眠室を出た。

一階の出口付近に真樹が立っていた。

「——どこに行かれるんですか」

一瞬とまどった。真樹が妙に決然とした表情をしている。

「なんでそんな怖い顔してるんだ」

呆然《ぼうぜん》と呟くと、さらに目を怒らせた。

「安濃一尉。失礼ですが、答えになっていません」

「なんだよ。——クラブで軽く何か食べようと思ったんだ。それだけだ」

「自分もお供します」

やっぱり、何か勘付いているらしい。安濃は足を止めた。彼女を遠ざけなくては、基地の外に出ることができない。

「遠野二尉、私は——」

「外出されるのでしたら、せめて上の許可を取ってからになさってください」

出口をふさぐように身体をこちらに向けた。切れ長の目に強い決意を覗《のぞ》かせている。オリンピックの出場権がかかった射撃大会で、かかる重圧をものともせずに好成績を挙げる目だった。最初から気合で負けている。

「だから、そんな怖い顔をするなよ。ちょっと外に出るだけだ」

「新人相手にルール違反を押し付けるのはよしてください。上官が危険な行動を取ろうとしているのに、黙って見送るわけにはいきません」

勘がいい、と安濃は真樹を見直した。

「危険な行動って何だ？」

「先ほどからずっと、どなたかに電話をされています。テロリストのミサイル奪取よりも大事な話が、それほどあるとは思えません」

「それで」

「安濃一尉は、テロリストに関して何かお心当たりがあるのではありませんか」

まさか、と笑って否定しようとしたが、彼女のきっぱりとした表情を見て考えを改めた。確かにまだ経験の浅い新人だが、まっとうに育てればいい自衛官になるだろうという予感がする。底の浅い嘘は通用しない。むしろ、本当のことを話して協力を求めるべきかもしれない。

「上官に報告すべきです」

「私の直感に過ぎないんだ。まだ上に報告するような段階ではない」

「この状況で無断で外出されると、安濃一尉が疑われるのは間違いありません」

安濃は思わず真樹をまじまじと見た。

自分でもうかつだし馬鹿げていると思うが、そこまでは考えていなかった。とにかく加賀山と連絡を取り、何とかして自分が制止しなければならない。そればかり考えていた。今日の自分はよほど怪しかったのだろう。

真樹が目を据えた。

「お願いします。上官の許可を得たうえで、外出してください。私は安濃一尉から教わりたいことがたくさんあります。今、自衛隊をお辞めになるようなことがあれば、私が困ります」

異様な既視感に、思わず唇を震わせた。これは二年前に、自分が言った言葉だ。加賀山が糾弾され、解職されようとしているまさにその時、必死で頼んだ言葉だった。

（加賀山一佐がお辞めになるようなことになれば、私が困ります！）

君には全てを教えた、と加賀山は言った。

「大丈夫」無意識のうちに、内ポケットから退職届を取り出して、彼女に押し付けた。

「何ですかこれ！」真樹が仰天する顔を見ることができた。

「辞める時には、君に必ず私の知識を全て伝えてから辞めるよ。約束する。だから、今は行かせてくれ」

「いけません、そんな無茶を――」

遠野真樹は鋼鉄製の壁のようだった。頑《かたく》なで自分の意見を曲げない。時間がどんどん過ぎていく。明日《あした》の夜二十四時。二十四時間なんて、あっという間に過ぎてしまう。

身体が震えた。自分が間に合わないばかりに、きっと加賀山をこのままテロリストとして死なせてしまう。そんな気がして、指先がぶるぶる震え始めた。顔中に脂汗がにじみ、震える指先で額を拭《ぬぐ》うと、じっとりと湿っている。

「ご気分がお悪いのですか？」

真樹がはっとしたように、上ずった声で尋ねた。何か答えようとした。声が出なかった。そのまま、崩れるように床に座り込んだ。

「安濃さん！　しっかりしてください、今誰か呼びますから」

退職届をわしづかみにしたまま、真樹が駆けだして行く。いまのうちに行かなければ、と安濃は笑う膝《ひざ》を抱えてよろめきながら立ち上がった。ぐずぐずしている暇はない。不肖の先輩を気にかけてくれるのはありがたいが、何が何でも行かなければ。たとえ命令違反を理由に自衛隊を解職されてもかまわない。もともと、辞めるつもりだったのだ。

何とか這《は》うよりましな速度で足を動かした。いったん自宅に戻り、目立つ制服から私服に着替えて車を出すつもりだった。歩いて十分ほどの自宅が、とてつもなく遠く感じられる。一秒でも、ムダにしたくないのに。

何食わぬ顔で、基地の門を出た。警備の隊員も、基地を出て行く顔見知りの制服自衛官をとがめたりはしない。

タクシーを呼び止めた。

「近くて申し訳ないですが」

安濃は自宅の住所を運転手に告げた。顔中汗びっしょりの安濃を見て、体調が悪いのだろうと察してくれたのか、運転手はむしろ気の毒そうに後部のドアを閉めた。

加賀山を止められるのは自分しかいない。自分しか――

安濃は口の中で小さく呟《つぶや》きながら、座席にもたれて目を閉じた。気が遠くなりそうなのを、じっと耐えていた。

4 追跡

四月十三日（火）〇一〇〇 航空自衛隊府中基地

沢島二佐の指が、デスクマットの上でぎこちなく組みかえられた。困惑の表情がありありと読み取れる。

「安濃一尉はこれを君に押し付けて、基地を飛び出して行ったんだね」

真樹は正面を向いて直立不動の姿勢のまま、顎《あご》を引いた。

「そうです」

デスクマットには、安濃の退職届が載っている。扱いに困り果てた真樹が提出したものだった。

「携帯にも電話したし、自宅の電話にもかけてみたが誰も出ない。携帯は電源を切っているようだな。確認のため自宅に向かった川上《かわかみ》君の話では、一度戻った様子があるらしいが、すぐに出たんじゃないかということだった。夫人や娘さんの姿も見えない。駐車場からは安濃のミニバンが消えている。引き続き、自宅を調べさせている。つまり、安濃一尉は基地内待機の命令に背いて行方不明というわけだな」

沢島は溜《た》め息をつくように言った。

指揮所運用隊長。安濃と真樹の直属の上官に当たる。広い額と、日本人離れした彫りの深い顔立ちをした男で、真樹はひそかにアルフレッド・ハウゼというタンゴの演奏家に似ていると思っていた。

隊長の執務室には、大きな執務机と応接セットがしつらえられ、デスクの横には自衛隊旗が立てられている。デスクの上には、「二等空佐　沢島和幸《かずゆき》」と書かれた木彫りの名札が置かれていた。背後にある壁には、顔写真入りで指揮所運用隊のメンバーのネームプレートが班ごとに貼りだされており、指揮命令系統がひと目でわかるようになっている。

基地を出て行こうとしている安濃に気づいたのは、ちょうど日付が変わる頃だった。ずっと様子がおかしかった。問い詰めると、ちょっと外に出るだけだと言い訳を始めた。

「航空警務隊が動き始めた」

沢島がデスクに肘《ひじ》を乗せ、組んだ両手のひらに顎を置いた。

航空警務隊。防衛大臣の直轄部隊で、職務中に発生した自衛官の犯罪を捜査する権限を持っている。本部は市ヶ谷にあり、主要基地には地方警務隊が置かれる。警務隊が動きだしたということは、安濃は何らかの嫌疑をかけられているのだ。

もちろん、F―2奪取関連以外には考えられない。

「まさか」思わず呟いた。

しゃっきりとした芯《しん》が通っていなくて、いまいち気に入らない先輩には違いないが、そんな大それた犯罪に手を染めるタイプだとは思えない。

「私もまさかと思うがね。しかし、タイミングが悪すぎる。テロリストがF―2を奪ってミサイルを発射した四時間後に、退職届を後輩に押し付けて消えたんだからな。めちゃくちゃだ。申し開きのしようがない」

額に皺《しわ》を寄せて苦悩している沢島を見つめ、真樹は自分がどの立場を選択するかの決断を迫られていた。安濃は先輩として頼りがいのあるタイプではない。たった三か月ほどのつきあいだ。自分の将来を棒に振ってまで、弁護してやるほどの義理もない。確かに警戒管制の技術においては、目を瞠《みは》るほどのものを持っていたが――

それに、射撃の腕前が良くて最初から特別扱いされている、愛想が悪くて小生意気な女の新人が入ってきても、まったく普通に接してくれた。自分が決して人当たりのいい、他人に好かれやすいタイプだとは思っていない真樹には、何かと話しかけたりかまってきたりする先輩の存在は、ちょっとした驚きだった。

たぶん、安濃は何か心の問題を抱えている。この三か月、そばで見ていてそう思った。自分の気持ちをうまく制御することができなくて、苦しんでいる。そんなふうに見えた。

まっすぐ沢島を見つめ、言い放つ。

「安濃一尉は、犯人に心当たりがあるようでした」

沢島は意外そうな顔をしなかった。むしろ、興味深そうな表情で、こちらを見守っている。

「まだ推測に過ぎないので、ご報告することができないと言われていましたが、おそらく裏づけを取るために、外出されたのだと思います」

「どこに行くか、言っていたのか」

「いいえ」

ただ、もしかすると泊里は何か気づいているのではないかとも思う。真樹は医務室から看護師を連れて玄関に駆け戻った。安濃の姿がないことがわかると、真っ先に相談したのは泊里だった。その時の表情に、何か思い当たる節があるように感じたのだ。

「隊長。私に、捜索を命じてくださいませんか」

真樹は姿勢を改め、両方のかかとをかちりと合わせた。

「君が？」

「このままでは、警務隊が誤解をして、安濃一尉がF―2奪取犯と通じていると考えるかもしれません。同じ職場で働く者として、断固としてその疑いを晴らしたいと思います」

「実際に安濃が犯人側の人間だという可能性があるとは、君は考えないわけだ」

沢島が面白そうな顔をした。

「もちろんです。そんなはずがありません」

「捜すと言っても、どうするつもりだ？　自宅周辺はもう捜したが、見当たらなかったぞ」

「実家に戻られている奥様がいらっしゃるはずです。まずはそちらにお話を伺います」

それは泊里の情報だった。安濃の妻、紗代はいま実家に戻っている。彼の精神状態が不安定で、一緒に暮らすことができなかったのだと泊里は言っていた。

「警務隊の協力なしで、捜し出せるか？　向こうは専門家だぞ」

「必ず捜し出します」

警務隊は安濃個人を知らない。自分だって、たった数か月のつきあいだが、こちらには泊里もいる。安濃を捜すと言えば、協力してくれるに違いない。

警務隊よりは、一歩先んじているはずだ。

「現在の任務は?」

「今日は非番の予定でした。現在は待機要員として基地内待機しています。それくらいなら、安濃一尉を追わせていただきたいと思います」

「安濃の行方を追ってみるほうが、事態の打開に役立つか」

迷うように、手元に視線を落とした。

「わかった。やってみろ」沢島が頷《うなず》いた。

「あとふたり、君につけてやる。安濃の下で働いたことのある二曹と士長だ。奴が消えたことを知って、非番なのに駆けつけてきて自分が捜すと言ってやかましい。ちょうどいいから、連れて行ってやってくれ」

意外だった。安濃は後輩に受けるタイプなのか。へえ、という思いがつい表情に出たのか、沢島が苦笑いをした。

「まったく、あのぼんやりした安濃のどこがいいんだろうな、君たちは。ふたりを呼ぶから、連絡が取れるところで待っていてくれないか」

沢島がバックアップとしてつけてくれるというふたりを待つ間、真樹は泊里を捜してまっすぐオペレーションルームに行った。

る。

「おう。ちょっと待っててくれ」

泊里も非番のはずだが、いつの間にか仕事を見つけたらしく、忙しくフロアを行き来している。

午前一時を過ぎているが、仮眠を取る暇もない。これから今日の二十四時まで、休みなく走り続けることになるのだろう。

「さっき、嫌なことに気づいてな。上に進言したら、お前がやれって指示されちまったんだ」

書類を抱えたまま、会議室に入るように指示をした。事情を話すと、慌ただしくパイプ椅子を引き、真樹にも腰掛けるように勧める。

「嫌なことって何ですか？」

「レーダー・ブランク・エリアだよ」

言葉に聞き覚えはあるが、泊里の意図がわからずにいると、ちょっと不機嫌そうに首を横に振った。

「あれ絶対、上の連中も気づいてたと思うんだけどな。おっちょこちょいが誰か言い出すのを待ってたんだぜ、きっと。あのな、空白のレーダーはどれでも、仕様として全周の三百六十度をカバーすることができるだろう。ところが、総務省の命令で、レーダーの電波は国内――陸地側に向けて発射してはいけないことになっている。レーダーサイトごとに、特定の方向に対しては電波を出さないように制限しているんだ。それがレーダー・ブランク・エリア」

「それは知ってます。テレビが映らなくなるからですよね」

真樹が口を挟んだ。レーダーの強い電波が干渉することにより、無線機やテレビなどに影響を与えるのだ。いくらなんでも、そのくらいは研修を受けて知っている。

「そう。万が一、テロリストがレーダー・ブランク・エリアを明確に認識していて、その範囲内でミサイルを発射した場合、空白のレーダーはミサイル発射をキャッチすることができない」

「しかし、緊急事態ですから――」

そんな制約は、当然撤廃されるものと考えていた。

「緊急事態だからこそ、原理原則に基づいた行動を求められるのが俺たちだからな」

泊里は自分の分厚い胸板を親指で指した。

「総務省と調整して、大至急一時的な制限の撤廃を認可させるよう、俺が命じられた」

心なしか、表情が硬くなったように感じられる。さすがの彼も、ことの重大さにプレッシャーを感じているのだろうか。

「泊里さんがですか?」

とまどいながら見返した。電波法に基づき、周波数やエリアの管理を行っているのは総務省だ。泊里が総務省との調整に当たるのはいいが、捜索には協力してもらえないのだろうか。

「心配するな。一緒には行けないが、電話はつながるようにしておくよ。俺が知っている限りのことは、今できるだけ教えこんでおく。それでも何か問題があれば、いつでも電話してくれ」

これは、腹をくくるしかなさそうだ。真樹は頷いた。泊里が笑みを浮かべる。

「俺が調整するとは言っても、もちろん実務的な部分だ。緊急事態だから、空幕から防衛大臣に進言をして、総務大臣のトップダウンでことは動く予定だ。これから総務省の担当者を電話でたたき起こしてもらう。俺の出番はその後だな。俺がやるのは、どのレーダーのどのエリア制限を撤廃させるのかとか、何時から何時までとか、それによって起きる影響の推測とか——まあ、こまごまと大変だけどな。とにかく、そんな感じだから遠野の相談に乗るくらいの時間は作るよ。あんぽんたん安濃を見つけてやってくれ」

「了解」

泊里はデスクのパソコンで早速打ち込んできてくれたらしい、いくつかの電話番号と住所のリストを広げてみせた。

「あいつが行きそうな場所のリストだ。いなくなったと聞いたから、こんなこともあろうかと俺が思いつく限り、リストアップしておいた。ところどころ電話番号がなかったり住所が抜けていたりするが、そこは何とか調べてくれ。とにかく最初は、奥さんに電話してみるといい」

泊里の指が、安濃紗代と書かれた行をつつく。携帯電話の番号が書かれていた。

「神奈川県ですか」

「うん。さっきも言ったが、実家に帰ってる。この時刻にかけて、電話に出てくれるかどうかはわからんが——まあ、やってみてくれ。それから——」

言いよどむように、しばらく指先を泳がせた。

「ここにも電話したほうがいい」

「加賀山一郎——」

その名前には、聞き覚えがある。首をひねっている真樹に、泊里が頷く。

「元一等空佐だ。安濃の上官で恩師だ。加賀山学校って、聞いたことないか」

「ああ、あの――」

記憶していたのは、二年ほど前に起きた論文事件のせいだった。当時、真樹はまだ大学生で、自衛隊に入る意思も固めていなかった。事件の概要をぼんやり覚えている程度で、単なる記号のように、自分とはかけ離れた存在だった。

あの加賀山元一佐が、安濃の恩師だったとは、初耳だ。

「ただし、その人に会う時は注意して行けよ」

泊里がぽつりとこぼしたので、何かの冗談かと思った。安濃とは正反対で、いつでも陽気に冗談を言っては笑い飛ばしている泊里が、珍しく暗い表情をしている。

「安濃は、待機の命令を無視してまで、基地を飛び出して行ったんだろ」

真樹はじっと次の言葉を待った。

「その人だ。あいつがそこまでするなら、加賀山さんのために違いない。加賀山さんがミサイルテロに関係していると疑っているんだ」

〇一〇〇　関越自動車道

鶴ヶ島《つるがしま》ジャンクションを走り抜けた。練馬から関越自動車道に乗り、埼玉県内をひたすら北西に走り続けている。

この時刻、周囲を走る車は大型トラックが多い。たまに、タクシーが猛スピードで駆け抜けていく。

まだ休憩を取る気はなかった。時間が惜しい。

安濃はハンドルを握る手に力が入りすぎていることに気づき、深呼吸して肩をほぐした。こんなところで事故でも起こせば、元も子もない。

さっきから、何かが耳元で囁《ささや》き続けている。

お前のせいだ、お前のせいだ、お前のせいだ——

基地を飛び出し、いったん自宅に帰った。徒歩十分の距離をタクシーで戻ったのだが、その頃には動悸《どうき》もおさまり冷や汗も引いていた。部屋に入ると、留守番電話のランプが点灯していた。妙に気になり、時間も惜しかったが、五件の録音を、早送りしながら聞いてみた。最後の録音は、十二日——つまり昨日の昼過ぎだった。「北」のミサイル発射前だ。

（軽井沢プリンスホテルにいる）

加賀山の声だった。はっとして耳を澄ませた。ひどく疲れたような声をしているのが気になった。

（もし君が——）

電話はそこで切れていた。最後の最後に、何を告げようとしたのだろう。一緒に来いと言うつもりだったのか。それとも安濃に止めてほしかったのか。

——昨日俺が、家に戻っていたら。

いま安濃はハンドルを握りながら、後悔に胸を締め付けられている。

仕事が終わってすぐに自宅に戻っていれば、留守電に気づいたはずだ。心配になってホテルに電話くらいしただろう。

それで何かが変わっていたのかと聞かれると、事態は何も変わっていなかったかもしれない。F―2は奪われただろう。ミサイルは発射されただろう。

――それでも。

ひょっとすると、説得する機会があったかもしれない。

自分のせいで、加賀山を引き止めることができなかった。そう思うと、両手が震えるほどの後悔に苛《さいな》まれる。

これは合理的な思考ではない。そうも思った。このところ耳元で自分を責め続ける、意地の悪い何者かが、自分のせいだと思い込ませようとしているのだ。そう考えてみようとしたが、無駄な抵抗だった。

息が苦しい。ドリンクホルダーに置いたペットボトルから、水をひとくち飲んだ。水分を摂《と》りすぎて、途中で休憩を取らざるをえなくなるのを恐れている。

――何があっても加賀山さんを見つけて、これ以上の罪を重ねさせない。

それが自分の自衛隊員としての最後の仕事だ。

軽井沢プリンスホテルに電話したが、既にチェックアウトしたそうだ。

なぜ軽井沢なんだろう。

――そういえば。

加賀山の叔父《おじ》が、北軽井沢にペンションを持っていた。遊びに来いと誘ってくれて、退職する一年ほど前に、泊里と一緒に家族連れで訪れた。

ミサイルテロに関与していたのなら、計画を練るためのスペースが必要だったはずだ。誰が聞いているかわからないような場所で、うかつに話しあえるような内容ではない。北軽井沢なら、東京から車で四時間もあれば行くことができる。仲間を集めて秘密の相談をするには、便利な場所かもしれない。

慎重な加賀山が、この期に及んで自分の居場所を他人にかんたんに明かすとは思えない。加賀山は、自分に来いと言っている。ホテルの名前を明かしたのが何よりの証拠だ。

急いで私服に着替えた。カジュアルなチェックのシャツに、薄いカーディガンを羽織る。ペンションの名刺をポケットに入れ、財布と車のキーを持って家を出た。

居場所をチェックされることを恐れて、携帯電話の電源は切ってポケットに入れておいた。あとで泊里や真樹が怒るだろう。

遠野真樹。

基地脱出を図る自分を、身体を張って制止しようとしたことを思い出した。なかなか打ち解けてくれないと思っていたのだが、こちらのことはよく観察していたらしい。

車を出し、カーナビに目指すペンションの住所を打ち込んだ。もう何も考えない。ただひたすら、車を走らせるだけだ。

ごうごうと音を立てて、隣のレーンをトラックが追い越していく。まるで安濃を威嚇するようだ。押しつぶされそうな恐怖を感じ、腋《わき》の下に冷や汗をかいた。目的地まではまだ遠い。無事にたどりつくのだろうか、という不安が頭をもたげ、それを振り払うために強く首を振った。

たどりつくのだろうか、ではない。

たどりつかねばならない。——必ず。

〇二〇〇　横浜

「呼び出し音は鳴ってますが、誰も出ません」

携帯電話を耳につけたまま、助手席にいる四方《しかた》二等空曹が報告してきた。

「この時間だからしかたがないです。そのまま呼び出しを続けてください」

首都圏の道路マップを広げた後部座席で、真樹が指示する。ハンドルを握っているのは木下《きのした》空士長だ。沢島が、バックアップとしてつけてくれた、安濃の元部下たちだった。

四方は使いこんで傷だらけの黒い携帯を耳に当て、呼び出し音に耳を傾けている。年齢は真樹よりもひとつかふたつ上のようだ。府中基地でランニングしている姿を、何度か見かけた記憶がある。日焼けして真っ黒な顔は、毎日どれだけ走りこんでいるかの証明だ。沢島の指示で三人とも私服に着替えた。こんな時期に、自衛官が制服姿で街にいれば、それだけで注目を浴びてしまうだろう。

四方が電話しているのは、安濃の妻、紗代の携帯だった。午前二時。電源は切られていないらしい。こんな時刻に電話がかかってくるとは思ってもみないだろうから、マナーモードにして鞄《かばん》の中にでも突っ込んでいれば、着信に気づかない可能性はある。

何度か呼び出し音が鳴ると、留守録モードに切り替わるらしく、四方は先ほどからリダイヤルを繰り返している。

「こっちも出ない」

真樹は、自分の携帯を使って加賀山の自宅にかけていた。こちらは最初から留守番電話になっている。製品を購入した時にセットされている、おしきせの音声ではなく、もの柔らかで温かい年配の女性の声が、留守だと告げていた。

泊里の説明によれば、加賀山は今年に入って妻を亡くしたらしい。この温和な声は、亡くなった奥さんのものだろうか。

地図で調べると、加賀山の自宅は横浜スタジアムの近くで、安濃紗代の実家は根岸《ねぎし》にある。加賀山のほうに先に向かい、それから紗代の実家に向かえば、後戻りをしなくてすみそうだ。

木下士長が、自分の車を出してくれた。まだ学校を出て入隊したばかりといったふぜいの、ほとんど幼ささえ感じさせる青年だ。

機械的にリダイヤルを続けていた四方が、あっと呟《つぶや》いて、しどろもどろになりながら自衛隊の四方だと名乗りはじめた。どうやらつながったらしい。

「私に貸して」真樹が手を伸ばした。

「今、上官に代わりますので」

無骨な顔に似合わず、へどもどしながら携帯をこちらに渡した。

「夜分にたいへん恐れ入ります。航空自衛隊府中基地の、遠野と申します。安濃一尉とは同じチームで、いつもお世話になっております」

『主人に何かあったんでしょうか』

電話の着信で起こされたのか、紗代の声は嗄《か》れて苦しげだった。不安そうな寝起きの声だ。当然だろう。こんな時刻に電話がかかれば、誰でも良くない知らせを連想する。

安濃の妻とはいえ、民間人に詳しい話を教えるつもりはなかった。

「実は、安濃一尉は今日少し体調が悪いようだったのですが、ちょっと外出すると言われた後、行方不明になっておられます。ご様子が心配でしたので、隊のメンバーでお捜ししています」

『行方不明――？』紗代の声が凍りつく。演技ではない。

「奥様のところには、いらっしゃってませんか」

『ええ、もちろん。ここには来てません。連絡もありません。あのう、もしや自宅か、基地の近くで倒れてでもいるのでは――』

それならむしろ良かったんだけど、と内心で真樹は呟いた。深夜の電話で不安に慄《おのの》いている紗代には気の毒だが、捜索に真剣に協力してもらう必要があるので、少し脅かすつもりだった。

「ご自宅にはいらっしゃいませんでした。基地の近くもざっと捜しましたし――携帯で連絡を取ろうとしたのですが、電源を切っておられるようなんです。それで、そちらにいらっしゃっているか、あるいは奥様にお心当たりがないかと思いまして」

『それじゃGPSも使えないのかしら』

紗代が洩《も》らした言葉に、真樹は引っかかった。

「安濃一尉の携帯のGPS機能ですか」

紗代はためらうような声を出した。

『私の携帯とパソコンから、主人の携帯が今どこにあるのか、調べることができるように設定してあるんです。あの――最近、主人の具合が少し悪かったものですから、心配で』

携帯の電源を入れた時にうまくキャッチできれば、居場所を知ることができるかもしれない。

安濃一尉ときたら、ひとりで何もかも背負い込んだような顔をして、基地を飛び出していった。まったく、後に残された者のことも少しは考えてほしいものだ。泊里をはじめ、これだけ多くの人間が心配しているというのに、自覚がないにもほどがある。

「申し訳ありませんが、いま調べてみていただくわけにはいきませんか」

『ちょっと待ってください。パソコンのほうが見やすいので、すぐ立ち上げます』

キーボードを叩《たた》く音がかすかに聞こえる。沈黙の時間は長かった。

玉川インターチェンジから第三京浜に乗った後、木下士長はずっと無言で、前方を睨《にら》みながら車を飛ばしている。ほとんど追い越し車線に居座って、他の車など眼中にないかのように、むちゃな追い越しを続けているのだ。彼がレーダーの専門家で、車輛《しゃりょう》の担当でないところが面白かった。

『ママぁ』

小さいが、はっきりした女の子の声が、真樹の耳に飛びこんできた。

『なあに美冬。起こしちゃった？』

『どうしたの？』

愛らしい声だった。眠い目をこすりながら、母親の元に寄り添う様子が目に浮かぶ。そういえば、安濃は四歳になる娘がいると言っていた。

『ママは今大事なことをしてるから、しばらくひとりで寝ててちょうだいね』

ぐずぐずと何やら呟いている子どもの声が遠くなった後、紗代が戻ってきた。

『すみません。子どもが起きてしまって』

「いいえ、こちらこそ申し訳ありません。こんな時刻にお電話して」

『今、位置表示の画面を開いてみました――』

紗代が携帯の向こうで小さく唸《うな》るのが聞こえた。

『やっぱり駄目ですね。電源を切っているようです。表示されません』

「そうですか――」

『しばらくこのまま画面を残しておいて、時々見ておきましょうか。もしかすると、主人が携帯の電源を入れることもあるかもしれませんし』

「本当ですか。そうしていただけると、助かります」

紗代の申し出に飛びつく。自分の携帯の番号を教えて、何時でもかまわないので、何かわかればかけてくれるように頼んだ。

「もうすぐ横浜公園出口です。高速を降ります」

木下がバックミラーをちらりと見ただけで、小声で呟いた。了解の合図に頷《うなず》いてみせる。あと数分で横浜スタジアム。加賀山の自宅は、そのすぐそばにあるそうだ。

「――他に立ち寄られそうな場所をご存じありませんか。たとえば、安濃一尉のご実家はどちらでしょう」

『主人は関西の出身です。両親ともに健在で、主人の兄夫婦と同居しているんです』

安濃が今夜、関西まで行ったとは思えない。

『他にと言っても――。以前なら、お世話になった上官のお宅にお邪魔することもありましたが、その方が退職されてからは、そういうこともあまり――』

「上官の自宅ですか」

『ええ。加賀山さんという方が、ずいぶん主人を可愛がってくださってましたので』

また加賀山。誰も彼もが、安濃と加賀山の特別な関係を示唆しているようだ。

「もうひとつだけ。ご自宅から車がなくなっているのですが」

『私は免許を持ってませんから。主人が乗っていったのだと思います』

「念のためですが、ナンバーは覚えておられますか」

紗代が車のナンバーを教えてくれた。

安濃は車で動いている。ナンバーがわかったので、警察の協力を得る気になれば、Nシステムを使って、高速道路や主要道路を通った形跡を探ることができるわけだ。警務隊は車に気づいているだろうか。気づいたとしても、まず自宅に紗代がいないので、連絡のとりようがないに違いない。泊里が紗代の携帯番号を知っていたのは僥倖《ぎょうこう》だった。車のナンバーは陸運局に問い合わせればすぐにわかるだろうが、この時刻ではそれも難しい。

――よし。

真樹はひそかに頷いた。

警務隊より、こちらのほうが一歩先んじている。

車が、横浜公園と書かれた高速道路の出口を降りはじめた。いよいよだ。

『遠野さんとおっしゃいましたね。ご迷惑をおかけしますが、主人のことをお願いいたします』

「もちろんです。任せてください」

力強く請け合って通話を切った。携帯を返す前に、耳に当てた部分をごしごし拭《ぬぐ》った。四方がちょっと妙な表情をしている。しかたがない。自分はこういう部分が神経質で潔癖すぎて、他人との交流が苦手なのだ。安濃の行動を見ていて、ひょっとすると彼も自分と同じで潔癖症なのかなと思うことがあった。何しろ、手を洗う時間が異様に長い。

「安濃一尉は自家用車に乗っている可能性が高いです。ナンバーがわかったので、沢島二佐にお願いして、警察に位置を調べてもらえないか、かけあってみます」

「そこの角を曲がると、すぐ加賀山さんの家ですよ」

木下が目で知らせた。

「先に加賀山さんの自宅から行ってみましょうか」

どうせ、沢島二佐から警察にかけあってもらうと言っても、朝にならないと動けないに違いない。まだ午前二時半を少し過ぎたばかりだった。

加賀山という表札を掲げた家の前を、速度を落としていったん走り抜けた。洋風の一戸建て。一階、二階ともに雨戸がきっちり閉められている。門扉や玄関ポーチは、防犯のために灯《あか》りを点《つ》けておくことが多いものだが、真っ暗だった。庭も暗い。

「誰もいない雰囲気ですね」

木下が、真樹と同じ感想を呟《つぶや》く。

車の窓から、しばらく息を呑《の》んでその家を見上げていた。泊里は、この家の住人のために安濃が暴走を始めたのに違いないと言っている。もし、その推測が正しくて、加賀山がF—2を奪取したテロリストの仲間だとすれば。

——武装している可能性は、あるだろうか。

反射的に自分の腰に手をやるが、今はピストル競技に使うエアピストルすら持っていない。急に心細くなった。

「降りてみましょう」

万が一のことを考え、木下を車に残して、四方とふたりで車を降りた。加賀山邸まで歩いて戻り、門扉の外から中の様子を透かし見る。

小さな前庭には、大型犬の犬小屋らしきものがあった。闇に目が慣れると、離れた街灯の明かりでも少しは様子を窺《うかが》うことができるようになった。犬小屋のそばには、長い鎖だけが適当にまとめて置かれている。犬の姿はない。何もかもきれいで整頓《せいとん》されているのに、奇妙にものさびしい雰囲気のある庭だ。門扉は外から手を伸ばして、閂《かんぬき》を外せるタイプだった。

「庭に入って、建物の裏に回ってみましょうか」

四方が閂に手を伸ばす。

オートバイのエンジン音が聞こえた。はっとして、真樹は四方の腕に手をかけ、閂から手を離させた。オートバイは通りを曲がり、小刻みに止めてはまた走り出すことを繰り返している。新聞配達だ。

新聞を荷台に積んだオートバイが近づいてくるのを待った。加賀山邸の二軒隣に新聞を配達し、こんな時刻に門の前で立っている男女ふたり組にけげんそうな顔を向け、また行き過ぎようとした。加賀山の家に配達する新聞はないらしい。荷台には、毎朝新聞と書かれたビニールシートがかぶさっている。

「あの、ちょっと！」

思わず声をかけていた。驚いたように、新聞配達の男性がバイクを停めて振り返る。ヘルメットで顔の一部が隠れているが、かなりの年配らしい。

「この――加賀山さん、おたくの新聞は取ってないんですか」

我ながらとっさに出た妙な質問だった。

「そこは、連絡があって先月から配達を止めてますよ」

太い声が返ってきた。午前三時近くの街路には、気詰まりなくらい大きな声だった。

「しばらく旅行に行くので、配達しないでくれって言われてね」

四方と顔を見合わせた。加賀山はここにはいないらしい。

それでは――

安濃はいったいどこに行ったのだろう?

○三○○　市ヶ谷防衛省情報本部

「テレビ消そうよ、テレビ」

松島が苛立《いらだ》たしげに呟いている。

昨夜のF―2奪取とミサイル発射の直後、統合情報部のフロアに急遽《きゅうきょ》運びこまれた三台の大型液晶テレビは、NHKと民放各局のニュース番組を放映している。通常なら放送が終了していてもおかしくない時間帯だが、一部の民放も特別態勢を敷いて緊急特番を流しているのだ。各局のスタジオには、慌てて呼び出されたらしい軍事評論家や法律家、テロ対策の専門家などが顔を並べ、緊張した面持ちのニュースキャスターと共に事態を論評しようとしている。ただ、情報量が少なすぎるため、彼らの議論も明らかに空回りしていた。

「さっきから同じことばかり言ってるじゃないか」

「そりゃそうだ、松ちゃん。俺たちですら、新しいネタが入ってこないのに、テレビが目先の新しいニュースなんか流せるはずがない」

松島が苛々《いらいら》と足をばたつかせるのを見やりながら、越前はやり返した。

樹海へのミサイル発射から、およそ七時間。

日付も変わってしまった。ミサイルが撃ち込まれるのは、今夜だ。

統合情報部のメンバーも、徹夜を覚悟でフロアに缶詰めになっている。先ほど、気のきく上司が、ポケットマネーでデリバリーのピザを注文したり、コンビニのおにぎり、ペットボトルのお茶などを買ってきて、会議室でいつでも食べられるように用意してくれた。戦の準備はまず兵糧からというわけだ。

犯人の人数。身元。背景。目的。

F―2奪取の状況と、操縦技術から見て、自衛官もしくは元自衛官に関係者がいるのではないかと考えるのは当然だった。航空自衛隊の人事システムから該当者を洗いだし、ひとりひとりチェックしている最中だと聞いた。まだ連絡が取れない人間も多いらしい。

越前と松島がここで受け持つことになったのは、ミサイル三発を抱いたF―2の行方だった。

F―2は黒部川上空から日本海に抜け、能登《のと》半島を横切った後、針路を変えて韓国の領空を避けながら東シナ海に飛び出していった。

中国を目指している。

誰もがそう考えた。上海に向かって飛んでいるのではないかという意見も出た。F—2はミサイル四発を搭載した状態で、東京と稚内《わっかない》の間を往復することもできる。航続距離は問題ない。もし中国に飛んだのなら——。

中国政府がテロリストの背後にいるのでない限り、侵入機と見なされ撃墜される可能性もある。何らかの手段で中国の広大な土地のどこかに着陸することができたのなら、日本政府は返還要求をするだろうが、中国政府がそれに応じるかどうかは不明だ。何しろ、F—2が抱いていたのは、開発中のXASM—3ミサイルだった。

「ああ、まったくややこしい」

越前の口からも、愚痴が洩《も》れる。

「さっきからそればっかりだな」

松島がおにぎりをほおばって、唇に海苔《のり》をくっつけたままにやりと笑った。

——F—2はどこに消えたのか？

回答次第では、政府の対応がまったく異なる。早々と公安調査庁も動いている。深夜だが、中国筋に詳しい情報提供者と至急コンタクトをとり、情報を収集したつわものもいたそうだ。

越前たちの元に集まるのは、総務省管轄の衛星写真や、在日米軍司令部を経由して米軍から提供される衛星写真、哨戒機《しょうかいき》からの情報。自衛隊がF—2を見失う直前までのレーダーの情報。外務省の情報提供者が持ち込む情報。

加えて、インターネットに民間人が流している情報も、無視できない。F—2のミサイル発射時には、偶然付近にいた民間人が携帯などでミサイル発射の瞬間と、樹海着弾の様子を撮影していた。動画サイトで流されたその映像は、世界中からアクセスされ、ほんの数時間で百万アクセスを超えようとしている。

2ちゃんねるをはじめ、ブログやSNSでは既に情報交換や感想がかまびすしい。真剣な議論が二割、残りはただ騒いでいるだけ。

中国政府は国内からのインターネットアクセスの一部に制約を設けているが、それでも何かの情報が掲載されているかもしれないと、中国語に堪能《たんのう》な松島が検索を繰り返していた。

海外から戦闘機が飛来すれば、中国のネットで大騒ぎになるだろうというのが松島のアイデアだったが、今のところ収穫はない。

「なあ。中国は関係ないんじゃないかな」

紙コップに入れた緑茶をすすりながら、松島がぼやいた。

「いくらなんでも、反応がなさすぎ」

「しかし、F―2の航続距離から考えて、降りられそうなところといえば――」

「やっぱり『北』だったんじゃないの。自衛隊が追撃をやめた後に、引き返したとか」

越前は首をかしげた。中国ではないかもしれないとは確かに考えたことがある。しかし、もしそうなら、彼らが考えもつかなかったような、意外な結果が待っているような気もする。

官給の携帯電話が鳴りはじめた。

『グッモーニン、ヒロカズ』

いきなりファーストネームで呼ばれて、相手がわかった。

「アーサー」

松島がすばやくこちらに視線を送り、聞き耳を立てている表情で自分のパソコンに戻った。

アーサー・アームストロング。在日米軍司令部にいる、越前たちのカウンターパートだ。

『君たちが興味を持ちそうなものを見つけたので、今メールで送ったからネ』

アーサーは日本駐在三年目だが、嫌になるくらい流暢《りゅうちょう》に日本語を使いこなす。語り口は妙に人懐こいが、無駄口はほとんど叩《たた》かない。そのまま電話を切りそうな気配を感じて、慌てて引き止める。

「ちょっと待って」

急いで受信メールを確認し、アーサーからのメールを復号化した。

「画像――衛星写真かな?」

随分サイズが大きい画像データが添付されている。画像ビューアーで開くのにさえ、時間がかかるようなサイズだ。

『昨夜七時半のミサイル発射時は、既に太陽が沈んでいたからね。遡《さかのぼ》って調査させたら、日没の直前に、うちの衛星が東シナ海のほんの端っこを撮影していたらしくて』

昨夜の日没は六時過ぎだった。撮影は五時台に東シナ海の近くで行われたのだろうか。

「これは――?」

衛星が撮影しているのは、海面だった。どの程度拡大されているのかわからないが、船が一隻写っている。タグボートのような船だ。その横に、何か白く長いものの端が見えた。衛星写真の縁ぎりぎりに写っているので、よく見なければ気づかないほどだ。白い影のようにも見えてしまう。

越前は目を細めて写真を見つめた。

『ごめんネ。端っこしか写ってないんだ。でもそれ、うちの連中はすごく長い何かだって言うんだ。写真に写っている部分だけでも、二百メートルはあるんだって』

驚いて写真を見直す。ニミッツ級空母ですら、全長三百メートルほどだ。

「タンカーか空母の一部ということは？」

東シナ海にテロリストと通じ合う空母がいて、F―2がそれに向かって飛んでいたのだとしたら。それなら、説明が可能になるかもしれない。

『うーん、たぶん空母じゃないネ。空母なら、艦橋とか艦載機とか、もうちょっと何か写りこむからね。一応こちらは、メガフロートの一部じゃないかと考えているんだけど――』

越前ははっとして、アーサーからの情報を反芻《はんすう》した。

「曳航《えいこう》中のメガフロートか！」

それならすぐそばにタグボートが一隻写っているのもわかる。

「アーサー、この海域を、夜が明けたらもう一度撮影する予定は？」

含み笑いを洩らすのが電話越しにもわかった。

『そう言うと思ったけど、衛星の軌道を計算させたら、やっぱり明日《あした》の夕方五時過ぎになるんだヨ』

テレビドラマのように、簡単に衛星の軌道を変更して目的地を撮影するというわけにはいかない。リソースは限られている。限られたリソースをいかに上手《うま》く運用して目的を達成するかが、彼らの腕の見せどころだ。

『また何か見つけたら教える』

「助かるよ」

会話の途中から、松島はもはや自分の仕事をするふりをやめて、椅子ごとそばに寄ってきていた。

「どうするんだ？」

松島の目が期待に輝いている。何か方法があるはずだ。東シナ海で衛星写真に写っているこの白い影が何なのか、確かめるいい方法が、ひとつくらいあるはずだ――

越前は携帯を握り締めたまま、宙を見つめている。

○五五〇　北軽井沢

白糸《しらいと》ハイランドウェイを飛ばし、途中で日本ロマンチック街道の異名を持つ一四六号に乗り換える。ここまでくれば、浅間《あさま》山は目と鼻の先だ。

まだ一四六号は暗く、道沿いの山中には薄いもやがかかっている。

無事にここまで来ることができた、という安堵《あんど》感《かん》が強かった。気づくと手のひらが汗ばんでいるので、運転しながら何度もハンカチで拭《ぬぐ》った。

安濃は一四六号を北上しながら、このあたりにはゴルフ場と、牧場と、キャンプ場くらいしかないと加賀山が教えてくれたことを思い出した。――つい昨日のようだ。

加賀山の叔父《おじ》にあたる人が北軽井沢でペンションをやっていた。たまには遊びに来いと誘われ、休暇を利用して泊里も誘い、ふた家族で世話になったのだった。

（にぎやかなほうがいいよ）

泊里の家族も誘ったことを恐縮しながら告げると、くったくのない笑顔を見せた。懐かしい表情だ。今年の二月に会った時と、どれほど落差があることか。

近づきすぎる前に、車を停めてペンションの名刺を取り出した。ずっと電源を切っていた携帯の電源を入れ、印刷されている番号にかけてみる。

『おかけになった番号は、現在使われておりません――』

ソフトで無機質な音声を聞き、あきらめて通話を切った。安濃たちが訪問した後、叔父が体調を崩して東京の病院に入院したという話を聞いた。奥さんも付き添うため、「ペンションかがやま」はしばらく休業することになるだろうと、寂しそうに話していた。

――そうだ。そんな大切なことを、どうして今まですっかり忘れていられたのか。

もうじき、三年前に訪れた時に紗代とふたりでテニスのラケットを抱えて歩いたテニス場への道に出ることに気づいた。あの頃は自分も、仕事にやりがいを感じていた。気分も潑剌《はつらつ》として、休暇を楽しんでいた。

――もうじき着くはずだ。「ペンションかがやま」。

加賀山はそこにいるだろうか。

三年前の記憶を頼りに、道をたどっている。牧場を通り過ぎると、やがて林になった。しばらくの間は他のペンションや別荘なども見えていたが、徐々に木立しか見えなくなった。林の中を、道を飛び出さないようゆっくり車を走らせていく。勾配《こうばい》がかなりきつい。

記憶では、白い壁に群青色の屋根を葺《ふ》いた建物だった。道路脇の、「ペンションかがやま」

と書かれた看板が目印だ。

三年前には、加賀山自身がランドローバーを運転して、牧場のあたりまで先導に来てくれた。この細い道を、同じように車で登ったのだ。二台がすれ違うことは難しい幅員だが、その必要もないのだろう。この上にあるのは「ペンションかがやま」だけだ。

道路の右側は切り立った崖《がけ》になり、左側は転げ落ちそうな急勾配の斜面になっていた。

一心不乱に運転を続けていた安濃は、前方に見えてきた光景にスピードを落とし、目を凝らして眉《まゆ》をひそめた。

──あれは、何だ。

車二台がすれ違うこともできない道路を、太い丸太がふさいでいる。崖の上から、巨木が転がり落ちてきたようだ。

百メートルほど手前で、車を停めた。

窓から顔を出し、道路をふさいでいる巨木の様子を観察した。どう見ても、ひとりで動かせるような代物ではない。乗り越えていくしかないだろう。

携帯電話は、電源を切ったままポケットに入れておくことにした。他に持っていくべきものは特に見当たらないが、念のためグローブボックスから小型の懐中電灯を取り出し、尻《しり》ポケットに差し込んだ。

車を降りると、夜明けの大気は、まだひんやりと冷たい。カーディガン一枚を羽織っただけでは、寒いと言っても良かった。安濃は大きく身体を震わせた。

車をロックし、何度も何度も施錠を確かめ、歩き出した。

太陽が昇り、薄い雲を通して光が射しこみはじめたものの、気温はまだ低い。急ぎ足で歩くうちに、身体の中から少しずつぽかぽかと温かくなってきた。

荒い息を吐きながら丸太に近寄り、乗り越えられる高さかどうか試した。丸太の直径は、胸元まで届いている。ザイル、ピッケル——何か道具があれば、と思ったが役に立ちそうなものはなかった。

丸太の端に、斧《おの》のようなもので切られた痕跡《こんせき》を確認する。加賀山がやったのだろうか。

——ここをふさいでしまえば、自分も逃げられないはずだ。

いったい何を考えているのだろう。背水の陣を敷いた、と考えられなくもない。

テロリストが、トラップを仕掛けている可能性はあるだろうか。倒木の下や丸太そのものを注意深く観察した。金属探知機などの機器類があれば、すぐにわかるのだが。目視では、問題はなさそうだ。

無理によじ登れば、乗り越えられない高さではない。枝を払った後の、突起を頼りにスニーカーの先を掛け、どうにかこうにか丸太の上に身を乗り出した。瞬間、指先が丸太の中にずぶりとめりこむような感覚がした。ピアノ線のようなものが、指に触れた。目の前で閃光《せんこう》が走った。

衝撃と、目から頭にかけて激痛が走った。丸太から転がり落ちる。フラッシュを真正面で焚《た》かれたようで、目の前が真っ暗になった。閃光弾という言葉が脳裏にちらつく。

トラップだ。

——ここにいてはだめだ。

涙があふれる。強い刺激で、目がちかちかと痛む。数分間は、何も見えないと覚悟したほうがいい。

罠《わな》を仕掛けたのは、加賀山に違いない。この季節、ペンションに向かう人間は普通なら存在しない。来るとすれば——

彼を捕らえるために来る人間だ。

よろめきながら、安濃は周囲を手で探った。誰かが様子を見に来るかもしれない。このままここにいてはいけない。この道路を避け、林を迂回《うかい》してペンションの裏手に回るしかない。上のほうで、足音が聞こえたような気がした。急いで逃げなくては。

加賀山はひとりではない。

ふと、そのことに思い当たる。当然だ。たったひとりで、F—2を奪取してミサイルを発射する。そんな芸当ができるわけがない。

崖に身体を預けて立ち上がり、元来た道を下りはじめた。ぐるぐるとめまいがして、平衡感覚も怪しい。頭が痛い。こんな状態で、車を運転できるだろうか。誰かに見つかる前に、視力が戻るだろうか。まっすぐ歩いているつもりだった。顔中が涙でぐしゃぐしゃで、丸太から転げ落ちたときにぶつけたのか、腰のあたりに痛みを覚えた。

ふいに、足元の地面が消えた。

涙でぼやけてはいたが、わずかに視力がよみがえった。

安濃の足は、道路からはずれて急な斜面に踏み出そうとしていた。ぐらつく身体を支えようと両手をじたばたさせて木々にしがみつこうとしたが、遅かった。

無言で斜面を転がり落ちていった。驚きと恐怖で声も出せなかった。できるだけ身体を丸め、両手で頭と目をかばった。

どこまで落ちていくのか、見当もつかなかった。

5 波濤

〇七〇〇 水産庁漁業調査船「照洋丸」

「船長、無電が妙なこと言ってます」

無線技士の明田《あきた》がメモ用紙に書きとめた電文を見て、

「照洋丸《しょうよう》」船長の藤成《ふじなり》は目を細めた。

「全長二百メートル以上の白い船を探せ——？ 何だそりゃ」

藤成たちの乗った「照洋丸」は、水産庁の漁業調査船だった。ここ数年、東シナ海で大量発生したと思われる大型クラゲが、日本近海に流入して深刻な漁業被害を起こしている。漁網にからんで破るため、鮭の定置網漁などで数十億円にも上る損害を出すこともあるのだ。

突然クラゲが大量発生しはじめた原因はまだつかみきれていない。水産庁は年に数回、「照洋丸」を東シナ海に派遣し、大型クラゲの分布状況をモニタリングしている。今回は三月の下旬から、およそひと月かけて調査を行う予定だった。

「誰からだ、これ」

「それが妙ですよ。直接は本庁の船舶管理なんですが、元の依頼は防衛省から出てるみたいなんです。ほら、かっこつきで防衛省って。変な時刻に変なところから電文が来ますねえ」

「防衛省？」

藤成は思わず眉をひそめて頭を掻《か》いた。いやだ、いやだ、と思わず内心で呟《つぶや》く。いつかこんな日が来るのではないかと、ひそかに恐れていた。東シナ海と言えば、極東の火薬庫だ。漁業資源、地下ガス資源などをめぐり、中国、台湾、韓国、日本がひそかににらみ合っている。クラゲの分布調査などという、平和的な目的で派遣されている自分たちが、よもやスパイ行為に利用されるようなことはないにしても、緊急時には便利に使われる可能性が、皆無だとはいえない。

本国を出て二週間以上になる。その間に、何かあったのだろうか。

——頼むぜ。

藤成はひそかにポケットに入れた、金刀比羅宮《ことひら》のお守りに手を触れた。海上交通安全に効くのだといって、妻がわざわざお参りして手に入れたものだ。出港以来、何か不安があると、誰にも知られないようにお守りにすがっている。

——それは本船の任務ではないと言って、断ってやろうか。

溜《た》め息をついた。

「全長二百メートルたって、陸にいりゃそんなでかぶつ、一発で見つかるかもしれないが、この広い海の上じゃ針一本を探すようなもんだぞ」

「船長、この前見たあれじゃないですか。二百メートルどころか、三百メートルはあったじゃないですか、あの——」

言葉が出てこないのか、明田が苦しげに口をぱくぱくさせている。

「メガフロートか」

「そう、それ」

確かに、つい二日前に見かけたところだった。二隻のタグボートに曳航《えいこう》され、中国に向かうのか、まさにしずしずという雰囲気で北上するメガフロートとすれ違ったのだ。

遠くから見た時は、まるで空母のようだとさえ思った。大型タンカーの中には、全長四百メートル近いものも存在するが、藤成でさえまだ現物を見たことがない。

「場所はどこだったかな」

「航海日誌につけましたよ、確か」

明田が分厚い綴《と》じ込みを広げ、すれ違ったポイントを正確に割り出した。明田はマメな性格で、その日あったことを細かく日誌につけている。メガフロートのおよその航行速度と進行方向がわかれば、現在地点も割り出すことができるだろう。

照洋丸は水産庁に所属するもう一隻の漁業調査船、開洋《かいよう》丸と並んで、水産生物資源や海洋環境を調査するために造られた船だ。総トン数は二千二百トンを超え、最大で五十名近い人員を収容することができる。長期の航海にも耐えられる船だ。この船の能力なら、メガフロートを追跡して追いつくことも、不可能ではないだろう。

ふんと藤成は鼻を鳴らした。気に入らないが、本庁に恩を売っておくという手もある。

「おまえ知らせてやれよ」

「いいですけど、知らせるだけで終わりますかねえ。今どこにいるか捜せって言われるような気がするなあ」

明田も顔をしかめて無線に向かった。彼も薄々、きなくさいものを感じ取っているのだろう。

『お捜しの船は、二日前に当船とすれ違ったメガフロートの可能性あり。ポイントは東経百二十四度五十八分、北緯——』

〇七〇〇　市ヶ谷防衛省情報本部

「なるほど、水産庁の漁業調査船か！」

松島が膝《ひざ》を打った。その手があったか、と悔しそうに呟いている。インターネットを使った情報収集では松島に一日の長があるが、こういう機転で負けるとは思っていない。

「先月からまた東シナ海にクラゲの調査に行くと、報道されていたんだ」

そう言ったものの、どこまで「照洋丸」に期待できるかは疑問だと考えていた。全長二百メートル以上の船といっても、大型タンカーならその程度の船はいくつか存在するはずだ。それに、海上での二百メートルというのは、よほど近くをすれ違わない限り、見つけることなど不可能だ。

「あのややこしい海域に向けて、この時期に自衛隊が偵察機を飛ばすのも色々厄介だ。ヘリコプターでは航続距離に不安がある。東シナ海に出張っている漁船に頼むことも考えたが、民間の船に詳しい事情を話すわけにもいかないし、それで——」

越前は、ディスプレイに飛び込んできた受信ファクシミリを見て目を見開いた。自分あてのファクシミリは、パソコンに直接電子データとして取り込めるように設定してあるのだ。

『照洋丸より回答。「お捜しの船は——」』

越前の表情を見て、松島も横から画面を覗《のぞ》き込んだ。

「これは——」そのまま息を呑《の》んで固まっている。

——見つけた。

やはりメガフロートだ。

それなら国外に脱出したF—2が、どの国の海岸線も突破せずに降りられる。しかし、通常メガフロートというのは長さ三百メートルほどのはずだった。その程度の長さで、戦闘機が無事に着陸できるものだろうか。それとも、これにはまだ何か、裏があるのだろうか。

「照洋丸には、メガフロートの現在位置を追ってもらおう」

越前は電話をとり、登録してある電話番号にかけはじめた。

とにかく一歩一歩、前に進むしかない。

○七二〇　北軽井沢

熊が出そうな林の中を、安濃は転がり落ちた。

しばらく、息もできなかった。呻《うめ》きながら、呼吸が整うまで枯葉の上で転がっていた。

どこか折れたか。

それが一番不安だった。足の骨でも折れていれば、もうこれ以上動けない。おそるおそる、身体を探った。アルマジロのように身体を丸めた姿勢を保って、斜面を転がるように落ちたのが、幸いしたのかもしれない。腰と背中をしたたかに打っていたが、骨は折れていないようだった。

顔は泥まみれ、手足は傷だらけだ。さぞかし、みじめな様子だろう。

横たわって呻いている間に、視力は回復していた。まだ目がひりひりする。時々涙を拭《ぬぐ》いながら、安濃は転がり落ちてきた斜面を見上げた。どれだけの高さから落ちたのか、見当もつかなかった。転がり落ちる間に、枝を折り、下草を踏み潰《つぶ》した。荒い息をつきながら、その痕跡《こんせき》を目でたどる。

一瞬、呆然《ぼうぜん》とした。

――よくまあ、無事ですんだものだ。

そう思うほどの高さから、滑り落ちたらしい。ようやく、元いた道路の位置がわかった。斜面のはるか高みに、乗ってきた車が見えた。

先ほどは、誰かが様子を見に来たような足音がしていた。今はしんと静まりかえっている。しばらく息をひそめて様子を窺《うかが》っていたが、人の気配はしなかった。安濃が斜面を落ちるのを見て安心したのかもしれない。

そろそろと立ち上がると、左足を捻挫《ねんざ》していることがわかった。じきに腫《は》れてくるだろう。痛みで歩けなくなるのが怖い。手近な枝を折り、小枝を払って杖《つえ》の代わりにした。

どう見ても、もう上の道路には戻れない。

安濃は自分が今いる場所を見回した。道はないが、ひょっとすると――という記憶がよみがえってきた。以前ここに来た時に、ペンションの裏にあるテニスコートでテニスをした。ここからなら、林を迂回《うかい》し、獣道を抜けていけば、テニスコート側に出ることができるはずだ。裏側からペンションの様子を観察すればいい。

普通なら、こんな場所を歩く人間はいない。木の根、岩石が邪魔をする。左足はどんどん痛みが激しくなり、ほとんど引きずるようになっていた。

春の軽井沢で新緑の中を歩くなど、気持ちのいい朝の散歩だ。そうやせ我慢をすることにした。

歯を食いしばって歩いた。既に、左の足首は腫れ上がっている。直線距離にすれば、数キロメートルほどかもしれないが、ひどく長く感じた。

三年ぶりに見た「ペンションかがやま」は、壁を白く塗り、黒いよろい戸がしっかりと窓に下りていた。灯《あか》りも洩《も》れない、頑丈なよろい戸だ。

少し離れた場所から様子を窺った。姿を隠してくれるほどの遮蔽《しゃへい》物もない。ただ、木々があるだけだ。

耳を澄ます。アカゲラやキビタキの澄んだ鳴き声が聞こえてくる。いったい、こんな場所で何が起きているというのか。自分の考えすぎではないのか。そんな考えに囚《とら》われそうになる。

——しかし、実際に閃光《せんこう》弾のトラップをしかけた奴らはいたわけだ。

ペンションの裏を見て、思わず息を吞んだ。

——車が二台停まっている。

迷彩柄のシートで隠し、その上から木の枝で覆っている。二台とも、雪道をものともせずに走りそうなランドローバーだった。やはり、加賀山は仲間と一緒にいるのだ。

——加賀山の仲間
その言葉が胸を刺す。自分は嫉妬《しっと》を感じている、と気づいて、安濃は半ば呆《あき》れた。こんな時に。

足音をたてないように、二台のランドローバーに忍び寄る。木の枝の隙間に手を伸ばし、シートを少しずらして窓ガラスに顔を寄せ、内部を覗き込んだ。

後部座席に、木箱や黒い革のケースがぎっしりと置かれている。その中のいくつかは、銃器類のケースのようだった。車内はまるで、大量の武器庫だ。

加賀山は、誰と行動を共にしているのか。ミサイルだけでなく、こんなものを用意しているとは。

事態は、考えていたよりもずっと深刻なようだ。加賀山に対する敬慕の思いと、ノスタルジーだけで、止められる相手ではない。

考えて、ポケットから携帯電話を取り出し、電源を入れた。こうすれば、自分を捜しているはずの仲間に、位置を知らせることができる。もっと早く、そうすべきだった。

携帯電話は、木の洞《うろ》を見つけて中に隠した。

足音を殺しながら動き、できるだけ建物の周囲を観察した。風呂《ふろ》場や台所など、小さい窓にはよろい戸がないが、内側から黒いテープか何かで目張りをされているようで、結局何も見えない。厳重な警戒ぶり。もの音ひとつしない。

ぎくりと足を止めた。背後に誰かの気配を感じる。

「その枝を捨てろ。両手を上げて、そのままじっとしていろ」

首筋がひやりとするような声が、投げかけられた。低く、凍るような声だった。安濃はゆっくり杖代わりの枝から手を離した。乾いた音を立てて、足元に転がった。

「振り向くな。こっちは銃を持っている」

何も言わず、安濃はただ静かに両手を頭の上に乗せた。武器など持っていないことを示すために、手のひらを広げて見せる。

足音が近づいてくる。さっきはよほど気配を消していたのだろう。気づきもしなかった。

「ゆっくり歩け」

乱暴に身体のあちこちを叩《たた》かれて武器の有無を確認され、硬いもので背中をこづかれて前に進んだ。足を引きずっているので、言われなくても速く歩くことはできない。

拳銃《けんじゅう》を突きつけられている。状況からそう考えた。

ペンションの玄関が開いている。

中から柔らかい光が洩れていた。誰かが前に立ち、困ったような、嬉《うれ》しいような、どうにでも取れる微苦笑を浮かべてこちらを見つめている。

よく知っている顔だった。

「よく来たね。安濃」

道々考えてきた言葉が出てこない。まるで、頭の中が真空状態になったようだ。

「崖《がけ》から落ちたと聞いて、心配したよ」

安濃は息を殺し、何も言えずにただ相手の顔を見つめた。困惑しながらも、穏やかな微笑を浮かべて自分を迎え入れようとしている――加賀山の顔を。

また硬い筒先が背中をこづいた。両手を上げたままよろめくように、ペンションの中に招じ入れられた。

——後ろで、静かにドアが閉まる音がした。

○七四○　第三京浜

「少し眠ったほうがよくないですか」

四方二曹が助手席から顔を振り向ける。彼も前日の朝からずっと起きているはずだが、訓練で鍛えた人間だけに疲れを顔に出さない。頬から顎《あご》にかけて、薄くひげが伸び始めた。それだけが、時間の経過を物語っている。

自分は疲れた表情をしているのだろうか。

真樹はふと、手鏡を見たい衝動にかられたが、四方たちの手前我慢した。

「大丈夫です。一度眠ると、起きられなくなりそうですから」

正直に告白すると、四方が頷《うなず》いて同意した。

「そりゃ、私もです」

「木下さん、ずっと運転させてすみません。疲れませんか」

「平気ですよ。運転するの、好きですから」

木下士長が、学生のような表情で笑った。

加賀山は、ひと月以上も前から横浜の自宅にいないらしい。そう考えられたので、ひとまず根岸に足を延ばし、念のために安濃紗代の実家を訪れた。

まともな時刻の訪問ではない。紗代の両親がいい顔をしないのではないかと思ったが、携帯に電話すると本人がすぐにドアを開けて迎えてくれた。

（あれからずっと起きて、パソコンを見ています）

安濃の携帯の位置を調べてくれているのだった。

真樹からの電話を受け、衣服を整えたのか、彼女はラフなTシャツにジーンズを穿《は》いて、セミロングの髪を後ろで束ねていた。玄関先で、しばらく話し込んだ。

反応を見て、彼女が嘘をついているわけではないと感じた。安濃の行方を本気で心配している。安濃の日常生活について、いろいろ質問したが、紗代は嫌がらずに答えてくれた。

急がなきゃ、と思う。早く安濃を見つけなくては。警務隊よりも先に。

「いったん府中に戻って、それからどうしますか」

四方が助手席から顔半分を振り向けて尋ねる。

横浜でも根岸でも、収穫と言えるほどのものはなかった。安濃はどちらにもいそうにない。わかったのはそれだけだ。

「沢島二佐に、安濃一尉の車のナンバーをお知らせして、位置を調べてもらう方法がないか聞いてみます。携帯の電源を切っている以上、それくらいしかないでしょう」

必ず見つけて帰ると大見得を切った以上、子どもの使いのようで気が滅入《めい》る。

第三京浜を走るうちに、少しずつ空の色が変わるのがわかった。夜明けの薄桃色の空から、四月の透明な青空へ。天候は悪くない。風も強くはない。――ミサイル打ち上げ日和だ。

寝ていないせいか、真樹は少しぼんやりして車窓から空を眺めた。

「まったく、安濃さんもふだんはぼーっとしているくせに、いざとなるとすばしこく立ち回るんだから、困るなあ」

四方がぼやいている。

「四方さんと木下さんは、以前安濃一尉の班だったんですか」

「そうですよ」四方が代表して答え、木下は運転しながら頷いている。

「異動するまでは、安濃一尉の下で警戒管制にあたっていました。遠野二尉とはほとんど入れ替わりだったので、ご一緒に仕事ができず残念です」

「仲が良かったんですね。安濃一尉と」

「仲が良かったというか」

バックミラーに映る四方の顔が、笑いをこらえるような表情になった。

「上官を中傷するつもりは毛頭ありませんけどね。安濃一尉ってレーダー運用に関しては非常に熱心で非凡ですが、そのほかのことは平均値以下でしょう」

どう答えるべきか迷っていると、四方がまあまあというように頷いた。

「つまり、生活全般的なことなんですけどね。よく忘れ物をしますし、細かいことを覚えていられない。興味がないんです。仕事の結果がすごいだけに、一緒に仕事をしていると、放っておけないというか、ついついそばで見ていて構ってしまうんです」

「安濃さんって、基本は天才肌だから」

木下まで口を挟む。

「レーダーしか見えてないんですよ」

「あ、それは私も思います」

真樹も頷いた。自分が来てからの安濃は、明らかに精神的に変調をきたしているように見えたが、ふたりはそのあたりには気づいていないようだ。

「何か、一生懸命な子どもみたいなんですよね。安濃一尉って。内緒ですよ、僕らがこんなことを言ったのは」

木下がハンドルを握りながら朗らかに笑った。こちらも思わず微笑してしまうほど、屈託のない笑顔だった。

自分がこうして安濃のために奔走しているのも、そのせいだろうか。

携帯が鳴り始める。

「はい、遠野です」

いましがたの会話のなごりか、自分でも声が明るく弾んでいるのがわかる。

『安濃の家内ですが』

紗代の声が聞こえて、真樹ははっと気持ちを引き締めた。

『主人の携帯、見つけました。さっき電源が入ったみたいです』

「本当ですか」

紗代のパソコンには、安濃の携帯がいまある場所の地図と住所が表示されているはずだった。読み上げてくれる住所を、急いでメモ用紙に書き留める。群馬県の住所だった。

「北軽井沢――？」

どうしてまた、という疑念が声に滲《にじ》む。

『主人が一度、上官の親戚《しんせき》が経営されているペンションに、家族全員を連れて行ってくれたことがあるんです。もう三年くらい前のことですが』

「上官というと」

『加賀山さんです。「ペンションかがやま」というところでした。浅間山の近くです。主人がずっと運転してくれたので、私は正確な場所を覚えていないんです。でもそのくらいしか、思い当たることがなくて』

それだ、と真樹は目を上げて四方を見た。手がかりを見つけた。その手ごたえが、眠気を吹き飛ばした。

安濃は、加賀山がそこにいると信じて北軽井沢にまで足を延ばしたに違いない。

『泊里さんもご一緒したんです。ですから、もしかすると泊里さんが住所をご存じかもしれません』

耳寄りな情報だった。何度も礼を言って、今日はもう寝てもらってかまわないが、連絡が取れるようにだけはしてほしいと頼み、通話を切った。四方と木下が、全身をアンテナのようにして指示を待っている。

「このまま、いったん基地に戻りましょう。安濃一尉の携帯の場所がわかったそうです。北軽井沢の『ペンションかがやま』。そこに向かっている可能性があります」

「まっすぐそちらに向かわなくていいですか」

木下が尋ねる。気の早い彼は、もうカーナビに紗代が知らせてくれた住所を打ちこもうとしている。

「いいえ。まずは基地に戻ってください」

真樹は、加賀山邸を訪問した際の、心細い感覚を思い出していた。武装した敵に相対する可能性があるのに、こちらは丸腰だという感覚。

――武器が欲しい。

徒手空拳《としゅくうけん》で、F―2を奪取したテロリストが待ち受けているとしても、現段階で真樹たちが武器を携帯し使用する権限はない。自衛官の武器使用は、防衛出動、治安出動の命令あるいは要請があった場合か、自衛隊および在日米軍が保有する施設や武器を警護する場合に限られている。

地方自治体による治安出動の要請、もしくは防衛大臣による治安出動命令が出なければ、本件はあくまでも警察が処理すべき問題になる。

既に、自分が決裁できる範囲を超えている。

「あと二十分くらいで基地に着きます」

木下が時計に目を走らせながら言った。頷きながら、真樹は携帯を耳に当てた。まずは泊里からだ。「ペンションかがやま」の詳しい情報が欲しい。総務省との折衝が始まっているかもしれないが、どうかすぐに電話に出てくれますように――

祈るような思いで、真樹は呼び出し音を聞いていた。

○八○○　北軽井沢

「いい天気になりそうだ」

加賀山が居間のよろい戸の隙間から、外を覗《のぞ》いて呟《つぶや》いた。

その言葉の正しさを示すように、ぴったりと閉まっているように見えていたよろい戸の隙間から、わずかに光が洩《も》れ、室内が明るんでいる。

「ペンションかがやま」は、ごく普通の民家を加賀山の叔父《おじ》が買い取り、営業用に改装した建物だ。二階建てで、一階には水回りと二十畳近いフローリングの広間があり、食堂兼居間として使用されていた。ひのきの一枚板を削り出して作った、頑丈きわまりないテーブルは、当時のまま残されている。叔父が手作りしたというベンチも、そのままだった。

二階は宿泊客のために五つの部屋に分かれており、それぞれに二台ずつベッドが置かれている。三人で宿泊する際は、簡易ベッドを入れることもできた。三年前、安濃が家族三人で泊まりに来た時は、まだ娘の美冬が赤ん坊だったので、紗代が自分のベッドに寝かせた。

こんなタイミングで思い出さなくともいいようなことまで、思い出してしまう。加賀山が目の前にいるせいだ。

「叔父は、入院と手術の後、すっかり意欲が減退してしまってね」

向こうを向いたまま、加賀山がひとりごとのように小声で言った。

「そのまま東京の終身ホームに入ることになったので、叔母《おば》も付き添ったんだ。ここは、登記簿上はまだ叔父の名義になっている」

警察や自衛隊がここに気づくまで、時間がかかると考えているのだろうか。だとすれば、それは甘い。

安濃は丸太を彫って作った大きなベンチのひとつに座らされて、椅子の背に縛りつけられている。後ろ手に手錠がかけられ、両足はロープでひとまとめにされていた。厳重なことだ。銃口を背中に当てて脅していたあの男がやったのだ。不自由だが、ロープの縛り方がきつくはないので血管を圧迫するほどではない。慣れている、という気がした。少しずつ足を揺すってロープを緩めることができないか試してみたが、びくともしない。手錠も、そのへんで売っているおもちゃとはわけが違うようだ。

くじいた足は、加賀山がすぐに見抜いて、冷やしてやるように男に指示してくれた。男が不承不承に指示に従っていた。

男は米田《よねだ》というらしい。わかったのはその程度のことだった。

ロープの結び目に神経を集中していた安濃がふと顔を上げると、加賀山がすぐそばに来ていた。まじまじとこちらを見つめている。

白いシャツに厚手のセーター。フラノのズボンも含めて、暖かそうな恰好《かっこう》だ。内部に人がいることを極力知られないようにするためか、ヒーターはつけていなかった。灯《あか》りも最小限に絞り、窓とは反対側の部屋の隅に、蠟燭《ろうそく》が一本あるだけだ。

加賀山が蠟燭に歩みより、吹き消した。窓から洩れる陽光が、充分に室内を照らし出している。目が慣れると、はっきり室内の光景が見えるようになった。

大きな一枚板のテーブルには、ペンションに入る道や裏口など、数か所に設置された監視カメラの映像をモニタするディスプレイが置かれている。それからノート型のパソコンが二台。その隣にあるのは、インマルサットの衛星電話だった。陸上で持ち運びができ、データ通信も可能なタイプだ。インターネットなどを経由して、連絡を取り合おうと思えば、こういう機器が必要になるのかもしれない。

——ここは、テロリストの作戦指揮室になっているのだろうか。

二階には、まだ他にも色々隠されているのかもしれない。彼らの組織力や資金力はどの程度のものなのだろう。

「寒くないかね」

安濃は黙って首を振った。寒いとか寒くないとか、そんなことはとっくに頭から消えている。

米田は、安濃を身体検査して車のキーを見つけた。キーを握ってそのまま出かけたので、車を隠すために外出したのだろう。あるいは、安濃がひとりで来たのかどうかを、確かめに行ったのかもしれない。

オートバイのエンジン音が聞こえた。納屋にでも隠してあったのかもしれない。

「君ひとりで来るとは、意外だった」

吹き消した蠟燭を燭台《しょくだい》ごとテーブルに置き、加賀山が言う。

「君と一緒に警官隊が大挙して押し寄せると思ったよ。君ひとりで坂を登ってくるのがカメラに映った時は、驚いた」

「加賀山さん」安濃は身をよじって相手の表情を読もうとした。

「本当に、テロリストの仲間になったんですか。信じられません」

「信じたからここまで来たんだろう」

とぼけている様子はない。ただ静かに困惑し、どう振る舞うべきか迷っているように見える。

「あれにはミサイルが積んであるんですよ。開発中とはいえ、実弾です。F—2を盗んだパイロットは、本物のミサイルを発射したんです。ひとつ間違えれば、誰かが死んでいたかもしれないんですよ」

加賀山の表情は、まるで感情を捨ててきた人のように平静だった。

「加賀山さん――いったいどうしたんですか。あなたは、こんな馬鹿なことに手を貸すような――」

ことり、と音がした。米田が戻ってきたのかと、玄関に視線を走らせた。違う。

大柄な男が二階から降りてくるところだった。右手に銃を握っている。黒っぽい衣類のせいで、ほとんど暗がりに溶け込むようだ。

「チャン。私の客だよ」

加賀山が手を振って、銃口を下げさせる。威厳を感じさせる仕草だ。安濃は彼が口にした名前のほうに衝撃を受けていた。

この男は、日本人ではない。

「ヨネダ、どこですか」

チャンと呼ばれた男は、階段を降りきって広間と台所の気配に耳を澄ませた。日本語を話すが、イントネーションと発音が外国人らしい。

「彼が乗ってきた車を捜しに行った。携帯電話を持っていないので、車にあるかもしれないと見に行ったんだ」

携帯の電源が入っていれば、居場所が知られる。それを心配したのだろう。電源を入れたまま、携帯を隠してきたのは正解だった。

チャンが嫌そうな顔をした。

「上を連れてきます」

まだ他にも仲間がいるのか。安濃は黙って、様子を窺《うかが》うことにした。

チャンが二階に戻るのとほぼ同時に、玄関を開ける音がした。米田が戻ってきた。予想以上に早い。オートバイで、林の中を抜けたとしか思えない。黒のセーターにウインドブレーカー。安濃に突きつけた拳銃《けんじゅう》は、ウインドブレーカーのポケットに入っているはずだ。

「トラップをしかけた丸太の向こうに、車がありました。牧場まで戻って、裏に隠しておきました。携帯電話はありませんでしたね」

加賀山が不思議そうな表情でこちらを振り向く。

「携帯を持たずに来たのかね？」

「基地を飛び出してきました。携帯の電波を使って後を追われると思ったので、自宅に置いてきました」

嘘も方便だ。安濃は加賀山の目をじっと見つめた。

「昨日のF―2奪取を受けて、加賀山さんの関与を疑いました。お電話しましたがつながらず、例の――封筒を開けてみたんです」

にこりと笑う。その笑みが、ごくあたりまえの笑い方で戸惑う。

「ほら、私が言った通りだった」

君は迷いが多すぎる。そう言われた時のことを思い出し、安濃はひるんだ。

「――基地を飛び出してきたのは、私の仲間に加わるつもりだったのかな？」

「違います。どうあっても、加賀山さんをお止めするつもりで来ました」

加賀山が米田を振り返ると、彼がうっすらと笑った。加賀山が両手を広げる。

「ほら。私が言ったとおりだろう」

「敵のまっただなかに飛びこんで、よくそんな大口が叩《たた》けるものですね」

米田の表情には、優位に立った人間が見せる余裕と、かすかな苛立《いらだ》ちがはっきり浮かんでいる。癪《しゃく》に障った。この男が、どれほどのものだというのか。

階段を降りてくる足音が聞こえ、安濃は口をつぐんだ。

チャンがもうひとりの男を連れて戻ってきた。ふたりとも、似たような黒ずくめの衣装で、精悍《せいかん》な身体つきをしている。

「そいつが例の男か」

チャンの後に続いて降りてきた男が、値踏みをするようにすばやく安濃を見た。身長が百八十センチはありそうなチャンの後ろにいると、男は小柄に見える。それでも態度を観察する限り、この男のほうが指示を出す立場にいるらしいと感じ取れた。

「安濃だ」加賀山が答える。

「ひとりで来た？　警察は連れてきていないのか？」

「どうやら、そのようだ」

奇妙なことに、男はその答えにがっかりしたようにも見えた。

「イ・ソンミョクに報告する」

加賀山が無表情に頷《うなず》いた。

どうやら、彼らは加賀山を中心とする日本人と、イ・ソンミョクやチャンたち外国人とに二分されているらしい。安濃がなおも観察を続けていると、男が衛星電話を手にとった。

――衛星電話。通話の相手は、いったいどこにいるのだろう。

「ソンだ。イ・ソンミョクと話したい」

そっけない日本語の後、ソンと名乗った男は外国語で話しはじめた。早口でまくしたてているように聞こえる。時おりこちらに視線を走らせる。加賀山は悠然とした態度を崩さなかったが、米田は会話の内容が理解できないのが気持ち悪いのか、どことなく居心地が悪そうな顔をしていた。

ふと、米田の顔に見覚えがあることに気づいた。どこかで会ったか、見かけたことがある。記憶を呼び覚まそうとしているうちに、ソンの電話が終了した。

「カガヤマさんの客だ。カガヤマさんが責任を持ってミッション終了まで確保していてほしい。イ・ソンミョクはそう言っている」

「もちろんだ」

ソンが陶器のように白く光る目をこちらに向けた。どこか、爬虫類《はちゅうるい》を思わせる不気味な目つきで、じっと観察している。

「この男の携帯電話は？」

「持ってこなかったと彼は言っている」

目に表情を出さないように注意しながら、安濃はソンを見返した。

「――本当か？　おまえ」

黙っていると、ソンは冷ややかな視線を加賀山に向けた。

「この男の電話番号、知っていますか」

加賀山がメモを一枚引き裂き、自分の携帯を見ながら何かを書きつける。ソンが何を考えているのか読みとれた。安濃が携帯を持参して、どこかに隠したのではないかと疑っている。

「すぐ戻る」

加賀山の手からメモを奪い、ソンが外に出て行った。居心地の悪い時間だった。チャンと米田は安濃がおかしな行動をしないように、無言で見張っている。

すぐに玄関の扉が開いた。思ったよりも早い。左手に握った携帯を、これみよがしに突き出した。

「あったぞ。裏の木に隠していた」

安濃が隠した携帯電話に電話をかけ、着信音やバイブレーターの振動音が聞こえるかどうか、裏に回って確認したに違いない。米田から、安濃を捕らえた状況を聞いて、ある程度場所の見当をつけたのだろう。

「電源も入っていた。誰かにここの場所を報《しら》せたわけだ」

そう聞いて、加賀山が微笑んだ。

「なるほど。それを聞いて安心したよ」

どういうことだ。彼らはまるで、安濃が携帯電話を隠していたことを喜んでいるようだ。

「二階の準備はどうだね？」

「まだ少し時間が必要だな。先に行ってくれ」

「では我々は移動しよう」

加賀山が悠然と立ち上がる。一瞬耳を疑った。ここは彼らのアジトではないのか。どこに行くつもりなのか。

「こいつはどうする？」

チャンがこちらに銃口を向ける。撃ちたくて、じりじりしている。安濃は冷や汗をかきながら、無表情を装った。

「もちろん連れていく」加賀山がにべもなく答えた。

米田が縄を解いた。チャンがずっと銃をこちらに向けているので、暴れても無駄だった。ソンがこちらに視線を流し、にやりと笑った。

「俺はここに残していきたいが、カガヤマさんがそういうなら、しかたがない。命拾いしたな」

もてあそんでいた安濃の携帯電話を開き、電源を切った。それから、口元に皮肉な笑みを浮かべると、ダイニングテーブルにたたきつけてふたつに折った。プラスティックの破片が飛び散る。

電源を入れていた間に、誰かが携帯電話の位置に気づいてくれただろうか。

チャンが銃を下ろし、パソコンと衛星電話の機器を小型のトランクに入れた。監視カメラのモニタ類は、このまま放置するつもりらしい。

「行こう」

加賀山が先に立ち、勝手口からペンションを出た。米田が安濃の腕をつかみ、無言で背中を押した。彼らが、隠してあったランドローバーに向かっているらしいことがわかった。

「どこに行くつもりなんですか」

安濃が来た道を戻るしか、街に出る道路はない。車で移動するつもりなら、あの丸太が邪魔になるだろう。

「まだ午前八時だ」加賀山が振り返り、笑みを浮かべた。

「今日の夜までは、我々が捕まるわけにはいかないのでね」

○八二〇　東シナ海

また電話が鳴っている。

菊谷和美は、メガフロートに固定された輸送ヘリの簡易ベッドで寝返りをうった。ここまで潮の香りがする。

この艦の衛星電話は、ひっきりなしに鳴り続けているようだ。たいていはイ・ソンミョク宛《あて》にかかってくる。彼の母国からの指示や連絡もあるようだ。先ほどは、日本にいるソンから呼び出しがあった。たまたま和美が電話のそばにいたので、イ・ソンミョクに受話器を渡した。彼らの言葉は少ししか理解できないが、ペンションに潜んでいる加賀山のもとに、アノウという自衛官が単身で訪れたらしい。

――気の強い男もいたものだ。

アノウという名前は、加賀山から聞いた覚えがあった。警戒管制の担当で、部下だったことがあるとか。ずいぶん親しいようだったが、あの人はまさか、現職の自衛官を仲間に勧誘したのだろうか。いくらなんでも、危険な橋を渡りすぎる。

毛布をはいで起き上がり、目を閉じたまま首を回す。ずいぶん肩が凝っている。司郎亡き後、彼の夢をひとりで背負って生きてきたからだ。

——だめだ、眠れない。

——だけど、それももうすぐ終わる。

和美は眉《まゆ》の間を軽く指先でもんだ。この一年間で、ひどく歳をとったような気がする。

初めて加賀山司郎と会ったのは、防衛大学校を受験し、身体検査を受けた日だった。

広い体育館をパーティションで区切り、身長、胸囲、体重、肺活量、視力、聴力……と計測していく。男女別に行われる身体検査が終わった後、いくばくかの解放感とともに体育館を出た。

（これで合格になっても、二学年に上がる時に飛行要員を希望すると、さらに身体検査があるんだ）

誰かがそんな会話をしていて、和美はちょっと耳を澄ませた。彼女自身も、航空自衛隊のパイロットを希望していたのだ。子どもの頃から、パイロットになるのが夢だった。パイロットになるなら視力を落としてはいけないと教えられたので、子供心にも真剣に、視力を落とさないよう努力したものだ。必死だった。

飛行要員になる話をしているのは、姿勢のいい青年だった。こちらに背を向けていて、顔は見えなかった。一緒に話している相手とはずいぶん打ち解けていて、もしかすると同じ高校の友人同士で受験したのかもしれないと思った。

（視力はどうなんだろう。おれ最近少し裸眼が落ちてきてる気がするんだけど）

（裸眼で〇・二あれば、あとは矯正視力でもいいと聞いたけど）

なあんだ、と和美は思わず呟《つぶや》いた。裸眼視力を落としてはいけないと思って、今までずいぶん苦労してきたのに。

（心配して損しちゃった）

声が聞こえたのか、青年が振り向いた。

（君もパイロット志望？）

感じのいい笑顔だった。決して端整な顔立ちとは言えないかもしれないが、他人にひと目で好感を抱かせる容貌《ようぼう》があるものだ。もうひとりの若者はやはり青年の同級生で、同じ高校から防衛大学校を受験することになったのだという話だった。笑顔のいい青年が加賀山司郎、もうひとりが澤田《さわだ》と名乗った。澤田は今時の若者らしく、ノリがよく軽い冗談をたたく。

いろいろ話しているうちに、司郎がずいぶん航空自衛隊の内情に詳しいことがわかってきた。

（それは当然だよ、こいつの親父さんは空自の偉い人だから）

司郎が慌てて止めるのを見て、それが本当のことなのだと和美にもわかった。

（女子のパイロット志望って珍しくない？）

司郎が露骨なくらい、話題を変えた。自分のことに触れられたくなかったのかもしれない。

（別に、珍しくないと思うけど。女の子だってパイロットになってもおかしくないでしょ）

思わず、切り口上になっていた。

（え——あ、ごめん。そんなつもりじゃ）

司郎が慌てた。その慌てぶりが、なぜか可愛いと思えて、おかしかった。

（あのね。私のお父さん、民間航空会社のパイロットなの）

あまり他人には言わないでおこうと思っていたことを、初対面の彼にはすぐに口にしていた。彼も父親の後を追うように防衛大学校を受験したのだと知ったからだ。奇妙な気安さと親しみが生まれていた。

（民間だと、女性パイロットってなかなか難しいって聞いたから。だけど、私も操縦桿《かん》を握りたくて）

アンカレッジを飛び立ち、アラスカの大雪原を見下ろしながら飛ぶ清澄な夜のこと。北極航路で見るオーロラのこと。

幼い頃から、パイロットだった父親の膝《ひざ》に座り、そんな物語を聞きかじった子どもが、パイロットになる夢を見て何が悪いのか。

その言葉を聞いたとたんに、司郎が浮かべた眩《まぶ》しそうな表情を、忘れられない。

――司郎。

あの日、彼に出会ったことが、自分の運命を決定づけたのか。

「どうした。眠れないのか」

気づくと、輸送ヘリのドアからイ・ソンミョクが顔を覗《のぞ》かせていた。

「電話がよく鳴るから、起こしてしまったかな」

「いいえ。大丈夫です」

和美はすぐさま嘘をついた。イ・ソンミョクに神経質な人間だと思われるのが癪《しゃく》だ。この男は、パイロットとはもっと神経が図太くできていて、命知らずでなければいけないと考えている。もし不適格と見なされれば、F—2パイロットとしての役割を取り上げられるかもしれない。それでは自分の目的を達成することはできない。

「そうか」

イ・ソンミョクがじろじろと自分の肩のあたりを見つめていることに和美は気がついた。緊張の度合いを測っているのかもしれないと思った。イ・ソンミョク自身もパイロットだ。しかも、和美のレクチャーによって、F—2の操縦に関してもある程度知識はある。実際に搭乗したことはなくても、この男なら初めて乗った機種でも乗りこなしてしまうかもしれない。

「任務は果たします。ご心配なく」

そっけない声で言うと、ちょっと驚いたような表情を見せ、それから微笑した。微笑の形になった口元と、暗い目つきとが対照的で、表情の陰鬱《いんうつ》さが余計に際立つようだった。

「それならいい」

何がおかしいのか、うつむきかげんに低く笑いを洩《も》らし、立ち去った。

なぜ自分が寝ているはずのヘリの内部を覗き込んでいたのだろう。ひょっとして、自分を監視しているのだろうか。自分がイ・ソンミョクを百パーセント信用していないように、彼もこちらを信用していないのかもしれない。

——かすかな寒気。身体を震わせる。

時計を見ればまだ午前八時半。ミッションの間、時計はすべて日本時間に合わせておくように指示されている。

——二十四時まで、あと十五時間半。

長い。じりじり照りつける陽射しに焼かれ、じっと待ち続ける時間としては、それはとてつもない長さだ。

少し眠れるものなら。

そう考えて、また横になり毛布を胸まで引き上げた。ふと気づいて、毛布の中でポケットを探り、小さなビロードの箱を取り出す。忘れる前に、これを身につけておきたかった。

ふたを開くと、ひんやりと輝く小さなダイヤのリングが現れた。そっと取り出し、左手の薬指にはめる。F―2操縦時には上から手袋をはめるので、イ・ソンミョクたちに見られることはないだろう。

ビロードの小箱は、邪魔になるのでベッドの隅に押し込んだ。もう、自分には必要ないものだ。

リングの裏には、ただひとつのメッセージが彫り込まれている。

『FOREVER S&K』

S&K――司郎&和美。

和美は右手で左手の指をそっと包み込み、目を閉じた。

リングに触れている指が温かい。そんな気がした。

6 迷鳥

○九○○　総理大臣官邸

　ふたたび、総理官邸地下の危機管理センターに集まっている。

　昨日と今日の二日間で、浅間は就任以来の半年間にこの部屋に出入りした回数を、軽く超えてしまった。

　倉田総理が着席すると同時に、扉が固く閉じられた。石泉が資料を片手に立ち上がる。開催を急いだのか、今回は配布資料はなかった。

「たびたびお集まりいただきご苦労さまです」

　この部屋に集まっている誰もが、昨日は一睡もできなかったはずだ。疲れを感じているかもしれないが、今夜二十四時までは、疲れている暇などどこにもない。

「色々な情報を総合し、盗まれたF―2は、東シナ海を北上中のメガフロートに着陸したのではないかとの分析結果が出ました」

　メガフロートという言葉に聞き覚えのある人間も、まったく意味がわからない人間もいるらしく、室内がややざわついた。官邸スタッフが、正面のスクリーンに映像をいくつか投影する。国内のメーカーから提供された、メガフロートとその利用用途などを映し出すものだ。

「ご覧の通り、メガフロートとは埋め立て工事を行う代わりに、船殻構造を持った巨大な鋼板を海上につなぎとめて利用します。そのままでほとんど、海に浮かぶ島のようなものです。メーカーに問い合わせたところ、一枚のサイズがだいたい横六十メートル、縦三百メートル。面積だと、一枚で東京ドームのグラウンドよりもだいぶ広いですね」

石泉の説明に、驚きの声が上がった。そこまで大きなものだとは考えていなかったのだろう。

「しかし、三百メートルの距離で戦闘機が離着陸できるだろうか。民間航空機よりは、滑走路が短くてすむとは思うけれども」

倉田総理が質問する。倉田は以前、運輸大臣を務めたことがあり、航空機に関してもある程度の知識があるのだろう。

「おっしゃる通りです。XASM―3ミサイルを四発積んだ状態のF―2は、離着陸におよそ千メートルの距離を必要とするそうです。テロリストがどうやってF―2をメガフロートに降ろしたのかについては、分析中です」

「航空母艦も全長三百メートルほどですが、母艦にワイヤーを張り、戦闘機がフックを引っ掛けて着陸する仕組みを使います。離陸時はカタパルトを使って射出します。テロリストが使った手段は不明ですが、三百メートルの滑走路でも降りる方法があるのかもしれない」

浅間が口を添える。石泉が浅間に向かって謝意を表明するように頷《うなず》いた。

「それについては、分析結果が明らかになり次第報告します。次にこのメガフロートですが、マレーシアで建造され、中国に向かう途中のものではないかという声が上がっています。マレーシアの造船会社が、中国政府からメガフロートの建造を発注されたというのは、造船業界では有名な話だそうです。その納期が、今月末らしい。この点については、現在マレーシア政府と中国政府に確認中です」

「中国政府がテロに関与しているということですか」

警察庁から出た質問には、石泉は即座に首を横に振った。

「いや。まだ何もわかりません。そういうことではないと考えています」

運搬途中のメガフロートを、テロリストに利用されたのかもしれない。

「現在位置を突き止めるため、米軍の衛星画像を送ってもらうよう頼んでおりますが、それとは別に水産庁の協力をいただいて、東シナ海にいる漁業調査船『照洋丸』が追跡中です。『照洋丸』は二日前に、メガフロートとすれ違ったそうです」

おお、という声にならない呟《つぶや》きと、戸惑いの視線とがおさまるのを待って、石泉は別のレポートを手に持ち替えた。

「もう一点。こちらがどちらかと言えば――バッドニュースでしょうか。犯人から、新たなメッセージが届きました。官邸スタッフ宛《あて》です」

石泉がスクリーンを見るように促した。これは浅間も初耳だった。

投影された動画の最初の部分は、最初に送られたビデオメッセージの冒頭と同じものだった。「北」のものと思われるミサイルの映像だ。続いて映ったのは、奪われたF―2と搭載されたXASM―3だった。集まったメンバーから、声にならないどよめきが上がる。

やがてミサイルの映像は、静止画像に変わり、声だけが流れはじめた。例の、聞きとりにくい合成音声だ。

『既に報《しら》せたとおり、我々の手には、現在三発の新型ミサイルがある。今夜二十四時、我々はこれを日本国内に撃ち込む予定である。しかし――』

思わせぶりに「声」は言葉を切った。

『もし、君たちが次の条件に応じるなら、我々はミサイルを積んだまま、F―2戦闘機を返還することも考える』

室内にいる全員が、身動きを止めて合成音声を聞き漏らすまいと耳をそばだてている。

『一千万ドル』

「声」が誇らしげに言った。

『これから言う相手に渡してもらいたい。これ以上は「びた一文も」まけることはできない。金を渡す相手は海外――ドバイにいる。彼は我々の仲間ではないが、中立の立場におり、ボランティアとして受け渡しを中継してくれる。彼を捕らえたり、危害を加えたりすれば、もちろん我々はミサイルを発射する。――君たちの前向きな検討を期待する』

ドバイの連絡先を読み上げて映像が終了した時、室内にいる面々はむしろぽかんとした表情でスクリーンを見上げていた。納得がいかない、腑《ふ》に落ちないといった表情だ。

「結局――金だというのか？」

水産庁の長官が発した言葉が、彼ら全員の気持ちを代弁していた。

「まさか金銭が目的だったとは――」

「『北』のミサイルを乗っ取って、F―2を奪取して一千万ドル？　九億円ぽっちじゃ――アパッチの一機も買えないぞ」

誰かが冗談交じりに、陸上自衛隊が予算の不足で導入台数を削減したヘリコプターの名前を挙げた。

「何かの目的を持ったブラフじゃないだろうか。本当の目的は別にあるんじゃないですか。一千万ドルを払ったとたん、ミサイルを撃ってくるのかもしれませんよ」

「この映像は本当に犯人からでしょうか。冒頭部分は現在インターネットの動画サイトでも公開されていますから、誰にでも手に入ります。別の人間が便乗して金銭を手に入れようとしているのでは――」

口々に言い出す彼らに、石泉が静かに、というように手のひらを向けた。

「皆さんのご不信はもっともです。調べたところ、先ほど映ったF―2の映像は、昨日の犯人から送られた動画と同じカメラで撮影したものである確率が高いそうです。ただし、声の主は違うようです。犯人グループが一千万ドルを要求していることは、間違いないようです」

ただ、と石泉は続けた。

「これは、バッドニュースとばかりは言い切れない。金銭の受け渡しは、犯人との接触を行い逮捕するチャンスにもなりえます。警察庁と協力し、今夜二十四時までの犯人確保に全力を注ぎます」

浅間が静かに手を挙げる。

「ちょっといいでしょうかな」

「どうぞ。浅間大臣」

「この件の、マスコミに対する取り扱いだが――」

石泉がわが意を得たりと言いたげに大きく頷いた。

「本件は、いっさいマスコミには洩《も》らさないでください。テロリストから新たなメッセージが届いたことを知っているのは、ここにいるメンバーと、官邸スタッフだけです。マスコミには、ひとことも、何も言わないでください。以上です。何か質問は」

室内が一瞬しんと静まりかえったのを機に、石泉が会議の終了を宣言した。

一〇二〇　北軽井沢

先ほどから、携帯電話が尻《しり》ポケットでバイブレーションを続けている。ソン・ミンスクは冷たい表情で携帯を取り出し、相手の番号を見て薄ら笑いを浮かべた。何度切られてもかけなおしてくるとは、懲りない奴だ。

「なんだ」

うっとうしさを隠して電話に出ると、先方のほっとしたような声が聞こえてくる。お互いに、母国語で話していた。

『どうして電話に出ない、ソン』

「いま出てるじゃないか」

真面目な声を作ったが、本音は鼻で笑いとばしたいところだ。

「ペンションかがやま」の二階に、彼はまだこもっている。ベッドに腰をおろし、モバイルパソコンで各地の拠点にいる仲間たちと連絡を取り合っているところだった。先ほど、加賀山と米田は安濃という自衛官を連れて、移動した。いまなら、彼らに会話の内容を聞かれる恐れもない。

『いったい、そっちはどうなっているんだ。本国から、状況を報告しろと矢のように催促される身にもなってみろ』

日本国内では守屋《もりや》と名乗っている男が、苛立《いらだ》ちをあらわにした声でとげとげしく言い募った。

故国での本名は、ソンも知らない。

「現場のことは現場に任せろ。いちいち口を出すなと言ってやれ」

守屋が電話をかけてくれれば、そうあしらってやれとイ・ソンミョクから指示を受けている。イ・ソンミョクは工作員としてのソンの上官にあたる。彼以上に胆力のある工作員に、ソンはまだ出会ったことがない。

『政府筋から妙な話を聞いたぞ。ミサイルを奪ったテロリストが、一千万ドルを要求したらしい』

守屋が疑い深そうな声で言う。ふだんは慎重な男のくせに、胆力がないのでことが起きるとすぐに心底を露呈してしまう。何が起きようとも、誰を相手にしても、めったに態度を変えないイ・ソンミョクとは、まるで逆だった。

『貴様ら、私に黙って勝手なことをしていないだろうな』

「日本国内を引っ掻《か》き回せばいいんだろう」

ソンは忍び笑った。

「やっている。とにかく、やり方はこちらに任せてもらおう」

『いいか。騒ぎを起こすだけでいいんだ。まさかと思うが、本当に街区にミサイルを撃ちこんだりはするなよ。そんなことをすれば――』

「わが国は滅びるかもしれん、か?」

嘲笑《ちようしよう》に聞こえないように、軽く揶揄《やゆ》する。守屋は息を呑《の》んで黙っている。その慌てようがおかしい。これは立派な戦争なのだ。守屋はそのあたりを理解していない。もっとからかってやりたかったが、いまの時点で疑いを持たれたり、騒がれたりするのは避けたかった。

「俺たちの仕事は、日本政府と米国政府の目をミサイル騒動に引きつけることだ。任せておけ。仕事は成功させてみせる」

『祖国にいる家族を忘れるな。おまえが裏切れば、家族がどうなるか。それを忘れるなよ』

守屋がひそめた声でソンの耳元に毒を注ぎこむように囁《ささや》いた。この男の言葉は、いちいち癇《かん》に障る。自由になって、もし時間の余裕があれば、真っ先にやりたいことは守屋を殺すことだ。自分の耳に注ぎ入れた毒のお返しに、じっくり時間をかけて、なぶるように殺してやりたい。

「──忘れたことはない」

そう、忘れたことはない。十歳になったばかりの頃に引き離された両親のこと、三つ歳の離れた弟のこと。工作員の養成所で引き合わされて、「国家のために」結婚した妻のこと。産まれた子どものこと。妻も工作員として育てられた女性のひとりだったが、結婚して子どもができた後は海外には出ず、国内で後進を育てる役目を担っている。

工作員をコントロールするための、態《てい》のいい人質だ。そんな風に考えられるようになったのは、日本に潜入して暮らした長い年月のおかげだった。

『それならいい。イ・ソンミョクに、私に電話するよう言ってくれ。仲介役の私に連絡先も報せず国外に出るとは、ひどい話だ』

守屋が愚痴をこぼしている。

「日本の警察や自衛隊に、位置を知られたくない。だから連絡をとりたくないのだ」

『とにかく、一度話しておかなくては。連絡させてくれ』

「一応は伝えよう。それより、肝心のほうは進んでいるんだろうな」

ソンが尋ねたかったのは、「北」でひそかに進行中の内紛についてだった。息子が三人いる。「北」の総書記が、ここ数年健康を害していることは、よく知られた話だった。後継者は三男とのことで、このところ地固めに余念がないようだ。三人の息子にはそれぞれ支持者がいて、彼らが陰で暗躍しているらしい。まだまだ、今後どうなるか窺《うかが》い知れない。

『そんなことは、貴様の知ったことではない。上層部が考えている』

守屋が冷たく吐き捨てた。

「俺たちには命をかけさせて、知ったことではないか」

ソンの口調に激しさを嗅《か》ぎ取ったのか、守屋が黙りこんだ。

それが連中のやり方だ。下々のものは、黙って命令に従い、命を捨てればそれでいい。かんたんに取り替えのきく部品のようなものだ。万が一にも逆らうことができないように、人質をとる。大きな手柄を立てて帰れば、本人にも家族にもわずかばかりの特権を与える。他の市民よりも高級で良いものが手に入る店で、長い列に並ばずに買い物ができるようになるし、外国製品を自宅に置くことも許されるようになる。ソンが一時帰郷した折に、ソニーの薄型テレビが欲しい、と言っていた妻を思い出す。

ソンは日本に潜入して八年になった。外国に八年間も暮らして、いつまでもそんな考え方に疑問を抱かずにいられると、本気で彼らは考えているのだろうか。

故国に帰れば、ソンはエリートだ。

工作員に選ばれるのは、とびきり性格も強く、才能のある優秀な子どもたちなのだ。家柄も重視される。

子どもの頃から、この国の礎になり、悪《あ》しき波から守る防波堤になり、尊い犠牲になれと教えられ、刷り込まれてきた。そのために心身を鍛え、生き延びる術《すべ》を覚え、いつでも命を捨てる覚悟をも磨き——それすら誇りにしてきた。

自分は故国のために、いつでも死ねる。

そんなことを、真顔で言える人間が、世の中にどれほど存在することか。自分はその幸せな人間のひとりだと思っていた。たぶん、今でもその考えは変わらない。

ただ、工作員として長らくこの国に住まううちに、自分の中で変化したものがある。

自分はこれだけ故国に忠誠を尽くしている。

その代わりに、故国は何をしてくれたのか。

ある日ふと生まれた疑問が、自分の中でゆっくりと膨らんだ。自分は異国の空気に長く触れすぎ、堕落したのだろうか。故国の中で、何も見ず何も聞かず、ただ命令に従っていれば幸せだった自分の心は、澄明でいられた。

——この国で、汚れた。

そんな気もする。忠誠の見返りを求めてはいけない。無償の奉仕こそがあるべき姿だ。故国のために生まれ、故国のために死ぬ。それを完璧《かんぺき》に信じていたころの自分は、今よりもっと涼しかった。

(それは人間のあるべき姿の、ひとつの理想形だ)

心から尊敬するイ・ソンミョクはそう語った。

（ソン同志は理想形を目指している。それはたいへん美しいことだ。しかし、人間が生きている限り、いつまでも澄明で涼しい心を保ち続けることなどできないものだ）

自分を解き放て、と彼は言う。

故国を愛する君の心は美しい。しかし、その美しい忠誠は、自分たちさえ良ければと考える一部の人間どもに利用され、むさぼられている。そんな人間どもに躍らされることは、結局は故国のためにならない。

——自分を解放しろ。

『ソン。貴様は少々疲れているようだな。長い間、働きすぎたのだから無理もない。この仕事が終われば、少し休暇を取るべきだ。私から上に進言しておこう』

守屋が通話を切った。いつもなら、守屋などにわずかでも本音をのぞかせることはない。これで、彼はソンのことを、資本主義に染まりつつある危険人物と故国に報告するだろう。失敗した、とも今は思わない。

こちらから、捨て去るのだ。

長い、長いくびきを。

それにはっきりと気づかせてくれたのは、イ・ソンミョクだ。

ソンは立ち上がった。守屋はイ・ソンミョクに連絡させろと指示していたが、わざわざそんな報告をする必要はない。守屋のことは無視しろと、既に指示を受けている。守屋は高級官僚だった。工作員など、人間のうちにも数え入れていないかもしれない。

（私が信用できるのは、同じ工作員として長い労苦に耐えた仲間だけだ）

イ・ソンミョクのその言葉は、どんな勲章よりも重みがある。

自分にとって仲間と呼べる人間がいるとすれば、それはイ・ソンミョクたち工作員だけだった。家族ですら、自分の苦労を理解していない。いや、理解することなどできるはずがない。ともに血を流した経験を持つ人間だけ。彼らだけが、仲間と呼ばれる価値がある。

ソンはペンションの二階をゆっくり点検してまわった。最後の点検だ。

いくつかある個室には、あらゆる場所に導火線や火薬、爆薬を張り巡らせてある。誰かが扉を開けば爆発。天井から侵入しようとしても爆発。窓から入っても爆発。どれかに一度火が点《つ》けば、連鎖反応で次々に爆発が始まる。最終的に、「ペンションかがやま」の二階が吹き飛ぶほどの爆発が起きるだろう。

——早く、やってこい。日本の警察。

目を細めて嗜虐《しぎゃく》的に笑った。連中がこの罠《わな》に引っかかるのを、生で拝めないのが残念だった。

背後で何かを引きずる音がした。チャンが、仕上げにとりかかっている。大きな袋を個室のひとつに引きずりこみ、ジッパーを開く。チャンの背中越しに、中から現れた男性の遺体を眺めた。袋は遺体袋だった。

チャンが、男の遺体を爆薬のそばに置こうとしている。名前も知らない男だ。年齢は六十前後。チャンがどこかで拾ってきた。加賀山には、病院から死体を盗んできたと言っていたが、そんな面倒な手間をかけるはずがない。どこかで見つけた男を手っ取り早く死体にしたのにちがいない。外傷をまったくつけずに、人間ひとりを死なせることくらいは、お手のものだ。

「このへんでいいですか」

「いいだろう」

男の遺体は、後で警察が見つけるはずだ。もちろん爆破の影響で、原形をとどめてはいないだろう。ただ、誰かがここで死んでいたという形跡がほしい。時間稼ぎだ。加賀山がここで死んだ可能性があると、警察に思わせたい。もちろん、遺体の指紋やDNAを調べれば、それが加賀山でないことはわかってしまう。ほんの数時間。それだけの時間が稼げるだけでも、状況がよくなる。

まじまじと男の顔を見た。加賀山とは似ても似つかない。顔をつぶしておくべきか迷ったが、爆破で受けた損傷でないことがひと目でわかるのも困る。

チャンは遺体を設置し終わると、二階のあちこちに置いた装置のスイッチを入れて回った。空気を入れると、人形に膨らむ風船のようなものだ。三十六度前後の熱を放射する。警察が熱源探知機を使った場合に、生きた人間がいると誤って検知させるためのおもちゃだった。

このペンションは、囮《おとり》だ。

――あの自衛官を使えれば、もっと効果的だったんだが。

ここで爆発に巻きこんで死なせるのが、いちばん手っ取り早い。死体の数も増やせる。

まったく、とひそかに肩をすくめる。加賀山といい、米田といい、イ・ソンミョクの命令でなければソン自身はあまり付き合いたい人物ではない。特に、米田。加賀山の腰巾着《こしぎんちゃく》と呼んで軽蔑《けいべつ》している男だ。自衛官だった頃に、上海のバーで知り合った女に籠絡《ろうらく》され、機密情報を流した。女は「北」の工作員だった。表ざたになる前に彼は自衛隊を辞めた。正直なところ、自衛隊を辞めればあんな男に用はなかったが、何かの使い道があるかもしれないと考えてつなぎを残しておいたのだ。女のことといい、加賀山の教え子にしては、あまりできがよくない。米田のような男を計画に引きずりこむしかなかったとは、加賀山も人材に恵まれていないようだ。

「よし。ここはこんなものでいい。離脱しよう」

サブマシンガンをベッドから拾って肩にかけ、一階に降りた。念のため、監視カメラをざっとチェックする。仕掛けておいた監視カメラは、ペンションの外周に十数か所と、ここに来るまでの道路に八か所だった。誰かが道路を使ってペンションに近づこうとすれば、三十分前には監視カメラに引っかかる。同じ映像が、加賀山たちが向かったアジトのモニタにも映るようになっている。

「特に異状はありませんね」チャンが画面を示す。

ペンションは、周囲を雑木林に覆われている。ここにたどりつく道路は一本だけ。木々に邪魔をされるので見通しは良くないが、警察の大部隊がここを包囲しようと思うと、困難を極めるだろう。加賀山は、来るなら機動隊だろうと言っていた。

――あの自衛官。

ソンは含み笑いをする。安濃という自衛官は、うまく立ち回ってここの場所を警察に教えたつもりかもしれないが、こちらがそれを期待してトラップをしかけていたと知れば、さぞがっかりするだろう。

「では、私はそろそろ張りこみに行きます」

チャンがマシンガンを肩にかけた。時計を見ると、とうに十時を過ぎている。トラップの構築に時間をかけすぎたかもしれない。

チャンはこの下の道路の近くにある空き家に、張りこむことになっている。ミッションが完了するまでは、会えないだろう。

ソンはチャンに向かって力強く頷《うなず》いた。

「後で会おう」

「はい。後で」

緊張しているのか、表情は硬かったが、やはりしっかりと頷く。

二十四時まで、まだ十三時間以上ある。

一一〇〇　市ヶ谷防衛省　大臣執務室

「菊谷和美——？」

浅間は、テーブルに置かれた書類を取り上げた。老眼鏡をかける時間すら、もどかしく感じられる。

たびたび招集される、危機管理センターでの会議から、執務室に戻ってきたところだった。

テロリストが切った二十四時という刻限まで、あと十三時間ほどに迫っている。

大臣執務室の調度品は、その時々の大臣の好みによって一部入れ替えられる。前大臣は執務室に自衛隊機のプラモデルなどを飾っていたようだが、浅間がこの部屋に入ってからは、その手の装飾品をいっさい取り払ってしまった。

しげしげと書類を眺めた。

生真面目そうな、目つきのしっかりした若い女性の顔写真が、書類には添付されていた。履歴書と、自衛隊での職歴がリストアップされた資料だ。

「去年退職した女性パイロットです」

航空幕僚長の吉安《よしやす》空将と、航空警務隊司令の山村《やまむら》一等空佐が、浅間と向かい合う形で応接セットに腰を下ろしていた。F―2奪取事件については、自衛隊内部に関与した人間がいる可能性が高いということで、航空警務隊が調査していた。

若い頃、カミソリとのあだ名を奉られたという山村一佐は、今でも触れると切れそうな視線で他人を見る癖がある。

「彼女がF―2を奪取した犯人だというのかね」

「ほぼ間違いありません。退職した後、東京でひとり暮らしをしていたようですが、自宅から書きおきが見つかりました」

「――書きおき」

「両親に宛てたものと、メディアを意識したと思われるものと二通ありました。後者がこれです」

レター用紙のコピーを、山村はフォルダーから取り出した。かっちりした楷書《かいしょ》体の、手書きの文章だった。

『私は自分の務めを果たすつもりです』――どういう意味かね」

「まだわかりませんが、菊谷が事件に関わっていることを示す証拠は他にもあります」

山村がテーブルの上に写真を何枚か広げて見せた。引き伸ばしたのか、やや粒子が粗い。

「岐阜基地の監視カメラに映っていた犯人の写真です。ご覧の通り、頭から黒い目だし帽のようなものをかぶり、顔を隠しています。しかしおよその身長と、体格がこれでわかりました。身長百六十センチ前後。自衛隊のパイロットは身長百五十八センチ以上でなければなれませんから、パイロットにしては小柄できゃしゃな体型です」

「あの戦闘機パイロットが、女性――？」

浅間はやや呆然《ぼうぜん》とした態《てい》で、写真を手に取る。

「私は、女性は戦闘機に乗れないものだと考えていたよ」

「自衛隊では、確かに女性の戦闘機乗りはいません。しかし、たとえば米軍では女性の戦闘機パイロットもいます」

「しかし、昨日のパイロットは、非常に腕のいいパイロットだと言われてなかったかね」

狐につままれたようだ、と浅間はもう少しで口に出してしまいそうになった。

「F―2格納庫の警備担当者は、犯人に麻酔銃と見られる武器で襲撃され、意識を失ったのですが、犯人の体格を見て女性ではないかと考えたと言っています」

山村は明晰《めいせき》な口調で答えている。

「菊谷は、輸送機のパイロットとしては豊富な経験を積んだベテランです。業務として戦闘機に乗った経験はありませんが、ある理由で操縦方法を知っていた可能性があります」

「ある理由とは？」

「婚約者が戦闘機パイロットでした」

「おいおい」浅間はソファの背に身体を預けた。

「そんな理由で――」

「待ってください。菊谷を疑う理由があるんです」

山村が真剣な表情で身を乗り出したので、話を聞かないわけにはいかない。

「婚約者が昨年自殺しています」

山村はテーブルの上に、もうひとつの書類の束を滑らせた。

「婚約者は、加賀山司郎二尉。二年前に退職した、加賀山一郎元一佐のひとり息子です」

その名前には聞き覚えがある。聞き覚えどころの話ではない。二年前、加賀山元一佐が発表した論文の内容が問題視された折に、強硬に退職を要求したのは、浅間自身だった。

加賀山一郎という男は、いずれ航空幕僚長になる可能性が高いと見られていた。明確な意見を持ち、御しにくい武官の芽は早めに摘んでおきたかった。政治的な圧力などと一部で報道されたのはそのためだ。

「君は、加賀山が事件に関与していると見ているのか？」

山村が、さらにいくつかの書類を重ねた。

「連絡を取ろうと試みていますが、現時点では行方がわかりません。それに、『加賀山学校』と呼ばれたシンパがおります。その中で、現在連絡が取れない人間が数名います」

書類は、それぞれやはり写真つきの履歴書のようだった。

「特に、こちら――安濃一尉は、昨夜、基地内待機命令を無視して府中基地を飛び出し、行方不明になっています。事件との関係を調査しているところですが、府中基地の協力を得て、彼が現在北軽井沢にいるらしいことがわかっています」

「加賀山と通じているということかね？」

「可能性はあります。北軽井沢には、加賀山の叔父《おじ》が経営していたペンションがあるそうです。安濃はそこに向かったのではないかと見ています」

浅間は溜《た》め息をつき、書類をテーブルに戻した。

とんでもないことになったものだ。

「現場は群馬県警の管轄区域ですが、事態は切迫しています。群馬県警に状況を伝えたところ、警視庁と共同で対処する方向で検討するそうです」

縄張り意識が強いと言われる警察組織だが、近ごろは凶悪犯罪の発生にともない、警視庁と県警の合同訓練なども実施されている。

「県知事から、自衛隊の出動要請は出てないな」

現状では、群馬県からの出動要請という形式を踏まない限り、自衛隊が出動することはできない。

テーブルの上に置かれた内線電話を引き寄せ、秘書にすぐ来るように伝えた。群馬県知事の斉藤は、著述家から転身した男で、テレビの討論番組で何度か会話したことがある。腹を割った会話ができるほど親しい仲ではないが、この一大事に冷静な判断が下せない男ではないと見ていた。

「斉藤知事に、自衛隊の出動要請を出せないか、打診してみよう。一刻を争うときだ。不確実な情報でも、打つ手は確実でなければならない」

吉安空将も山村も、無言で頷く。現時点で、警視庁の機動隊のみならず、自衛隊の投入という流れになれば、県警が反発するかもしれないが、それに頭を悩ませるのは後でいい。

「犯人がミサイルを発射する前に、捕らえることだ。メガフロートの続報はまだか」

「まだです。水産庁の船がすれ違ったのは二日前です。簡単には見つからない可能性が高いです」

「米軍の衛星や、哨戒機《しょうかいき》の協力は？」

「既に依頼しています」

十三時間後。それまでに、何としても犯人を捕らえ、ミサイルを奪い返さなくては――

一一三〇　北軽井沢

ヘリコプターの音がかすかに聞こえていた。

テニスコートの管理事務所は、二階建てのプレハブだった。一階は事務所、二階は職員の簡易宿泊施設になっているはずだ。夏の間、職員は交代でここに泊まりコートの管理をやっていた。季節が良ければ、テニスコートも近くのゴルフ場も、避暑の客であふれる。シーズンオフの今は、無人だ。

加賀山たちが、「ペンションかがやま」よりさらに奥に向かっていると知った時には、驚くと同時にやはりとも思った。例のトラップで道をふさいでしまっている以上、彼らが車で移動できるのは、裏のテニスコートしかない。

――こんなところに、隠れていたとは。

到着と同時に安濃は一階事務所の床に転がされた。逃げられないよう、相変わらず両手足を縛られている。用意のいいことだ。

加賀山、米田、ソン。ここに来たのはその三人だけだった。チャンは姿を消した。

事務所のデスクに、ペンションにあったのとそっくりのモニタが並んでいる。その横に、持参したパソコンと衛星電話を並べ、ソンは先ほどからずっとパソコンに向かっている。ちゃんと電気が来ているようだ。

車に積んであった武器の類《たぐい》は、米田が運び込んだ。野戦基地なみの装備だ。乗ってきた車は、ふたたび「ペンションかがやま」に戻したようだった。車がこちらにあれば警察が不審に思うからだろう。

パソコンの画面をにらみながら、ずっと神経を張り詰めていたらしいソンが、ヘリの音に顔を上げた。

一見、年齢的にも加賀山が四人のリーダーのようだが、ソンはどうやら別の人間の指示に従っているようだ。彼らがイ・ソンミョクと呼んでいる男は、離れた場所にいるらしく、時おり衛星電話で連絡を取り合っている。海外にいるのかもしれない。

電話のやりとりから、イ・ソンミョクのそばにも数名のテロリストがいる様子が読みとれた。

ソンは目を光らせて窓に近づき、カーテンを少し開いて耳を澄ませていた。米田はどこか落ち着きがなく、加賀山はソンがヘリの位置を摑《つか》もうとするのを見守っている。

「チャン。ヘリが見えるか」

ソンが無線機のマイクに向かった。

『見えます。ペンションに近づいています』

スピーカーからチャンの声が応じる。どうやら外にいるらしい、と安濃は見当をつける。

「マークか何か見えるか。自衛隊機や、警察のヘリじゃないか」

息を殺した。誰かがここを見つけてくれたのだろうか。

『いや——新聞社か、テレビ局のヘリじゃないでしょうか。旗をつけてます』

「その場所から様子を見てくれ。おかしな動きをしたら教えてくれ」

『了解。しかし、既に離れようとしています。東南の方角に向かって飛んでいます』

かすかに聞こえていたローター音が、少しずつ遠ざかるのが安濃にもわかった。ソンは窓辺で、じっと耳を傾けている。

「そのまま、監視を続けてくれ」

『了解』

ソンは苛立《いらだ》っている。彼はポケットに携帯電話を入れているが、先ほど電話がかかってきた際に、相手のナンバーを見ただけで切ってしまったのだ。目にさされだった苛立ちが覗《のぞ》いていた。

ふいに、ソンがこちらを見た。携帯電話を取り出すと、いきなりカメラのレンズを安濃に向けた。シャッター音。思わず顔をそむける。

「じっとしていろ」冷ややかに言った。

「——何のまねだ」

「写真が必要だ」

いきなり、ソンが足を振り上げた。目の前に火花が散った。顔を蹴《け》られた。山岳登山用の、ごついブーツだった。

またブーツが飛んでくるのが見えた瞬間、顔をそむけようとした。間に合わなかった。鼻から唇、顎《あご》にかけて焼けるような痛みが走り、皮膚が腫《は》れあがるのがわかった。鼻骨が折れたかもしれないと思ったが、両手の自由がきかないので、調べることもできない。塩辛い血が、喉《のど》に流れこんだ。思わず床に吐き捨てた。

縛られた足でソンの膝頭《ひざがしら》をキックしようとしたが、素早く逃げられた。反撃のチャンスをうかがった。相手は、にやにやしながら携帯のレンズをこちらに向けている。目は無事だった。それだけは幸いだ。

「何をしている！」

睨《にら》みあっていると、加賀山の鋭い叱責が飛んだ。

「このくらい、迫力がないとな」

ソンは悪びれた様子もなく、また何枚か写真を撮影した。痛めつけられた自分を撮りたいのだとわかった。さぞかし、ひどい顔に写っているに違いない。

何をしようとしているのか読めない。撮影した写真を、携帯電話からパソコンに送って、どこかに転送しようとしているようだ。

――俺を餌にするつもりか？

自衛隊は、突然姿を消した自分を、ミサイルテロと結びつけて捜しているはずだ。携帯の位置情報からは、「ペンションかがやま」にいることになっている。彼らはどうやら、ペンションにトラップを仕掛けたようだった。

――ペンションに警察が突入すれば。

何かが起きる。取り返しのつかない、何かが。

唇を舐《な》めると、吐き出した血の味がした。

「いったい、ペンションに何をしたんですか」

加賀山はポケットを探り、ハンカチを取り出すと立ち上がった。

「君は知らなくていい」

顔の血を拭《ぬぐ》ってくれるのはいいが、傷がひりひりと痛む。真剣な表情の加賀山を、安濃はじっと見つめた。

テロリストなどという言葉が、もっともそぐわない冷静な顔だ。

自分はいったい、何のためにここまで加賀山を追ってきたのだろうかと改めて考えた。彼を追わなければならないと、まるで身体のどこかに火がついたかのように、矢も盾もたまらず飛び出したのはなぜなのか。

――退職を決意したこの時期になって。

加賀山を説得して、ここを離れるべきだと思った。ソンたちは、加賀山の指示に従わないばかりか、軽んじている様子すらある。米田も、何を考えているのかよくわからない男だ。

加賀山は騙《だま》されている。

きっと、ソンや米田などに騙されて、こんな計画に手を貸すことになったのだ。

――加賀山を助け出さなくては。

また冷や汗が流れはじめる。めまいがして、口の中が渇く。外部と連絡をつける方法がないか。どうすればここから脱出できるのか、それればかり考えていた。

一一五〇　群馬県吾妻郡

風が冷たい。東京とは随分な気温差がある。

真樹は木下の車にもたれながら、腕組みした。浅間山から数キロメートル離れた牧場に来ている。延々と広がる草地の風景に、のんびり草を食《は》む牛の姿も見える。平時なら、さぞのどかな光景なのだろう。

今日は、別だ。

「俺たち、すっかり蚊帳《かや》の外ですね」

四方二曹がジャンパーのポケットに両手を突っ込んで手を暖めながらぼやく。木下は運転席で、仮眠している。昨夜は彼ひとりだけが、一睡もしていなかった。四方も真樹も、眠ったら起きられないなどと言いつつ、木下に運転を任せて小一時間ほど眠ったのだ。

真樹は無言で唇を曲げ、目の前に展開される警察車輛《しゃりょう》を睨んだ。

しかたがない、と諦《あきら》めるべきだろうか。

府中基地に戻り、沢島二佐に状況を報告した。安濃が北軽井沢にいるらしいこと、加賀山が横浜の自宅から姿を消していることなどを聞くと、沢島二佐は警務隊に協力するよう指示したのだった。

（加賀山元一佐については、別のルートからも今回のテロに関与している疑いが持ち上がったところだ）

沢島が沈痛な面もちで教えてくれた。

できることなら、安濃の経歴に傷をつけない形で取り戻したかった。それも今となっては難しいだろう。

この牧場は、ペンションからおよそ二十キロ離れている。群馬県警と、警視庁のレンジャー部隊の車輛とヘリコプターが、続々と集結している。第七機動隊のマークが書かれた車輛を見ながら、唇を噛《か》む。

事件は真樹たちや、警務隊の手を離れ、警察に移っている。警務隊の車輛も来ているが、彼らも蚊帳の外に置かれている。安濃の顔を知っており、万が一の場合には説得も必要になるだろうからと、強引にここまでついてきた。しかし、そこまでだった。

先ほど、新聞社のヘリコプターに擬装した県警のヘリが、ペンションの周辺を飛んで望遠カメラで付近の様子を撮影してきたらしい。結果については何も聞かされていない。加賀山元一佐がテロに関与している疑いと、「ペンションかがやま」にテロリストが集結している疑いだけで、警察も自衛隊も動いている。本来ならもっと確証を得るための時間が欲しいところだ。

――だが、もう時間がない。

機動隊の車輛から降りてきた警務隊の若狭《わかさ》という隊員が、ちらりとこちらを見て進路を変え、近づいてきた。真樹は思わず肩がこわばるのを覚える。協力しろとは沢島二佐に言いふくめられたが、警務隊は最初から安濃をテロリストの仲間だと信じ込んでいるのだ。そんな連中に、何をどう協力しろというのか。

「やあ」若狭が片手をハイタッチでもするように上げた。三十そこそこで、おそらく安濃や泊里と年齢的には変わらないだろうと思うが、随分落ち着いて苦みばしった男だった。

真樹たちの前まで来ると、周囲を確認するように、さりげなくあたりを見回した。

「建物の中にいるのは四人らしい」

若狭の言葉に、鋭い視線を返す。四方もむっとしているらしい。急に馴《な》れ馴れしく近づいてきた態度が気に入らないのだろう。

「怖い顔するなよ」

若狭が鼻の上に皺《しわ》を寄せて苦笑した。こちらの無言の抵抗に気づいたのかもしれない。

「七機に知り合いがいるんだ。こっそり聞き出してきた」

警戒心をあらわにした真樹の態度をどう思ったのか、唇を曲げた。

「なんだ。聞きたくないのか」

「――安濃一尉をテロリストの仲間だと考えている人に、教えてもらおうとは思いませんから」

そっけなく吐き捨てると、わずかに表情をこわばらせる。

「生意気言うな。話には聞いていたが、鼻っ柱の強い新人だな」

話には聞いていた。若狭は確かにそう言った。どうせ、小生意気な新人が配属されたと、警務隊でも噂になっているのだろう。真樹は思わず目を吊《つ》り上げたが、おかげでものが言いやすくなった。

「安濃一尉は、テロリストの正体を確かめに行ったんです。ひょっとすると、テロリストの人質になっているかもしれません」

「人質だと？」冷笑するように若狭が顎を上げた。

「おまえら、仲間をかばうのもたいがいにしろ」

「そちらは先入観を持って捜査しているから、見えるはずのものも見えないんです」

さすがに怒りを感じたらしく、若狭も眉間《みけん》に皺を寄せた。四方が、万一の場合には真樹をかばって、ふたりの間に割って入るつもりで、肩をこわばらせるのが感じ取れた。

「言ってくれるじゃないか。——まあいい。とにかく、安濃を見つければはっきりすることだ」

「もちろんです」

真樹は冷ややかな態度を崩さずに応じた。大人の余裕を見せようと思ったのか、若狭が表情を崩した。

「——いいだろう。せっかくだから、教えておいてやる。ペンションの窓は、きっちりよろい戸が下りているそうだ。以前、営業していた時に公開していた電話番号は、現在は契約が切れている。電気や水道も現在は契約していない。つまり、あの建物はまるで使用されていないかのように見える。そこに四人分の熱源だ。どうやら内部に発電機も置いているらしい。おかしいと思わないか」

「誰もいないと装っている。そういうことですか」

「警察はそう見ている」

警察の突入を警戒しているのだ。

「空から突入——ですか」

「そのためのレンジャーだ。警察はペンションを包囲する。状況を見て突入開始だ」

「安濃一尉や加賀山さんたちはどうなるんですか。警察に身柄を預けて、事情聴取ですか」

真樹の強い口調に、若狭が苦笑した。こいつはまだわからないのかと言いたげな表情だ。

「もちろんそうなるだろうな」

真樹は唇を引き締めた。

もうじき正午になる。テロリストが指定した時刻まで、あと十二時間しかない。悠長に事情聴取などしているうちに、予定の時刻が来てしまう。

真樹の携帯が鳴り始めた。

「失礼」

面白そうに真樹を見つめていた若狭も、警務隊の車輛から呼ぶ声でそちらに向かった。

『沢島だ。いま話せるか』

若狭が声の届かない距離まで離れたことを確認する。

「大丈夫です」

『県知事は、自衛隊への出動要請を出さないそうだ』

「警察だけで包囲するということですか」

その可能性もあるとは思っていたが、最後の最後まで諦めていなかった。県が自衛隊に要請すれば、対テロ訓練も積んだ陸上自衛隊の精鋭が、警視庁や群馬県警と協力して突入することも可能になる。そうなれば、真樹たちが参加する可能性も、ゼロではなかったのに。

『ただし、浅間大臣が食い下がってくれたらしい。現場にいる君たちが、作戦にオブザーバーとして参加することを、県警が許可するそうだ。あくまでも指揮は警察がとる。君たちは彼らの指示に従って動いてくれ』

オブザーバー。いったいそんな名目で、自分たちに何をしろというのか。そんな真樹の気持ちを嗅《か》ぎ取ったのか、沢島二佐が苦笑いする気配があった。

『いいか、遠野。臨機応変にやれ。安濃がテロリストの仲間じゃないと信じているのなら、何としてもあいつを無事に、少なくとも生かして連れて帰る算段をしろ』

「隊長も安濃一尉を信じておられるんですね」

ふいに、その言葉が口をついて出た。

『信じてなきゃ、君らを行かせたりはせん』

きっぱりした声だった。真樹はようやく深く頷《うなず》いた。

「──承知しました。必ず安濃一尉を連れ帰ります」

必ず。そのために、自分たちがここまでやってきたのだ。四方が話の内容を推測したのか、しっかりと頷いた。

7　計略

一二三〇　北軽井沢

変化があったのは、監視カメラのモニタを睨《にら》んでいたソンが、慌ただしく画面を切り替えはじめた時だった。五台のモニタには、「ペンションかがやま」周辺に設置された監視カメラからの映像が、映し出されている。安濃の観察によれば、十台以上のカメラがあるようだ。右端のモニタは、ペンション正面からの映像に固定されている。

日が高くなったが、カーテンを閉め切った室内は、ひんやりと冷えたままだ。先ほど、加賀山たちはスティック状の固形食糧をお茶で流し込んでいた。加賀山に勧められたが安濃は断った。

ソンの背中越しに、モニタを見ようと身体を起こす。一瞬、画面のひとつに車が映った。警察車輛《しゃりょう》のようだった。

警察がようやくペンションの情報を摑《つか》んだのだ。気分が高揚する。同時にこれから起きることを予想すると、胃のあたりを冷たい手で摑まれたように、緊張が走る。

加賀山がモニタを覗《のぞ》き込む。

「警察だ。下の道路から来る」

ソンが無線のスイッチを入れ、マイクを握る。スピーカーにつないだままだった。

「チャン。聞こえるか。こちらソンだ」

『聞こえます』

「いま、1番のカメラに警察の車が映った。複数——いや、次々に上がってくる」

「現場指揮官車と投光車。それにマイクロバス——人員輸送車輛だ。機動隊だな。五、六十名は投入してきたな」

加賀山がモニタを見つめて、冷静な声で分析する。ソンの声がやや上ずっているように聞こえるのは、トラップの効果を早く確かめたいのだろう。

加賀山は落ち着いた足取りで窓に向かい、カーテンの隙間から外を透かし見ている。

『1番カメラに映ったのなら、十分後にはここまで来るはずです。抵抗して蹴散《けち》らしますか』

チャンの声がスピーカーから流れてきた。彼がどこに潜んでいるのかわからなかったが、ひょっとすると例のマシンガンを持って機動隊を待ち伏せしているのかもしれない。

たったひとりで機動隊を相手にして、蹴散らすつもりでいる。それが驚きだった。いったい彼らは何者なのか。武装といい、モニタや衛星電話などの装備といい、彼らは単なるテロリストの域を超えている。

「待て。ひとまず隠れて、彼らを通過させるんだ。追って指示を出す」

『了解』

ソンは、例の丸太まで警官隊を進めさせるつもりではないかと思った。安濃が既に一度、トラップに引っかかっている。痕跡《こんせき》が残ったはずだ。機動隊が、丸太のトラップに気づかず、同じように閃光《せんこう》弾にやられるとは思えないが、別のトラップを仕掛けている可能性もある。爆破でもされたら被害が大きくなる。

機動隊がどんな情報をもとにここに踏み込んでくるのか、よくわからなかった。現在、F−2を抱えているのは、イ・ソンミョクという男だ。ソンやチャンを捕らえて、イ・ソンミョクの居場所を吐かせなければいけない。でなければ、この突入には意味がない。機動隊はそれを理解しているのか。

——何とか、彼らに報《しら》せる方法はないのか。

安濃は床から室内を観察し続けた。モニタやパソコンが置かれた事務机は、手足が届く範囲にない。

――窓。

腰の高さにある窓かまちを見上げる。

裏側から「ペンションかがやま」に接近を図る隊員がいれば、窓から合図を送ることはできるだろうか。

――このロープさえ、外せれば。

手錠は無理でも、足のロープを少しでも緩めることができないかと、もう何度も試しているが、びくともしない。ソンに気づかれるわけにはいかなかった。あの男は、自分を殺したがっている。

「あと十一時間半」

ソンがひとりごとのように呟《つぶや》いた。深夜二十四時――彼らが宣言したミサイル発射時刻だ。深夜二十四時までミサイルを守り、日本国内のどこかに撃ち込むことができれば、この勝負は彼らの勝ちなのだ。

安濃は自由にならない身体に歯ぎしりをした。何としても、止めなければ。

腋《わき》の下に冷たい汗をかきながら、まだ諦《あきら》めずに、ロープを緩める作業を続けている。

一二四五　北軽井沢

「こんなところでどうして停まるんでしょう？」

先行する警務隊のランドクルーザーが、赤いブレーキランプを光らせて停まった後、びくとも動かない。真樹の質問に答えようもなく、木下士長も首をかしげてブレーキを踏み、前方の様子を見ている。先行車輛が数珠《じゅず》つなぎになったまま、全て停車しているようだ。

「何か変だな。様子を見てきましょうか」

助手席にいる四方二曹が、もうドアに手をかけている。

加賀山のペンションに向かう道は、車一台通るのがやっとという林の中の一本道だ。似たようなペンションやロッジ、貸し別荘などが並ぶあたりを通り過ぎると、すっかり周囲は雑木林に入ってしまった。かなりきつい上り勾配《こうばい》で、軽自動車などでは坂を上がりきるのも難しいかもしれない。おまけに、左側は急勾配の斜面で、道を踏み外せば、まっ逆さまに転がり落ちそうな状態になっている。大型車輛は通れないので、人員輸送も小型のマイクロバスで行い、放水車などの大型車も今回は出番がない。

指揮官車を先頭に、夜間に備えて投光車、マイクロバス三台と続き、その後ろから警務隊のランドクルーザーと、真樹たちが乗った車が続いている。機動隊を中心とする、五十名ほどの部隊だ。

その隊列が、ぴたりと停まって足踏みをしているのだ。

「わたしも行きます」

四方に続いて車から降りた。ドアを開くにも、右側に切り立つ崖《がけ》にぶつけないように神経を使うほど細い道だ。

「すみません、木下さん。しばらくここで待っていてもらえませんか」

木下ひとりを運転席に残し、坂道を登る。前の車に乗っている警務隊の若狭も、真樹たちが車を降りたのを見て、ランドクルーザーのドアを開いた。渋い表情でこちらを見ている。

「どうした」

「なぜ停まったのか、前方に様子を見に行こうと思いまして」

状況を理解したように、木下の車を見やる。視線が、なんだか軽蔑《けいべつ》を含んでいるようで嫌な気分になる。

真樹たちが安濃の居場所を特定しなければ、警務隊は「ペンションかがやま」に気づかなかった可能性すらあるくせに、若狭の態度はずいぶん横柄だ。自分のテリトリーを侵されたような気がして、気に入らないのかもしれない。

「そっちは公用車じゃないから無線がないんだな。いま連絡が入った。先頭車輛が、道路をふさぐように倒れている丸太を発見して、調べているそうだ」

「丸太、ですか？」

「トラップじゃないかと言っている。偵察に出たヘリからも丸太が道をふさいでいるという報告が上がっているので、爆破処理の準備もできているそうだ」

ペンションに向かう道は、これ一本しかない。犯人グループは、あらかじめ警察の突入を見越し、道路を封鎖しておいたのだろうか。

それなら、いったい安濃はどうやってペンションに向かったのだろう。

——時間がないのに。

真樹は坂の上を睨むように見上げた。ミサイルを奪取した犯人が指定した時刻は、今夜二十四時。それまでに、何としてもF－2とミサイルを奪回する。そのためにも、基地を抜け出してまで加賀山に会いに行ったと思われる安濃を捜しだす。そのつもりだった。

「遠野二尉」

ただでさえ狭い道路に、警察の指揮官車やマイクロバスなどが停まっている。その横を、まるですり抜けるように前方に進んでいった四方が、また戻ってきて手招きをしていた。奇妙に硬い表情をしている。

真樹が近づくと、前に行こうと身振りで誘った。

「どうしたんですか」

「あれ、見てください」

先頭に停まった指揮官車の向こうに、道路をふさいだ丸太が見える。驚くほどの巨木だった。両手ひとかかえ、どころではない。人間の腰より高い位置まで、ふさいでしまっている。機動隊員が、丸太に仕掛けられたトラップを調査しているようだ。しきりに手を振っているのは、何か見つけたのだろうか。

――四方が指し示したのは、そちらではなかった。

「向こうの斜面です。あのあたりの枝を見てください。最近折れたみたいな跡があるでしょう」

四方の指の先を視線で追った。なるほど、折れて樹皮がはがれた枝が、いくつか見える。

「誰かがあそこから落ちた――？」

思わず声に出して呟く。丸太の手前、数メートル離れた場所だった。もし、誰かがこの道から足を滑らせて落ちたなら、あんなふうに枝が折れるかもしれない。

「まさか――」安濃だろうか。

四方は地面に膝《ひざ》をつき、斜面ぎりぎりにまで近づくと下を覗《のぞ》き込んだ。真樹もおそるおそる斜面の裾《すそ》を覗き見る。木々と、うずたかく積もった枯れ葉の山が見えるばかりで、人の姿などどこにもない。

――まったく、あの先輩は。

真樹はふつふつと怒りがこみあげてくるのを抑えかねていた。

こんな高さから転がり落ちて、無事でいられるわけがない。三階建てのビルから落ちたようなものではないか。しかも、ここから落ちたとすれば、装備なしで元の道路に戻ってこられる可能性はほとんどない。

「ロープがあれば、下に降りられますね」

下に降り、もっと詳しく調べたほうがいいかもしれない。

「どうした。何を見ている」

背後から急に声をかけられて、驚いた。警務隊の若狭が、いつまでも下を覗き込んでいるふたりの様子に不審を抱いたのか、すぐそばまで接近していた。四方が緊張する。

警務隊は安濃をテロリストの仲間だと見なしている。それが伝わるので、四方は彼を敵視しているのだ。

――でも、このままでは。

とっさの判断で、真樹は若狭を巻き込むことにした。

「この道から、誰か落ちたようです」

若狭が眉根《まゆね》を寄せ、説明を聞いて斜面の下を覗いた。丸太を調べている機動隊員たちは、いよいよトラップを発見したらしく、閃光弾《せんこう》についで無線で報告する声が聞こえはじめた。犯人は、巨木を切り倒して道路をふさぐだけでは飽き足らず、丸太に閃光弾を仕掛けて、この道を通過しようとする者たちを足止めするつもりなのだ。

「安濃一尉がこの道を通って、私たちより先に『ペンションかがやま』に向かったのなら、当然あの丸太に行く手をさえぎられたはずです」

機動隊員たちが、トラップを解除するために丸太を調べる様子を示す。

「ひょっとすると、トラップに引っかかったのかもしれません。丸太を越えようとして誤ってここから落ちたのだとすると、あの折れた枝の跡について、説明がつくと思いませんか」

若狭がちょっと鼻の先で笑った。

「いや、そりゃおかしい。安濃は、テロリストと連絡を取り合っていたはずだ。トラップがあることも知っていただろう」

「ですから、安濃一尉がテロリストの仲間だという前提が間違っているんです」

「またそのくだらない意見か」

聞く耳も持たない若狭に、むっとした四方が詰め寄りかけたのを、真樹は目を吊《つ》り上げながらもどうにか引き止めた。殴りかかりたいのは、こっちだ。

「私たちは、降りて調査します」冷ややかに宣言した。

「――なんだと」

「止めても無駄ですから」

驚く表情を見て、ちょっと溜飲《りゅういん》を下げる。この場においては若狭の指示に従うのが筋なのかもしれないが、知ったことじゃない。

「安濃一尉は、ここから落ちたのだと思います。でも、下に人のいる気配はありません。ということは、あそこから『ペンションかがやま』に向かう方法が、あるのかもしれません。逆に言えば、犯人が、脱出経路として残している可能性もあります。地図は検討されましたか」

ほとんど思いつきだったが、四方が感心したようにこちらを見直すのがわかった。若狭も真樹の意見を真剣に検討しているような表情になる。

「少し待て」若狭が車に戻り、折り畳んだ地形図を屋根に広げながら手招きした。

「車が通れるような道ではないが、徒歩ならペンションの裏に回れるかもしれないな」

地形図を指でなぞりながら、しばらく考えこんでいた若狭が、じろりと視線を真樹たちの服装と持ち物に移した。スポーティだが、私服の軽装だ。ただし、基地にいったん戻った際に、万が一のことを考えて防弾チョッキを私服の下に着用しておいた。

「下に降りるための装備は」

「ありません。ロープを貸してください」

ここまで乗ってきたのは、木下士長のマイカーだ。急なことで、結局自衛隊の車輛《しゃりょう》を借り出す手続きが間に合わなかった。装備品の類《たぐい》は一切積んでいない。

「いいだろう。災害時に使う非常用のロープくらいは積んでいるはずだ。貸してやるよ」

「助かります」

若狭の頬に、何かを面白がっているような色がちらりと走った。

「機動隊にはこちらから連絡しておこう。斜面の下を調査して戻る。万が一、ペンションに行く別の道があるようなら、機動隊に報告する。それでいいな」

ロープを取りだすために若狭が車のトランクを開けている間に、木下の車に戻った。

「私と四方二曹は、下に降りて安濃一尉を捜してみます。すぐに戻るつもりですけど、もし何かあれば、このまま彼らに続いて車を走らせてもらえますか」

「あそこの斜面を降りるんですか？」

驚いている木下に、発見した状況をざっと伝えた。

後部座席に置いてある黒いショルダーバッグを取り上げた。府中基地の宿舎から取ってきたものだ。

「それ、いったい何なんですか？」

木下が不思議そうに尋ねる。彼らにも、何を持ってきたのか教えていなかった。

「武器です。内緒ですけど」

「武器？」

目を丸くする木下に笑いながら、ひょいと肩にかける。かなりの重みと大きさがあって、ゴルフバッグとまではいかないが、テニスのラケットを数本合わせたくらいのサイズにはなっている。

「木下さん、ひとりで車に残ってもらってすみません。もし別行動することになれば、『ペンションかがやま』で合流しましょう」

「まかせてください。その場合はたぶん僕のほうが先に着くと思いますから、お待ちしています」

木下が頼もしく頷《うなず》いてみせる。その頬に、そばかすが元気よく散っているのを見つけた。運転の腕はあんなにいいのに、本当に子どものようだ。

「ロープだ。手袋はひと組しかない」

若狭が何重にも巻いたロープを手にして待っていた。その肩に、携帯用の無線機がかかっているのを、真樹は鋭く見咎《みとが》めた。

「そちらの無線機も貸していただけませんか」

「これはだめだ。貸せない」

若狭が平然と答え、にやりと笑った。

「だが心配するな。俺もついていく」

一瞬あっけにとられ、四方と顔を見合わせる。若狭はもうロープを樹木の根元に結びつけはじめている。

「あいつ、俺たちのことも疑っているのかもしれませんよ」

四方がぼやくように言った。

ロープの結束を終えた若狭が、こちらを振り返った。

「先に行くぞ」

手袋をはめてロープの端を身体に巻きつけ、降下訓練よろしくするすると斜面を滑り降りていく。真樹は上から見守った。見ていて悔しくなるほど、降下の腕はいい。素早く降り立ち、手袋を脱いで中に石を詰めると、斜面の上で待っている四方に投げ上げた。素手でロープを使って降下すると、手のひらが摩擦で傷ついてしまう。若狭は、もう地面に残された痕跡《こんせき》を調べはじめている。

「遠野二尉はゆっくり来てください」

四方が後に続いた。ゆっくりという言い方が、特別扱いされているようで気になったが、正直なところ真樹は若狭や四方ほどの速さで降りる自信もなかった。四方も運用畑の自衛官だが、基礎体力があるのと訓練で慣れているためか、降下は速い。

ほどなく四方が投げて寄こした手袋を、真樹はしっかりとはめた。肩にかけた黒いショルダーバッグを落とさないように揺すり上げる。

車に残ってこちらを注視している木下に手を振り、ロープを握った。若狭が結束したロープの端を、緩みがないかもう一度確かめる。

いったん、目を閉じた。

女は度胸だ。

目を開いて、地面を蹴《け》った。

――安濃一尉のくそったれ！

身体が一瞬、ふわりと宙に浮かぶ。

怒りだ。怒りだけが自分を支えている。まったく腹立たしい。どうしてもっと周囲を信じて相談しないのか。どうしてたったひとりでテロリストの中に飛び込んでいったのか。

降下。少しずつ、ロープを繰り出していく。正直に言えば怖いので、あまりいっきに下に降りない。下を見ると足がすくむので、ロープを結び付けた木の根元をずっと睨《にら》みながら、じわじわと降りていった。みっともないが、失敗して転がり落ちたり、足を折ったりするよりはマシだ。

上の空気は、車輛の排ガスで汚れていたことがわかった。そのくらい、澄んだ大気だ。空気が冷たく、湿った落ち葉の匂いが鼻をくすぐる。芽を吹き始めた新緑を通して、陽光が差し込む。

最後はほとんど斜面を駆け降りるように滑った。しっかりとした大地に足がつくと、ほっとした。膝《ひざ》がかすかに震えている。ほんの少し、高所恐怖症の気があるようだ。

調査が終われば上に戻れるように、ロープは下ろしたままにしている。

今度はあれをよじ登るのだ。そう思うと、冷や汗が出てくる。

「杖《つえ》をついたような跡が残っています」

四方が呼んでいた。若狭は既に地面の痕跡をたどり、先に進んでいるようだ。地面にしゃがみ込んだ。湿った柔らかい土の上に、丸い木の棒を突いたような穴が、数センチの深さで残っていた。

「足でもけがしたんでしょうか」

「何の準備もなく、あそこから転がり落ちたのなら、そりゃけがくらいするでしょう」

四方につられるように、真樹も今ロープで降りてきた斜面の上を見上げた。

——高い。ちょっと、寒気がするような高さだ。

「こっちだ」若狭の声が聞こえた。紺色の制服が、林の中に見え隠れしている。

「行きましょう」

四方を促し、歩き始めた。その時だった。

誰かが鋭く誰何《すいか》の声を上げた。斜面の上だ。思わず振り向き、身構える。

タタタ、タタタ、と三回ずつ続く軽い連射の音には、聞き覚えがあった。三点バーストモードにしたマシンガンの音だ。一瞬、頭の中が空白になった。

「遠野二尉！」

四方が真樹の身体を抱えるように、林の奥に向かって駆けだした。手入れされていない木々の枝が、鞭《むち》のように顔や手足を打った。ほとんど転がるように、走り始める。下草と散り敷いた枯れ葉が邪魔になって、走りにくい。肩のバッグをなくさないよう、しっかりと肩ひもを握った。

短い悲鳴と、指令を飛ばす鋭い声が入り混じっている。

——誰かが機動隊の隊列を襲撃した？

混乱した頭で真樹は必死に考えた。

機動隊員は突入に備えて武装している。応戦が始まったのか、上からは、マシンガンの音に混じって拳銃《けんじゅう》の発射音も聞こえてきた。

「木下士長が上にいます！　助けなきゃ！」

「大丈夫、あいつはけっこう、すばしこいですよ。とにかく、今は様子を見ないと」

息をはずませながら、四方が前方を向いて答える。若狭が手を振っている。

「何があった！」

心なしか、若狭の顔も青い。自分はさぞかし蒼白《そうはく》になっているだろうと、真樹は思った。

「わかりません。降りた直後に、マシンガンの音が聞こえました」

「ロープは」

「そのままです」

「くそっ」

襲撃者が何人いるのかもわからない。斜面の下に降りた人間がいると、テロリストが気づいたらどうするだろう。

「マシンガンが相手では、分が悪いな」

若狭が無理に唇をゆがめて、笑おうとしたようだった。上では乱射音が続いている。時おり、間遠になることはあっても、絶えてはいない。

——もし、まだあそこに立っていたら。

今さらながら、足が震えてくる。機動隊はともかく、真樹たちにはまともな武器すら与えられていないのだ。

「もう少し先に行ってみよう。そこから、無線で連絡を取ってみる」

若狭も警務隊の仲間を残してきたはずだ。顔色が悪く、額に汗をかいているのはそのせいだろう。

「行くぞ」

地面に残された、丸い棒の跡を再びたどり始めた。真樹は四方に向かってひとつ頷き、後を追った。

一三〇〇　総理大臣官邸

官房長官という職に就いて初めて、石泉は試練を受けていると感じていた。

危機管理センターの隣室にある、スタッフルームだ。電話は鳴りっぱなしで、緊急のメールが届くたびに誰かの携帯の着信音もやかましく鳴り響く。

「北軽井沢の状況は」

北軽井沢の群馬県側にあるペンションに、テロリストの一味が潜んでいる可能性が高いと、警察庁から報告があったのがおよそ二時間ほど前だった。警視庁と群馬県警が協力し、機動隊を投入してペンションを包囲する予定だった。

ペンションに向かう機動隊の車輛《しゃりょう》が、何者かの襲撃を受けたという無線連絡を残したまま、この数分間沈黙してしまっている。

まさか、全滅したわけではあるまい。

たった数分間。

とはいえ、こうして待ち続ける身にとっては、恐るべき時間だった。

「警視庁から連絡入りました！」

受話器を肩と耳の間に挟んだまま、スタッフの内藤《ないとう》が声を張り上げた。ミサイル騒動で、官邸スタッフはここ数週間にわたり臨戦態勢を敷いている。何日か泊まり込んでいる内藤の髪はぼさぼさで、目が血走っていた。

「機動隊の車輛部隊が、マシンガンを持った男に襲撃されたそうです。被害状況は未確認ですが、少なくとも数名が死亡、もしくは重傷を負った模様。予定時刻は遅らせますが、残った機動隊員は、引き続きペンション周辺の封鎖に向かいます。現在、群馬県警が所轄署の職員を動員して襲撃犯を追跡中！」

　それだけ被害を出して、犯人を捕まえてもいないというのか。ペンションに隠れている犯人からは、ミサイルの隠し場所を聞き出さなければいけない。殺すな、と厳命されていることも裏目に出たのだろうか。

　――マシンガンだと。

　石泉は椅子の肘掛《ひじかけ》を強く握り締めた。この犯人は、いったいどういう連中なのか。

「テロリストからスタッフ宛《あて》にまたメールが届いてます！」

　誰かが叫んだ。石泉は眉《まゆ》をひそめた。

「内容を報告してくれ」

　今朝は、ドバイの仲介者に対し一千万ドルを支払うようにという指示がメールで届いた。ドバイ首長国政府を通じて、仲介者の正体と犯人との関係を洗ってもらっているところだ。これまでに判明したところによれば、仲介者に仕立てられた人間も、家族を人質にとられてテロリストの言いなりに動いているだけの第三者ではないかと見られている。

「読み上げます――『われわれは、航空自衛隊の安濃一尉を人質にとっている。今後、われわれの指示に反して無謀な突入を行うようであれば、彼の生命は保証しない』。写真が添付されています。私服の男性の写真です。けがをしているようです」

　安濃という尉官の名前には聞き覚えがある。防衛省と警察庁は、航空自衛隊を二年前に退職した加賀山元一佐が犯行に関わっている可能性ありと見なしていた。その加賀山を恩師と仰ぐ自衛官が、昨日の深夜に突然基地を飛び出して行方不明になっている。安濃というのは、その男だ。テロリストの仲間ではないかと、航空警務隊に疑いをかけられている男だった。こういうメールが来るとは、犯人側が精神的に追いつめられているという証拠ではないのか。

「警察に連絡して、すぐにそのメールを分析に回してくれ。写真も関係者に見せて、安濃という自衛官に間違いないか確認させてくれ」

「わかりました。写真、投影しますか」

少しためらい、それから石泉は首を横に振った。

「いや。いい」

写真など見てしまえば、その男を記号として考えることができなくなる。ひとりの人間として見てしまえば、非情に徹する自信をなくすかもしれない。

安濃一尉。

航空警務隊は安濃のテロへの関与を疑っているが、ひょっとすると彼はテロと関係なく、何らかの事情でペンションに向かい、捕らえられているだけなのかもしれない。

しかし——

——もしそうだとしても、運がなかった。

こんな時に、疑われるような行動をとるほうが悪い。職務から見ても、軽率すぎる。

たとえばどこかの都市にミサイルを落とされるよりは、たったひとりの自衛官を見殺しにするほうを選ぶ。——石泉はそう決意し、自分の心が揺るぎないことを確かめた。

安濃という男、もしもの場合には死んでもらうしかないだろう。

一三〇　北軽井沢

「奇襲成功だ」

無線を切ってヘッドセットをはずしながら、ソンが誰にともなく得意げに胸を張った。ペンションから牧場に下りる途中に、仲間のチャンがマシンガンを持って潜んでいた。機動隊の隊列を、後方から襲撃して攪乱《かくらん》したらしい。

監視カメラが、道路をふさいでいる丸太に設置されていた。襲撃の模様は、充分に確認できたようだ。

——自分が転がり落ちるところも見られていたわけか。

だからこそ、安濃が丸太のトラップに引っかかったことがわかると、直後に誰かが様子を見に来るような足音がしていたわけだ。

足のロープは、足首にくい込んでいたのが緩んだ程度で、とても解《ほど》けそうにない。

「双方の被害状況は？」加賀山が静かな口調で尋ねた。

「チャンは無事に離脱した。機動隊の連中を、何人か撃ち殺したと言っていた。これでまた、いくらか時間を稼げるだろう」

そう言って、ソンはモニタに向けていた顔をふいに加賀山に振り向け、意地の悪い笑みを浮かべた。

「俺たちが同胞を殺したところで、カガヤマさんは、気にしないと思っていたんだが」

安濃は、機動隊に殉職者が出たという、ソンの言葉に衝撃を受けていた。ミサイルを搭載した戦闘機を奪取し、国内に撃ち込むと彼らが宣言していても、まだ「まさか」と思いたい部分があったのかもしれない。

彼らは、本気だ。

何があっても、ミサイルを撃つ気なのだ。

ソンの視線を避けるように、加賀山が窓に近づく。横顔に何かの表情が浮かんでいないか探した。カーテンの陰から、じっと外を覗《のぞ》いている目に、憂愁の影が浮かんでいないか。

心臓の音が、激しい銅鑼《どら》の音のようにどくどくと鳴っている。呼吸が激しくなり、胸が波打った。

嫌な気分だった。

「おまえはいちいち動くな」

米田がこちらに銃口を向けてきた。まるでおもちゃのように見える安っぽい拳銃《けんじゅう》だが、グロックだ。つや消しの強化プラスティックで本体をこしらえているだけに、外観に重厚さがないのだ。

「動いてない」

短く答えた。ロープを解こうとしていたのを、見破られたのかもしれない。ロープが緩んでいることに気づけば、縛りなおされてしまうかもしれない。

腋《わき》の下に冷たい汗が滲《にじ》む。

「黙れ」米田が拳銃を振り上げる。

「米田くん！」

反射的に身体をすくませた安濃の耳に、加賀山の鋭い声が飛び込んできた。

「何をやっている。手荒な真似をするもんじゃない」

「――申し訳ありません」

振り上げた腕をゆっくりと下ろして銃をホルスターに収めながら、米田の目が傷ついたような色を浮かべていることに、安濃は気づいていた。その様子を、ソンがじっと観察していることにも。

ソンは、チャンと連絡をとる際に、スピーカーとヘッドセットを使い分けている。加賀山たちに聞かれたくない会話があるのかもしれない。

彼らの関係は、思った以上に複雑そうだ。

「日本の警察も、なかなか優秀だな」

ソンが嘲笑《ちょうしょう》に近い笑みを浮かべてこちらを見ている。

「おかげで、あの手この手で時間稼ぎをしなきゃならない」

彼らは二十四時まで警察を足止めするつもりなのだろうか。

「加賀山さんは、本当にこれでいいんですか。罪もない機動隊員が撃たれるのを黙って見ているんですか」

加賀山自身が命じたわけではない。作戦行動として認めただけで、心情的には反対しているはずだ。揺さぶるなら加賀山だ。

「彼らはペンションにトラップを仕掛けた。機動隊員が踏み込めば、多くの死傷者が出るかもしれない。それで本当にいいんですか。加賀山さんの目的は何なんですか」

加賀山が事務室のソファに向かった。

「今夜、二十四時になればわかることだ」

「F―2を盗んでミサイルを撃って、機動隊を罠《わな》にかけてですか」

くじいた足が痛み、蹴《け》られた唇は腫《は》れあがってしゃべるのすら億劫《おっくう》だ。

「安濃。君は、自衛隊は何のために存在すると思う？」

――自衛隊は何のために存在するのか。

その言葉が、深々と自分に突き刺さるような気がした。

自分は何のために自衛官になったのか。レーダーを読み、他国の侵犯機やミサイルを待つ。毎度、毎度の予行演習――その緊張を、何のために耐えているのか。

電力、水道、ガスといったインフラと同じように、自衛隊や警察が支えるのは、安全というインフラだ。自分はその一部を担っている。そう、迷いもなく考えていられた頃は、何も怖くなどなかった。

「――わかりません」

その言葉が、いつの間にかこぼれていた。

「おや。いつも優等生だった君が」

加賀山は、安濃の逡巡《しゅんじゅん》を読みとったように、薄く笑っている。安濃は顔を上げた。

「耐えろと教えられました。痛みに耐え、困難に打ち克《か》つのが軍人だと、あなたに教えられました。――しかし、私はいま、自分が自衛官である理由が見いだせないでいるんです」

ソンの足が飛んできた。避けきれず、顎《あご》に軽い蹴りが入った。危うく舌を嚙《か》むところで、安濃はソンを睨《にら》んだ。

「声が大きい」

彼は他人を痛めつけるのが好きなようだ。あまり感情を映さない目に、嗜虐《しぎゃく》的な喜びがじわりと滲んでいる。加賀山も制止しようとはしなかった。

「君はいつも迷ってばかりいるな。──いまのままで守れると思うか？　わが国の平和を」

静かな問いかけに、安濃はソンを無視して加賀山を振り仰いだ。

「守りたいと思います」

迷いのない加賀山に、どう説明すれば自分の逡巡をわかってもらえるのだろう。

加賀山の茶色い瞳《ひとみ》が、じっとこちらを見つめている。自分を通して何か遠いものを見つめているような気がした。

「それでは、見せてもらおう」

私は多くのものを失った、と加賀山が囁《ささや》くように言った。

「しかしそれは、無駄な戦いではなかったと思いたいのだ。私がやってきたことは、間違いではなかった。それを、証明してもらいたい」

今夜、二十四時に。

「そんな──」

安濃はごくりと自分の喉《のど》が鳴るのを覚えた。

加賀山は、ミサイルを止めてみせろと言っているのか。今夜二十四時、発射されたミサイルを食い止めることで、自分の正しさを証明しろと。

机に並んだモニタのひとつが、小さな電子音のアラームを鳴らした。ソンが即座に反応し、別人のように機械的になってモニタの前に腰を据える。

「どうした」

「侵入者だ」

加賀山との短いやりとりからも、感情の起伏が消える。

「三人。ここに近づいてくる連中がいる」

加賀山も、米田も立ち上がり、ソンの背後に回った。モニタを覗きこんでいる。

「──自衛隊の制服だ」

米田が呟《つぶや》いた。嫌な予感がして、安濃はモニタを見ようと、床を這《は》った。小型のモニタは、三人の男たちの身体ですっぽりと隠れている。

「ペンションに行こうとしているようだ」

ふと、ソンが安濃を振り向く。

「おまえを追いかけてきた連中かな」

立ち上がったソンが、安濃の上半身を抱き起こし、モニタが見えるようにした。

「知ってるやつらか？」

知っているどころではない。

モノクロの画像だが、私服のふたりはひと目でわかった。制服の男は見覚えがない。

──遠野。四方──。

まさか、こんなところまで追いかけて来るとは。

監視カメラの映像から見て、彼らは安濃が落ちた場所を発見し、同じルートをたどり、テニスコートを迂回《うかい》してペンションに向かおうとしているようだ。

制服自衛官が無線機を耳に当ててしゃべっている。その向こうに、テニスコートの端が映りこんでいる。

安濃は彼らの現在位置を推測した。おそらくここから数百メートル。

――いま叫んだら、彼らにも聞こえる。

テロリストはここにいる。何とかして彼らに知らせなくては――

カチリと、音がした。硬いものが、こめかみに当てられた。

横目で見ると、ソンがグロックの銃口を押し付けていた。

「声をたてるなよ」囁《ささや》くように言った。

「いつでもおまえを撃てる」

「銃声がするぞ」

「おまえが叫んだ後なら、同じことだ」

冷たい汗が流れる。ソンは撃ちたくてしかたがないように、唇をゆがめている。

――武装。安濃は肝心のことに思い至った。

ソンも米田も拳銃を持っている。引き換え、真樹たちが武装しているとは思えない。彼女たちがいま安濃の居場所に気づいたら、銃の餌食《えじき》になるだけだ。

――どうする。

三人の自衛官は、監視カメラの撮影範囲から出ようとしていた。制服自衛官が無線で何かを話しながら、少しずつ離れていく。真樹と四方は、その後ろから周囲に目を配りつつ進んでいく。

――行ってしまう。

モニタから真樹の後ろ姿が消えるのを、なす術《すべ》もなく見つめ、安濃は歯ぎしりをした。

8　破邪

一三三〇　総理大臣官邸前

「人の出入りがなくなったな」

読朝新聞の本山《もとやま》は、花粉症で鼻をぐずつかせながらぼやいた。

この季節はまともに息ができないほど辛《つら》い。目は朝から真っ赤に充血しているし、何度も鼻をかむので、まるで酔っ払いみたいに鼻が赤い。微熱も出ているようだ。

たかが、花粉。そう言いたいところだが、鼻で息ができないというのは、けっこう辛い。こんな日に、早朝から屋外で粘ることになるとは予想もしなかった。知っていたら、強い薬を飲んで来たのだが。

「さっき、浅間防衛大臣が車で入ったきりですね」

馬鹿でかい望遠レンズをつけたカメラを提げた沼田《ぬまた》が、柵越《さくご》しに中を覗《のぞ》き見ている。

「次の公式発表まで、俺たちを締め出すつもりじゃないのか」

本山の言葉に、沼田が顔をしかめる。

総理大臣官邸前に詰めているマスコミ陣は、ざっと百人を超えているだろう。彼らの周囲には、腕章をつけた新聞記者やカメラマン、テレビ局のリポーターたちがそれぞれ陣取り、とぐろを巻くように居流れている。最高のカメラアングルを押さえるために、昨日の夜からずっと、トイレも我慢して同じ位置に居座っているつわものもいるようだ。本山もよく見知った顔ぶれだった。

昨日は「北」のミサイル発射騒動で、今日はテロリストのミサイル騒動ときた。今朝の全国紙トップは、各紙揃って昨夕のF―2奪取事件が飾った。本山たちが勤務する、読朝新聞も例外ではない。

官邸の動きを待つ間、本山は小型のワンセグ端末をポケットに入れ、時々チャンネルを切り替えながら音声を聞いていた。

テレビのニュース番組は、昨夜からずっとミサイルテロについて報道し、特番も組まれている。ただし、情報源が限られているので、どのチャンネルに回しても、内容は似たりよったりだった。軍事評論家や元自衛官などが呼ばれ、盗まれた戦闘機やミサイル防衛について説明を加えている。おかげで、BMD戦略についてずいぶん詳しくなれそうだ。

警察と自衛隊が、ひそかに動いている様子はあったが、驚くほど厳しい緘口令《かんこうれい》が敷かれているらしい。何が起きているのか、本山のような中堅どころの記者にさえ、まったく情報が下りてこない。

「また、犯人側が何か情報を流しませんかね」

沼田がじれったそうに呟く。三十代にさしかかったばかりの沼田には、半日以上にわたる待機状態が苦痛になってきたようだ。

「ネットか。何かあれば、こっちにも連絡が来るだろう」

本社で待機中のチームが、ネットで流れる情報を分析している。動きがあれば一報が入ることになっている。

自衛隊の戦闘機を奪い、ミサイルを一発、樹海に向けて撃ちこんだテロリストは、インターネットの動画サイトにその映像をアップして、一般に公開した。テロリストが映像を公開する前から、樹海に妙な火柱が立ったという報告と、携帯電話などで撮影した動画がネットで広まり、噂を呼んでいたために、犯行に及んだテロリストが撮影したという映像が掲載されると、数十万という驚異的なアクセス数を達成したという。

できることなら、政府は情報をコントロールしたかったはずだ。

その証拠に、テロリストの映像が掲載されていることについて、動画サイトのオーナーに連絡をとり、犯人のアカウントを凍結させるとともに、誰も動画にアクセスできないようにしてしまった。犯人の言い分をそのまま垂れ流すことになり、一般大衆を混乱させるというわけだ。

もちろん——その措置が取られる前にダウンロードされた動画が複数あり、視聴者が勝手に各種の動画サイトにデータをアップしてしまったために、現在はほとんど混乱の無法地帯と化している。犯人のアカウントが凍結されたため、複数の「自称犯人」たちが妙な要求をネットにアップするなど、どれが本物の犯人によるものなのか、かえってわけがわからなくなってしまった。

「そっとしておけば、良かったのにな」

むずむずする鼻をかみながら、本山はぼやいた。

あるいは、政府は犯人と直接交渉するルートを手に入れたのかもしれない。

「——ひょっとすると、そうかもな」

「何ですか？」

ひとりごとを聞き逃さなかったらしい沼田が、すばしこい目を光らせた。

「いや——」

他社の耳がある。うかつには話せない。しかし、政府が裏で犯人と直接交渉に当たっているというのは、ありそうなことだと思った。

ふと、胸ポケットで携帯が震えていることに気づいた。キャップの峰岡《みねおか》の番号が表示されている。こんな場所にまでかけてくるとは、何かあったのかもしれない。わざと周囲にも聞こえるように舌打ちした。

「嫁さんからだ。ちょっと向こうで出てくる」

沼田が機転をきかせ、しかたがないですね、と言いたげな苦笑をひらめかせる。

本山は記者たちの群れから離れ、官邸の角を曲がった。バイブレーションが続いている。

「本山です」

『誰かに聞かれる心配、ないか』

いきなり来た。やっぱりだ、と本山は携帯を耳と肩の間に挟み、メモを用意した。

『よそも既につかんでいるかもしれんが——軽井沢で動きがあった』

「大丈夫です」

社会部の峰岡は、事件発生後に組まれたミサイルテロ報道班のキャップだ。峰岡、本山、沼田の三名を専任とし、他に十名程度の記者が兼任で配置されている。四十代後半の峰岡は、地下鉄サリン事件を取材したこともあるベテランだった。

『機動隊の移動を目撃した読者から、写真が届いた。機動隊の部隊だ。テロリストの居場所がわかったのかもしれない』

「場所は——」

『北軽井沢に向かったらしい。地図で調べたが、大きな牧場やゴルフ場がある。目的地ははっきりしない。とりあえず支社のやつに向かわせた』

峰岡が告げる住所を、本山は手早く控えた。

「私たちはどうしますか」

ここにいても、得られる情報は少ない。できれば現地に行きたいというニュアンスをこめてみた。

『現地までヘリを出す。すぐに交替をやる。それまでそこにいてくれ。情報の裏を取るために、知り合いの警察官に手を回して尋ねているが、口が堅いな。誰か、落とせそうなやつはいないか』

「いや——」

本山も何人か、知った人間に当たってはみたが無駄だった。こんな時、映画の敏腕記者なら官邸スタッフに昔の恋人がいたりして、とっておきの情報をリークしてもらったりするんだろうが、現実はそう甘くない。

「総理か石泉長官に、ぶつけてみたい気はしますが」

『記者会見の予定は？』

「次は午後二時です。発表があるとすればそのタイミングですね」

これまで、石泉はミサイルテロに関する情報を、わりと正確に国民の前に流してきたようだった。あるいは、そうだと信じ込まされてきた。次の記者会見で、機動隊の作戦行動について何らかの発表があるかどうか。それで、政府の発表が単なる大本営発表なのかどうかがわかろうというものだ。

通話を切り、何食わぬ顔で官邸の前に戻る。忘れていたくしゃみが、またぞろ出そうになった。

「昼飯は、もう少しの間お預けだ」

沼田が一瞬、もの問いたげな表情でこちらを見つめた。本山はハンカチを取り出し、口元を押さえてくしゃみをした。

「交替が来るのを待てとさ」

くぐもった早口で、沼田にだけ聞こえるように囁《ささや》くと、相手はまるで聞こえなかったかのようにそ知らぬ顔で官邸の入り口に目をやった。その口元がうっすらと笑っていることに気づいた。やっと事態が動き出した。その空気を読んだのだろう。

――まったく、俺たちはろくでなしだな。

なるべく音をたてないように鼻をかみながら、笑いをかみ殺した。他人を出し抜いて、自分だけがとびきりのニュースを手に入れる。

ただそれだけのことが、こんなに楽しいだなんて。

一三三〇　北軽井沢

真樹たちの姿がモニタから消えてしまうと、ソンは安濃を床に投げ捨てるように転がした。

「残念だったな」

感情のこもらない声だ。どんな人生を歩めば、こんな声で話す男になるのだろう。それでも、目を見れば、ソンが優越感と満足感を抑えきれないでいることが読み取れた。

「彼らはここに気づかなかったな」

「わかるもんか」

安濃はくじいた足と、蹴《け》りつけられた顔面の痛みに耐えながらソンを煽《あお》った。

「彼らは作戦行動中だ。攻撃目標の『ペンションかがやま』付近にある建物に、気づかないはずがない。位置は気に留めたが、武器を持っていないから近づかなかったのかもしれない。その証拠に、ひとりが無線で連絡を取っていたじゃないか」

ソンよりも、米田が反応した。

「確かにそれは考えられる。後で武装した機動隊が確認に来るかもしれない」

米田は気が小さい。安濃の言葉に、もう躍らされている。ソンが軽蔑《けいべつ》するように視線を走らせた。

「カメラで監視している。近づくようなら始末する」

始末などされてたまるものか。安濃はソンを睨《にら》み上げた。

「見ろ。連中、集まり始めた」

ソンがモニタの前に戻った。機動隊がペンションを包囲したのだろう。チャンの襲撃でいくらか遅れたかもしれないが、たったひとりで機動隊を全滅させられるわけがない。

「空から来るぞ」

ヘリコプターから、ペンションの屋根に降下する特殊部隊員たちの様子が、モニタに映る。

「さあ、早く中に入れ――」

ソンは、それまでの冷静な態度を崩さなかったが、内心では異様に高揚しているらしいことが見て取れた。ペンションのトラップに機動隊員が引っかかるのを見たいのだ。

――この男は、普通じゃない。

昔何度も加賀山に指摘された言葉が耳によみがえった。

――問題は優先順位だ。

限られたリソースを使って、できる限りのことをするために、優先させるべきことは何なのか。

優先順位の第一は、ミサイル発射を阻止し、国民の安全を守ることだ。次に犯人逮捕。それから機動隊や遠野真樹たちの安全確保。――たぶん、最後が安濃自身の生還だ。

――つまり、俺自身の安全は後回しでいいってことだ。

この状況下で、生きて帰れると考えるほうが間違っている。加賀山はともかく、ソンが自分を生かして帰すはずがない。自分は彼らの素顔を見てしまった。

そろそろ、覚悟を決めるべきだ。

そう考えると、なぜかすうっと心が定まり、落ち着くのを感じた。

迷いすぎると加賀山に言われる自分だ。

自分はなぜ自衛隊員なのか。何のために戦うのか。

自分のミスひとつが、多くの人命を奪う結果を招くかもしれないという、恐ろしい緊張に平気で耐えられるほど、自分は強い人間ではない。

そんな弱気が、静かにどこかへ沈んでいく。

──犯人がここにいることを、機動隊に知らせなければ。

そうすれば、彼らはトラップの中にまっすぐ飛び込んでいくこともないし、犯人を逮捕することもできるだろう。

──どうやって、機動隊員たちにここで起きていることを知らせるか──。

考えれば考えるほど、手はひとつしかないようだった。

──一発の銃声でいいんだ。

安っぽいヒロイズムではない。

──俺が一発、撃たれればいい。

これしかない。

死ぬかもしれない。しかし、どうせ死ぬのなら、有意義に命を使いたい。無駄死にはごめんだ。

紗代は何と言うだろう。娘の美冬が大きくなってものを考えられるようになったら、父親のことを何と言うだろう。それを考えると、胃のあたりに冷たいしこりができたような気になる。

「——警察が来る」

自分の思いに沈み込んでいた安濃は、危うくソンの低い声を聞き逃すところだった。モニタを覗《のぞ》いていたソンが、立ち上がってマシンガンを手に取ろうとし、それからふと気が変わったようにそれを置いた。注視している安濃に気づいたのか、こちらを見てにやりと笑い、腰の大型ナイフを鞘《さや》から抜いた。

「あんな奴ら、これで充分だ」

思わずモニタに目をやった。六名ほどの機動隊員が、ペンションの包囲部隊から離れてこちらに向かってくる。もうかなり近づいているようだ。

ヘリコプターのローター音を思い出した。ペンションの裏手にあるテニスコートと、この管理事務所にも気がついたのだろう。あるいは、真樹たちがここを通って行った際に、建物があると報告したのかもしれない。念のために調査しておこうと考えたに違いない。周囲に注意を払いながら、足早にこちらに向かってくる。

機動隊員は武装しているが、モニタで見る限り、拳銃《けんじゅう》のみのようだった。

米田がマシンガンを手に取るのを見て、ソンが首を横に振った。

「だめだ。音がする」

しぶしぶマシンガンを置き、拳銃にサイレンサーをつけ始めた。

「車は？」米田が尋ねる。

「案ずるな。ちゃんとペンションに戻して、俺はここまで歩いてきた。こっちはおまえほど間抜けじゃない」

馬鹿にしたように鼻で笑い、ついてくるなと言いたげなしぐさをした。米田がむっとするだけで言い返さなかったのは、実績でソンにかなわないと考えるだけの根拠があるのかもしれない。

「カガヤマさん。その男は、あなたに預けます」

ソンが思い出したようにこちらを見て嘲笑《あざわら》った。

「どうせ何もできないだろうが」

機動隊員たちは、ひとつめのカメラの前を通りすぎ、既にふたつめのカメラがある位置にさしかかろうとしている。

「よせ。機動隊は、偵察に出た連中が戻ってこなければ、当然何かあったと考えるぞ」

安濃は必死で叫んだ。ここを調べに来る六人だけが、希望の綱だ。拳銃だけとはいえ、武装もしている。

「心配するな。奴らが不審に思う前に、ペンションのほうが終わっている」

もう振り向かず、すべるようにソンが部屋を出て行った。

白黒のモニタだが、画像は鮮明だった。木々の間を、四囲に視線を配りながら、こちらに近づいてくる機動隊員。彼らが用心深く拳銃をホルスターから抜いていることに気づき、安濃はわずかに安堵《あんど》した。

——次の瞬間、〈それ〉が起きた。

木々の上から、巨大な鷲《わし》が彼らの上に襲いかかった。

ぎょっとして振り仰いだ機動隊員の三人までが、次の瞬間に首から液体を噴出していた。切られた。

——ソンか！

木に登って待っていたソンが、彼らが真下を通るタイミングで飛び降りたのだ。ソンが地面に足をつけるまでに三人が倒れていた。

訓練を受けた機動隊員でも、さすがにこの奇襲には反応が遅れた。銃を構える間に、後のふたりが喉《のど》を切られ、もうひとりは発砲間際にソンが右腕をねじ上げた。発砲させないためだ。銃声が聞こえれば、ペンションの包囲網を敷いている機動隊が不審に思う。

ソンの技量と反射神経は、とてつもなかった。人間業とは思えない。特殊工作員。そんな言葉が思い浮かぶ。もともとの才能がある上に、拳法《けんぽう》などの格闘技を仕込まれた、まったく無駄のない身体の動きだ。

画面の中で、ソンがゆっくり最後のひとりの喉を掻《か》き切った。

——人殺しを楽しんでやがる。

安濃はぞっとしながらモニタを見つめた。

その時だった。

窓に鋭いものが飛んできてガラスを砕いた。〈それ〉は、窓を割った後も飛び続け、事務室の壁に当たって落ちた。矢だった。

加賀山も米田も、はっと頭を低くした。第二の矢を用心したのだろう。モニタの中で、ガラスが割れる音を聞きつけたソンが、今の矢を放った何者かを捜すように、周囲を睨んでいる。

——つと、ソンが動き始めた。

考えている余裕はなかった。

床に寝た姿勢から、思い切り背中で跳ねて、縛られた両足で米田の背中を蹴った。不意をうたれ、米田が泳ぐように前にのめった。

「この野郎！」

真っ赤になり、憤怒の表情で彼が銃を構えようとするのに、必死で足を振り回し抵抗する。

「よさないか！」

加賀山の制止など、ふたりとも聞く耳を持たない。手足の自由を奪われているが、安濃は死にものぐるいだった。米田が足をつかもうとし、無理だとわかると全身で安濃を押さえ込もうとしてきた。身体で押さえつけておいて、銃を撃とうとする。滑稽《こっけい》かもしれないが、他人の目など気にしていられない。安濃もなりふりかまわず暴れた。空気が漏れるような、サイレンサーの妙な音がした。撃たれたが、当たらなかった。しかし、次こそは——

拳銃の発射音。

乾いた音。二発。

外だ。

米田の注意がそちらに逸《そ》れた。安濃は無我夢中で米田の鼻に、自分の頭をぶつけた。くぐもった悲鳴が上がった。米田がひるみ、顔をかばおうと銃を握った手を持ち上げた。その手に思い切り嚙《か》み付いた。思わず米田が銃を取り落とす。安濃は嚙みちぎる勢いで手のひらに歯を食い込ませた。

「くそっ、離せ！」

喚《わめ》きながら、米田の左手が目を狙ってくる。

まぶたに爪が食い込む。掻きむしろうとしている。血が滴り、目を開けていられない。摑《つか》みかかられると、両手足の自由がきく分、米田が有利だ。それでも何とか、落ちた拳銃を肘《ひじ》の先でつつき、最後は膝《ひざ》を使って遠くに蹴《け》り飛ばすことに成功した。

誰かが走ってくる足音。

また銃声が聞こえた。今度は室内だ。

いったい、何がどうなっているのか。米田の身体がびくりと震えるのがわかった。

「両手を上げて、動かないでください。そっちのふたりも、動かないように！」

野太い声に聞き覚えがあった。ようやく米田の手から顔を上げると、戸口に四方の青ざめた顔があった。拳銃の先には、冷然とした加賀山がいる。目の前で起きていることよりも、モニタを通じて伝わるペンションの様子に、すっかり心を奪われているようだ。ひとまず、加賀山には手向かうつもりがないようだった。

「四方！」思わず声を上げた。四方が頷《うなず》く。

「ご無事ですか」

あまり無事じゃない、と言おうとして咳《せ》き込んだ。血の味がする。ぬるりとするものが舌の上に載っていて、吐き出すと肉片だった。いつの間にか、本当に米田の手を嚙みちぎっていたらしい。吐き気がした。

「遠野二尉が危ないんです!」四方が鋭く叫ぶ。

言葉を理解するのに時間がかかった。

「なんだって?」

彼らは、先ほどこの事務所の前を通りすぎて、ペンションに向かったはずだった。

「とにかく、この銃を持って——」

四方は拳銃を二挺《ちょう》持っていた。ひとつをこちらに差し出そうとして、安濃が後ろ手に手錠をかけられていることに気づいたらしい。表情がこわばった。

「どうするんですか、それ——」

「その銃はどうした?」

「殺された機動隊員のものを拝借しました。外で若狭——警務隊が、機動隊に銃声を聞かせるために発砲したんです」

「遠野二尉がさっきの矢を撃ちこんだのか?」

「そうです。遠野二尉のクロスボウです」

ソンは真樹を追っていったのだ。やっと状況が摑めた。警務隊の男が、ふたりを追っている。何ということだ。

「銃を貸せ!」

その手で? という顔をする四方に首を振る。

「違う。鎖を撃ってくれ。至近距離で何度か撃てば、切れる」

四方が米田を目の隅でにらみながら、唸《うな》り声をあげた。

「無理ですよ」

手錠の鍵《かぎ》を誰が持っているのか、聞き出している間に真樹がソンに殺される。

「もう手遅れだ」

モニタを見つめている加賀山が呟《つぶや》いた。はっとしてモニタに目をやった。

「ペンションかがやま」が映っている。ヘリコプターから降下した特殊部隊員が、熱源探知機などを使って内部の様子を調査した後、カメラを中に入れるため、二階の窓に手をかけようとしていた。

「あっ」

モニタの映像が大きく乱れた。

窓から光と白煙。

あっと思う間もなく、二階が木切れと木屑《きくず》になって、吹き飛んだ。

地震。

一瞬そう不安になったほど、ここまで揺れた。立ったままの四方がよろめく。地響きするような爆発音が、ペンションの方角から聞こえた。

モニタどころではない。木々の向こうに、白煙が立ち昇るのが窓越しに見える。

「いったい、何をしたんですか！」

安濃は加賀山の静かな横顔に向かって叫んだ。あれでは、屋根にいた連中は助からないかもしれない。

何を考えたのか、米田がぱっと立ち上がって走り出した。事務机の向こうに転がった拳銃《けんじゅう》を取ろうとしている。その背中めがけて、四方が撃った。米田が呻《うめ》いて前のめりに倒れた。右肩を押さえている。

「早く手錠を」時間がない。四方に背中を向けてなるべく両腕を身体から離した。

「当たっても知りませんよ!」

四方が苦々しげに叫び、銃声が三度聞こえた。三度目で、両手にかかる負荷が消えた。

——動く。

まだ手首に不恰好《ぶかっこう》なものがぶらさがったままだが、とりあえず両手が自由になった。幸い、手首も傷つかなかったようだ。

縛られた両足で飛び跳ねるように、米田に近づいた。床に倒れ、転がりながら情けなく悲鳴を上げている。傷は右肩の銃創と、安濃が嚙み切った手だけだが、この男がすっかり戦意を喪失していることはわかった。ソンと似たような形のナイフを持っていたはずだ。そう考えて腰回りを手早く探った。アーミーナイフが一本。

——急げ!

安濃は息を切らせていた。くじいた足の痛みも忘れるほどだった。足首にきっちりと巻きつけられているロープを、一気に切り捨てた。勢いが余って、自分のふくらはぎにもちょっとした傷を作った。

たいした傷ではない。むしろこれが現実に起きていることだと、傷の痛みが教えてくれる。

「ここにいてくれ!」

米田のグロックを拾い、四方に頼んだ。サイレンサーを、走りながら外した。つけたままでは、照準をあわせにくい。事務室から廊下に飛び出し、消火器やテニスコートのネットがごちゃごちゃと置かれているあたりをひとまたぎで飛び越え、外に出る。

──どっちだ？

二度目の銃声が聞こえた方角に、安濃は走り出した。

ソンは並の人間ではない。クロスボウなどで対抗できるわけがない。

──遠野──！

自分を追ってきてくれた後輩を、ソンの餌食《えじき》になどしてたまるか。その一念だった。すぐ前を走っている足音が聞こえたような気がして、安濃は立ち止まり、耳を澄ませた。

木立の間に、ちらりと自衛隊の制服が見えた。警務隊員だ。茂みの葉に邪魔されるのか、両手でかき分けながらがむしゃらに前進している。たしかに、先ほどモニタに映っていた警務隊の男だと思った。狷介《けんかい》そうな表情をしている。若狭、と四方が呼んだ。

「──！」

声をかけようとした。

男の顔が、こちらをふり向いた。

──何が起きたのか。

男の頭が、急に小さくなったように見えた。後頭部が吹き飛んだのだと気づいたのは、銃声を聞いた後だった。

安濃はとっさに口を押さえた。こちらの居場所を、敵に教えてはいけない。

若狭が、まるで紐《ひも》から放たれた独楽《こま》のように、くるりと回転して横倒しになるのが、スローモーションのようにはっきりと見えた。

ソンがついに拳銃を使いはじめた。

今度こそ、血の気が引くのを覚えた。

一四〇〇　北軽井沢

静かだった。

キュッ、キュッ、キュッ、キュッ、という鳥の鳴き声が、はるかに高い木々の上から聞こえてくる。たぶんあれは、アカゲラだ。

真樹はクロスボウの弓を大事に胸に抱いたまま、目をつむり、深呼吸を二度、三度と繰り返した。愛用の弓だ。学生時代は、全国大会で三位に入った。射撃は、クロスボウにも通じるものがある。集中力と、緊張に耐えることのできる精神力。それが、高い命中率の源になる。

――まず落ち着かなければ。冷静さを失ったら負けだ。彼女は、巨木の太い根が張ったために、小さな丘のように盛り上がった地面の陰に隠れていた。

あんまり静かすぎて、自分の心臓の音が追っ手に聞こえてしまいそうな気がする。どんなに耳を澄ませても、足音ひとつ聞こえやしない。

安濃が斜面の下に落ちた形跡を見つけ、四方や警務隊の若狭とともに、真樹も降りてみた。その直後に、機動隊の本隊にテロリストが襲撃をかけた。真樹たちはとにかくその場を離れて様子を見て、立ち直った本隊と合流するため、ペンションの裏側に回った。そこで、テニスコートとそこに付属するらしいプレハブの建物を見たのだ。

（――あの建物、電気のメーターが動いてました）

通り過ぎながらそのことに気づいたのは、真樹だった。射撃手は目がいい。普通なら見えない距離だ。外から見た印象では、しばらく使われていないような寂れた建物だった。明かりもついておらず、うす汚れたカーテンを閉めきっている。小さな二階建てで、人がいるようには見えなかった。それなのに、電気のメーターが回っていた。

――中に誰か潜んでいるのだ。

若狭がすぐに機動隊に無線で報告し、ペンションを包囲した部隊から、確認に向かうとの連絡があった。もともと、ヘリコプターで上空から視察した際に、テニスコートと事務所があることには気づいていて、調査の対象として挙げられていたらしい。

真樹たちは機動隊の到着まで、現場周辺で待機することになった。管理事務所にいる連中に見つからないよう、離れた場所に隠れていた。六人とは少ないと思ったが、少なくとも武器を持った機動隊員が現れた時には、さすがに少しほっとした。

――そこに、あの化け物のような男が現れた。

その瞬間の光景を思い出して身震いした。格闘技の指導も受けた。教官の中には、オリンピックに出た経験があるような専門家もいる。それでも、あんなとてつもない動きを見たのは初めてだった。

鳥のように、枝から飛び降りたかと思うと、瞬時に六人を倒した手並み。助けに入る隙など、どこにもなかった。銃器で武装した機動隊員ですら、まったく歯が立たなかったのだ。丸腰のこちらに、勝ち目などあるわけがない。

その場に凍りつき、立ち尽くしてしまいそうだった。あれほど恐ろしいと思ったことは、これまで一度もなかった。真樹同様に武器を持たない四方や若狭を、頼りにすることもできない。彼らも目にした光景を前に、呆然《ぼうぜん》としている。

——だめだ。前に。

前に進まなくては。

ショルダーバッグからクロスボウを引きずり出し、矢をつがえて管理事務所の窓に撃ち込んだのは、直感としか言いようがない。ただ待っていても、やられる。そう思った。

死にたくないから戦うのだ。

「きっとあそこに安濃一尉がいます」

テロリストが人質を隠すのに、あれほど適した場所はない。

「機動隊の銃を取ってください！」

そう四方たちに言い捨てて立ち上がり、すばやく身を翻して林の奥に駆け込んだ。六名の機動隊員を、まるで子どもを相手にするように楽々と処分した〈化け物〉が、クロスボウを撃ち込んだ自分に気づいて追ってくるのにも気がついた。

囮《おとり》になるつもりだった。

自分が囮になり、あいつをひきつける。四方と若狭が機動隊に報告し、機動隊員の銃さえ手に入れることができれば、何とかなる——そう考えたのだ。

銃がいる！

必死だった。あんな化け物相手に、クロスボウなどで対抗できるわけがない。

――速い！

驚愕《きょうがく》するようなスピードで、男が追いすがってきた。銃は持っているようなのに、あくまでもナイフだけ握っているのは、銃声を聞かれることを恐れているからに違いない。

死にものぐるいだった。

追いつかれれば、機動隊員たちと同じ運命が待っている。振り向いて、クロスボウを撃つ余裕はない。学生時代に愛用した、非常に威力の強い弓だから、人に当たればダメージを与えることは間違いないが、必殺というわけではない。おまけに、矢をつがえて撃つまでの数秒間に、自分は殺されているだろう。

走っている間に、ショルダーバッグが肩から落ちた。かまっているゆとりもなかった。矢は先ほど全部、ベルトに移動させておいた。あと六本残っている。振り向きもせず、ひたすら草地を走った。万一、後ろから撃たれても、木々が邪魔になって狙いがつけにくいように、草木が生い茂る林の奥へ奥へと走りこんだ。

背後で拳銃《けんじゅう》の発射音が何度か聞こえた。随分離れていたので、おそらく機動隊員の銃を取った若狭か四方が、機動隊に事態の急を知らせるために、空に向けて撃ったのではないかと思った。

その音で、追いかけてきていた男の足が止まるのを感じた。クロスボウを抱えた女と、拳銃を持った男のどちらが脅威か、天秤《てんびん》にかけようとしているのかもしれない。

その隙に、とにかく逃げた。どこをどう走ったのか、後から聞かれても答えようがないほど、枝をかきわけ、葉を払いながら走った。自衛隊に入隊し、日課として毎日走りこんできたことを、これほど感謝したことはない。この木の根っこが作る陰に飛び込み、息を整えてあたりの様子を窺《うかが》った。

——静かだ。鳥の鳴き声。風にそよぐ木々のざわめき。それ以外、何も聞こえない。

それなのに、この異様なほどの緊張感は何なのだろう。

真樹はごくりと喉《のど》を鳴らし、クロスボウの矢を弓につがえる。きりきりと弦《つる》を引き、引き金を引いただけで発射できるようにセットする。連射できるタイプの弓ではないのが、残念だった。

その時、こんな場所にいる真樹にまで、はっきり届くほどの爆発音が響いた。音のした方角を見やると、うっすらと白煙がたなびいている。

——ペンションの方角？

テロリストはペンションにもいたのだろうか。機動隊とやりあっているのか。それともこれは何かの罠《わな》なのか。

また銃声を聞いた。今度は、少し近づいているようだ。若狭か。四方か。あるいは、あの〈化け物〉がついに銃を抜いたのか。

——どうして銃声が一発だけなのよ！

真樹は混乱する頭で必死に考えた。

おかしい。どちらが発砲したにしても、一発だけなんてありえない。

——まさか、もうやられてしまったんじゃ——。

クロスボウを放った真樹を、凍った視線で射貫《いぬ》いたあの機敏な男。あいつに、やられてしまったんだろうか。

――どこから来る？

周囲を見回す。森はしんと静まり返っている。

いや――

ふと違和感を覚えて、真樹は耳を澄ませた。

先ほどまでと、何かが違う。アカゲラの鳴き声が消えている。

――嘘！

あいつがいる。

絶対にそうだ。あの〈化け物〉が、どこか近くにいる。こちらを見ている。

どこだ――

はっとして樹上を見上げた。視線を感じた。少し離れたケヤキの、二股《ふたまた》になった幹の上で、あの男がこちらを見下ろしていた。にやりと笑ったような気がした。

――ずっとあそこにいたんだ！

気づかない真樹を見て、ひそかに笑っていたに違いない。いつでも殺せる。その自信があるから、あいつはこの数十秒を樹上で楽しんでいたのだ。

血の気が引く思いで、真樹はクロスボウを構えた。銃を使うまでもないと見たのか、男がナイフを逆手に構え、飛び降りる体勢を見せた。

クロスボウの射程は数十メートルだ。しかもこの角度。仰向《あおむ》きに打ち上げることになる。これでは届かない、と真樹は唇を嚙《か》んだ。届いても、ダメージにならない。ぎりぎりまで相手を引き付けなければ。矢を放てるのは、たぶん一度きりだ。二度目はない。

飛び降りる瞬間を狙う。とっさにそう覚悟を決めた真樹が、青ざめて見上げると、それを読み取ったらしい男が、一瞬だけ迷うような表情を見せた。まさか、この期に及んで真樹がクロスボウを撃ち控えるとは予想していなかったのだろう。

額に汗が流れた。冷や汗だ。来るなら来い、とはとても大見得を切る気になれない。

「遠野——！」

絶叫が聞こえた。安濃の声だった。

敵がふたりに増える前に、と考えたのかもしれない。男がトン、と枝を蹴《け》った。

——来る！

白く光るナイフの刃先が目に入ったとたん、真樹はしゃにむにクロスボウの引き金を引いていた。狙いは悪くない。鋭く短い矢が、風を切る。男の鎖骨あたりに刺さった。だが浅い。男は無表情に飛び降りてくる。

逃げられないと悟った瞬間、クロスボウの弓でナイフを防ぐべく、身体の前に構えた。

発砲音が聞こえた。安濃だ。

二度、三度。

男の鼻に、赤い線が一条走る。髪の先がはらりと飛ぶ。ナイフを握った右手を振り上げる。

——何発、撃ってんのよ！

もどかしい。撃っても撃っても、当たってない。

もうだめだ。真樹は心で叫んだ。ナイフが来たら振り払うつもりで、クロスボウをぐっと握り締める。

無表情なまま、木から落ちてきた男の身体が、そのままばさりと真樹の上にのしかかってきた。ひと塊になって、後ろざまに倒れこんだ。悲鳴を上げて押しのけようとしたが、男はびくともしなかった。ナイフは握ったままだが、振り上げようともしない。

「大丈夫か、遠野！」

こちらに走ってくる安濃の姿を、目の端に捉《とら》えた。男は真樹の上に倒れたままだ。ぬるりとしたものが手に触れた。はっとして、クロスボウから手を離した。血だ。

よく見ると、男はうつろなまなざしをあらぬ方に向けていた。

――死んでいる。

こめかみから、まだ生暖かい赤いものが流れていた。傷はあまり大きくない。小口径の弾が、骨の中を駆け回って中身をつぶしたのだろう。

駆けつけてきた安濃が、男の身体を引っぱり上げて、助け出してくれた。足ががくがく震えている。

「遠野！　おい、遠野！」

ようやく視線の焦点が安濃に合う。

「いったい、何発撃ったんですか！」

思わず激しく叫んだ。でないと、このまま泣き出しそうだった。

「安濃一尉、拳銃の練習、ちゃんとしてますか！　あんなに外すなんて、ひどすぎます！」

情けないくらい声が震えている。

「おいおい、まいったなあ」

　安濃が呆れたように答えて、真樹が怪我をしていないかどうか、さりげなく確かめるのがわかった。震えていることも、気がついたのだろう。

「この男──」ようやく立ち上がり、死んだ男を見下ろす。

「テロリストのひとりだ。ソンと呼ばれていた」

安濃が、彼にしては冷ややかな声で吐き捨てた。この男を嫌っていたのではないかと思うような、冷たさだった。

「行こう。四方が待ってる」

「無事なんですか？」

「四方はな。もうひとりは、殺された。君を助けようとしたんだろう。ソンを追いかけて撃つつもりが、逆に撃たれた」

警務隊の若狭のことだ。真樹は息を吞《の》んだ。自分を助けようとしてくれたということが、しばらくの間信じられなかった。

「とにかく、上に報告しなきゃな。話はそれからだ」

先に立って歩き出そうとする安濃を、真樹は呼びとめ、クロスボウを押し付ける。

「銃は私が持ちます」

手を差し出すと、苦笑とともにグロックを載せてきた。安濃が持つより自分が持ったほうが、いざというときには安心だ。自分ならあの男を一発でしとめられたはずだ。

足元に崩れ落ちた、ソンという男を見つめた。その男が、つい先ほどまで生きて、自分の命を脅かしていた、という記憶が急にありありと蘇《よみがえ》る。

——安濃はよく撃てたものだ。

急に、そう感じた。自分なら、生きた人間をとっさに撃つことができただろうか。

真樹はため息をつき、首を横に振った。今日はこれから、何度死体を見ることになるのだろう。

一五二〇　総務省

「それでは、こちらの内容でさっそく各テレビ局と調整します」

とりまとめた資料を、会議室の長机で男がそろえて一同を見渡すと、その場にようやくほっとした空気が漂った。

「よろしくお願いします」

泊里は座ったまま、軽く頭を下げる。

向かい側にいる相手は、総務省総合通信基盤局の電波部電波政策課にいる男だ。渡された名刺には、課長の兵藤直哉《ひょうどうなおや》と印刷されている。テーブルに居流れているのは、総務省の官僚たちと、防衛省の担当者たちだった。

「既に、テレビ局の方には別室に集まってもらっています。四時には放送を開始できるよう、調整します」

兵藤が切れ長の目を和ませた。いかにも切れ者らしい顔立ちだが、表情には温かみのある男だ。

泊里は航空自衛隊の実務担当者として、朝から総務省に送り込まれ、折衝を重ねてきた。自衛隊のレーダーは、自衛隊法百十二条によって、「他の無線局の運用を阻害するような混信を防止するため、総務大臣が定めるところに従う」と定められている。

レーダーの機能的には三百六十度、全方位における監視が可能であっても、国内に向けて強力な電波を発射すると、テレビや無線設備などの電波を妨害する可能性がある。そのため、総務省によって、一部の方位におけるレーダーの使用を制限されているのだ。

泊里は、その「レーダー・ブランク・エリア」を一時的に解消するために、総務省との折衝役として派遣されたのだった。いくら防衛大臣と総務大臣とのトップレベルでは話がついているとはいえ、「お国のために」といった強権発動では、誰もついてこない。その懸念もあって、人当たりの良い泊里が選ばれた、という側面もあるのだろう。

「あと、八時間と少しですね」

兵藤が腕の時計を見て、立ち上がった。

今夜、二十四時。

テロリストが指定したミサイル発射時限だ。

午後四時から、全てのテレビ局が放送する番組において、テロップが流れる予定だ。ミサイルテロ発生の危険性を訴え、夜間の外出を控えるようにとの内容だった。同時に、午後八時以降、テレビが映りにくくなる地域が発生することも伝えてもらう。

また、地方自治体とも連携し、自治体が運用する災害時の通信網を活用して、同様の内容を国内の隅々にまで浸透させる。

不安材料は、時間が許す限り、ひとつずつ丹念に取り除いていく。それしかない。

「いざとなれば、これほどスムーズにものごとが進むというのに。差し迫った危機が見えない限り、人間というのはなかなか真剣になれないものかもしれませんね」

基地に戻るべく泊里が立ち上がると、兵藤が微笑みながらそう言った。

泊里も微笑んだ。

「しかし、本気になった時には、底力があると思いますから」

「そう願いますよ」

兵藤と交わした握手は、さらりとしていたが熱いものだった。

地下の駐車場に向かうためエレベーターに乗り込みながら、今ごろ安濃はどうしているだろうかと、ふと思う。安濃を追っていった遠野真樹は、もう安濃を見つけることができただろうか。

準備すべきことは、全て準備し終えた。持てる力を百パーセント活用できる場。それを整える自分の役目は、無事に終わったはずだ。

後は、行動あるのみ。

エレベーターのドアが閉まった。

9　混沌

一五三五　北軽井沢

今日はつくづく、手錠に縁のある一日だ。ある意味安濃の自業自得とも言える。上官の命令に背いて基地を飛び出し、勝手にテロリストの中に飛び込んだのだから。

「加賀山さんと話をさせてくれ」

何度か頼んだが、聞き入れてもらえなかった。安濃も容疑者のひとりなのだから当然だ。ソンを殺害した容疑もある。真樹の危機を救うため、とっさにという事情があったが、拳銃《けんじゅう》を発射して人間ひとりを撃ち殺したというのは事実だ。

安濃はテントの中を見回した。

機動隊が、現場の状況を「容疑者」の目から隠すために設営したテントだ。加賀山と米田も、それぞれ別のテントに入れられている。口裏を合わせられないようにという配慮だろう。

手錠をかけられ、地面に敷かれたシートの上に、座らされた。テントの内部には警務隊がふたりいて、こちらを監視している。ふたりとも大柄で体格がいい。ひとりは絵に描いたようなホームベース形の顔だちで、眉《まゆ》が黒々と太い。もうひとりは面長な公家顔だった。名前も教えようとしないそのふたり組を、安濃はひそかに〈ホームベース〉〈公家〉と呼んでいる。

ほんのひと目見ただけだが、「ペンションかがやま」の二階は、爆発とその後の火災で消滅し、一階も焼け焦げていた。周辺には、火薬の匂いと、火災の後の焦げ臭い匂いがいまだに強く漂っている。

　――ひどいことをする。

　ビニールシートの上に寝かされた負傷者と、爆発で亡くなったと思われる隊員の遺体らしい姿を見かけ、安濃は眉宇《びう》を曇らせた。

「せめて、上官と話をさせてくれないか!」

　警務隊員に声をかける。安濃と話すなと指示を受けているのか、彼らは眉ひとすじも動かさない。

　指揮所運用隊長の沢島二佐に、何が起きているのか話しておきたい。少なくとも、「ペンションかがやま」でソンや加賀山たちから見聞きしたことを話しておかなければ、何のために自分が危険を冒してまでここにきたのか、意味がなくなってしまう。

　テントの前に、真樹が姿を現した。一瞬だけ安濃に視線を走らせ、それから〈公家〉のほうに近づいて、小声で何事かを囁《ささや》く。ふたりがテントを離れた後も、〈ホームベース〉は無言で安濃を監視していた。

「あんたの上官は、あの若狭という人か」

〈ホームベース〉に尋ねると、さっと顔色を変えたが、何も言わなかった。若狭という男、真樹はあまり良く言わないのだが、部下はきっちり掌握していたらしい。

「あんた、上官の仇《かたき》を討つ気はないのか」

　安濃はさらに男を煽《あお》った。名前も教えようとしないくらい、頑《かたく》なな連中だ。しかしこの言葉には、さすがに血相を変えた。

「俺たちにとっては、若狭一尉の仇はあんただ」

安濃も口をつぐんだ。

「あんたがこんな時に基地を飛び出したから、俺たちはあんたを追いかけて、こんなところまで来るはめになった。ひとつ間違えば、若狭一尉の代わりに死んでいたのは俺だ」

言い返す言葉がなかった。日焼けして浅黒い肌の〈ホームベース〉は、それきり唇を曲げて、もう何も言おうとしなかった。

ひどく慌ただしい足音が聞こえた。テントに戻ってきたのは、〈公家〉と真樹だった。〈公家〉が怒ったような顔をしているのは、真樹が余計なことを言ったからかもしれない。当の真樹は、涼しい表情をしている。

「安濃一尉。沢島隊長からです」

真樹が無線機を差し出し、安濃の耳に当てた。こちらはまたしても手錠をかけられている身だ。真樹の好意に甘んじることにした。

「――安濃です」

『たいそうなご活躍だったそうだな』

沢島二佐の機嫌ほど、測りにくいものはない。だが、ひるんでいる暇はない。

「自分を加賀山さんと一緒に府中に戻してください。加賀山さんに直接尋ねたいことがあります」

『おまえ、自分の立場がわかって、ものを言っているのか』

怒りを押し殺したような沢島の声に、安濃は何とかして自分を奮い立たせた。上司が怖くてテロリストと喧嘩《けんか》ができるか。

「お叱りも処分も後で存分にお受けします。しかし、今は盗まれたミサイルを見つけることが先です。加賀山さんと一緒にいたテロリストのうちふたりは、外国人でした。加賀山さんは事件の背景について、何か話をされましたか」

『いいや。警察に対しては、黙秘権を行使しているそうだ』

「自分に考えがあります。加賀山さんは、テロリストに騙《だま》されているんです。何とかして、口を開いてもらいたい。隊長、自分と加賀山さんを府中に入れてください。府中でなければだめなんです」

安濃は必死に言い募った。真樹も〈公家〉も〈ホームベース〉も、奇妙な目でこちらを見つめている。

沢島の沈黙は、長かった。無理なのか。もう自分は、自衛隊員だとは認められていないのか。テロリストの一味として疑われているからこそ、警務隊が追ってきたのだ。

『今日、十四時の政府記者会見で、テロリストが北軽井沢に隠れており、機動隊が制圧に向かったという発表があった。じきにそっちにはマスコミが群がるだろう』

ここまで派手な騒ぎがあっては、政府も隠し通すことなどできないだろう。

『こっちに戻ってこい。話はその後だ。とにかく――このこんぐらかった状況を、何とかしないとな』

長いため息。

『航空自衛隊のヘリが、そちらに向かっている。君たちを乗せて戻るよう命令を出しておく』

「ありがとうございます」

会話が終了すると、真樹がスイッチを切った。警務隊のふたりが、まじまじとこちらを見つめている。その視線が、はっきりとこう語っていた。

——変な男だ、と。

一六〇五　横浜

「ちょっと、来てみてよ」

自分を呼ぶ母親の声に、安濃紗代は階段を下りていった。

四歳になる娘の美冬も、たどたどしい足取りながら、階段を上り下りできる。

「気をつけてね。ゆっくりね」

真剣な表情をして、一段ずつ階段を下りていく美冬の愛らしい姿に、思わず笑みがこぼれる。

「紗代ちゃん、早く」

茶の間でテレビを見ていたらしい母親が、待ちきれずに顔を覗《のぞ》かせた。そのこわばった表情に違和感を覚えて、紗代は娘を階段から抱き上げた。

「はい、よくできました。後はママが抱っこしていこうね」

四年制の女子大を卒業して東京の会社に入るまで、彼女はこの家で暮らしていた。二階には子どもの頃から使っていた部屋が、そのまま残してある。一階は畳の部屋が三つあり、そのうちのひとつは茶の間として、テレビとちゃぶ台が置かれ、家族の団欒《だんらん》の場となっていた。昼間はほとんど、母親がそこでテレビを眺めている。

向いた。

「どうしたの」

紗代が美冬を抱えて入っていくと、母親の佐和子《さわこ》がテレビを指差しながら怯《おび》えたように振り向いた。

「NHKの臨時ニュースで、ミサイルの話をやってるの。どの局に回しても、テロップが出てくるし」

美冬を床に降ろしてやりながら、紗代の視線はテレビに釘《くぎ》付けになった。紺のスーツに身を固めたアナウンサーが、画面に正対してしっかりとこちらを見つめながら喋《しゃべ》っている。

『――また本日午後三時、石泉内閣官房長官が記者会見を行い、今夜十時以降の外出を控えるよう、国民に呼びかけました』

思わず壁の掛け時計を見てしまう。午後四時を過ぎたばかりだ。横浜市役所に勤めている父親は、まだ帰宅していない。

画面が切り替わり、石泉官房長官の怜悧《れいり》な顔が映った。石泉は、丁寧でわかりやすい言葉を使うので人気がある。

『万が一、テロリストが本当にミサイルを撃つようなことがあっても、自衛隊が確実に迎撃できるよう、準備を進めています。国民の皆さんは、決してパニックになることなく、安心して日常生活を過ごしてください。ただし、今日の夜十時以降は、警察、自衛隊が警戒態勢を強めますので、不要不急の外出はなるべく控えていただくよう、お願いします』

カメラはまたスタジオに戻り、ニュース番組のアナウンサーが事件の背景や、これまでの経緯などを解説している。

「これって——どういうこと？　ミサイルが盗まれたのは新聞にも載ってたけど、テロリストが本当に撃つかもしれないの？」

ちゃぶ台にしがみつくように座りながら尋ねる。

「今日の二十四時に撃つって、テロリストが脅迫してるらしいよ。自衛隊がミサイルを撃ち落とすんだって。あんた、将文さんは大丈夫なのかしらね」

佐和子が不安そうに声を震わせる。自衛官を家族に持った家庭ならではの不安だ。佐和子には、夫の将文がミサイル防衛の任にあたっていることは話していないが、航空自衛隊に所属しているというだけで、わからぬなりに心配なのだろう。この上、行方不明になっているなどと告げれば、どれだけ心を痛めるだろうかと思うと、とても話すことができない。

カメラは街頭の声を拾い始めている。

『えー、そりゃもう今夜は商売上がったりですよ』

材料の仕込みに現れた、居酒屋の主人。赤ら顔にマイクを向けられて苦笑する。

『だってミサイルが落ちてくるかもしれないから、自宅にいるようにって言われてるんでしょ。こんな日に、誰も酒なんか飲みに来ないよねえ。いっそ今夜は臨時休業にしようかなあ』

『えー、ミサイルぅ。怖ーい。怖いよねえ、落ちてくるんでしょ？　え、落ちないようにするの？　でも自宅待機って、先生に言われた。さっき学校で』

駅前でマイクを向けられた制服姿の女子高生たちが、何か楽しいイベントでもあるかのように笑いさざめいている。

ふいに、窓の外で爆発音のようなものが立て続けに起きた。佐和子も紗代も、びくりと肩を震わせた。

「危ないよ！　窓に近づくんじゃないよ！」

佐和子は制止したが、紗代は膝立《ひざだ》ちになってそっと窓ににじり寄り、家の前の道路を覗いてみた。

スクーターに乗った少年たちが、歓声を上げながら爆竹を投げている。まるで興奮状態。このあたりでこんな光景など、これまで見たことがなかった。

誰も信じていない。

誰もが、この国の平和を当たり前だと思っている。ミサイルが落ちてくるなんて、まるで現実的じゃない。ただの、イベント。

この分では、夜十時になっても、この馬鹿騒ぎは続きそうだった。紗代はカーテンを閉め、ちゃぶ台に戻った。

安濃からも、部下の遠野という女性からも、あれきり連絡はない。遠野は、無事に安濃を見つけてくれたのだろうか。それならどうして連絡をくれないのだろう。こちらから電話をしてみようか。

紗代は携帯電話を横目で見ながら、ためらった。つまるところ、安濃も遠野も、今それどころではないのかもしれない。

ちゃぶ台の上に、最近お気に入りの塗り絵を広げて、クレヨンで色をつけ始めた美冬の頭を撫《な》でた。

自分には何もできない。それが、ひどくもどかしかった。

一六五五　総理大臣官邸

「今日の日没は何時かね？」

浅間防衛大臣は、電話の受話器を置いて窓を見た。窓の外は、まだ充分に明るい。地下の危機管理センターに移動するため、立ち上がりながら秘書官の下田《しもだ》に尋ねた。

「六時過ぎです。まだ一時間と少しあります」

下田が即答したのは、日没によってメガフロートの発見が遅れることを、彼自身も危惧《きぐ》していたからだろう。下田は警察官僚だ。警察庁から、防衛大臣秘書官として出向している。人材交流と、横のつながりを強化するために、例年何人かの警察官僚が、政治家の秘書になったり、防衛省に出向したりしている。そのひとりだった。

「──一時間か」

その後、水産庁の照洋丸から連絡はない。午前中からずっと捜し続けて見つからないものが、あと一時間で発見できるものかどうか。

──結局は、米軍事衛星の映像待ちか。

問題の海域を撮影するのは、夕刻とだけ知らされている。

──間に合うのか。

ミサイルを積んだF―2を発見し、武装解除する。最悪の場合は、撃墜もやむなし。

とは言え──

最も知りたいのは、事件を起こしたテロリストの背景だった。誰が何の目的で事件を引き起こしたのか。特に神経を尖《とが》らせているのは、この件に関する中国や、「北」の関与だった。とりわけ、F—2が中国に向かったのではないかと見られた当初は、米軍や韓国情報部なども巻きこんで、極度の緊張状態に陥ったものだ。

テロリストが滑走路として使用していると見られているメガフロートは、中国政府が港湾建設用に発注したものだった。中国の関与については、外務省や公安警察などが、表裏両面のあらゆるルートを通じて、慎重に探りを入れている。

浅間はため息をついた。

なんと危うい、この国の平和だろう。たった数発のミサイルが盗まれただけで、周辺各国の利害関係が浮き彫りになる。疑心暗鬼になって、相手の腹を探りはじめる。表立って戦争をしていないというだけのことだ。水面下では、みんな生き残りをかけて戦いを続けている。政治、経済、軍事、外交。全てにおいて、バランスを守らなければならない。

テロリストの背後関係によっては、こちらも出方を変えねばならないのだ。

先ほど、航空自衛隊から浅間に緊急の報告が入った。テロリストが潜伏している疑いありとして、機動隊が北軽井沢のペンションを包囲した。ところがテロリストがトラップを仕掛けており、犯人数名を確保したものの、機動隊員に重大な被害が出た。その経緯があるので、もちろん警察は、確保した犯人を自分たちが尋問すると主張しているのだが、航空自衛隊側から、自分たちに任せてほしいとの要請があったのだ。

犯人確保には、基地を脱走したという自衛官が、ひと役買ったらしい。どうやら、尋問を自分たちの手で行いたいと言っている件にも、その自衛官が一枚嚙《か》んでいるらしいのだ。

——また、横紙破りがいたものだが。

——加賀山一郎。

浅間はその名前を、口の中でそっと呟《つぶや》いた。捕らえられたテロリストのひとり。不思議に、怒りは湧いてこない。ただ、浅間には忸怩《じくじ》たる思いがあるだけだ。

彼の口から真実を聞きたいという自衛官たちの気持ちも、わかる気がした。浅間は先ほど警察庁長官との間で激しいやり取りを行った。現場レベルでもずいぶん角を突き合わせたようだが、最終的には加賀山の身柄を自衛隊で預かることについて了解を得た。

自衛隊には、加賀山の口を開かせる自信があるようだ。警察もその意をくみ取り、府中基地に移動させることについて了承した。

古いエレベーターで地階に降り、毛足の長い絨毯《じゅうたん》が敷き詰められた廊下を危機管理センターに急ぐ。大きく開いた扉からは明かりと声が漏れている。

浅間が入室すると、演壇に立とうとしていた官房長官の石泉が、こちらに気づいて頷《うなず》いた。

今夜二十四時。

何もかもが、その時刻に収束しようとしている。

一七〇〇　陸上自衛隊市ヶ谷駐屯地

「異状ありません」

美作二尉が射撃管制装置の中に入ると、レーダー監視要員の平井《ひらい》が気づいて振り向いた。

もう二週間以上、交替で二十四時間の監視を続けている。本来なら、昨日の「北」のミサイル発射を受けて、監視態勢は解かれるはずだった。それが、急に延長になった。入間基地に戻るはずだったPAC－3の高射部隊は、そのまま市ヶ谷駐屯地に待機を命じられている。

しかも、今度は本物のミサイルが近距離から発射される可能性が高いということで、否《いや》が応でも緊張は高まっている。

「ずっと座ってると、肩が凝るだろう」

美作が笑いかけると、平井はぎこちない笑顔を見せた。まだ二十代前半。上官との距離のとり方が、難しいと感じる年齢だ。

「交替まであと少しだな。頑張れよ」

シートの背中を叩《たた》いて激励すると、平井が微妙な表情を作った。

「──本当に、撃つんでしょうか。彼らは」

自衛官は上意下達。上からの命令に機敏に応じるのが使命だ。とは言え、これだけ情報があふれる現代社会において、外からの情報をまったく隊員の耳に入れるなというのも無理な話だった。若手の隊員たちが、非番の時間帯に携帯電話などで、ひそかに民間のニュースサイトなどを覗《のぞ》き、ミサイル盗難事件についての情報を仕入れていることに、美作も気づいている。

「さあな」美作はレーダー画面に目をやって答えた。

「しかし、彼らが本当に撃ってきたところで、俺たちは自分の仕事をするだけだ。そうじゃないか？」

平井が頷く。

大切なのは、自分に与えられた持ち場をしっかり守ることだ。残り七時間。——全ては、それからだった。

一七四〇　航空自衛隊府中基地

輸送ヘリがヘリポートに到着するとすぐ、着陸を見守っていた警務隊と沢島二佐が飛んでくるのが窓から見えた。この時刻、空は夕焼けでオレンジ色に染まっている。ヘリから見下ろす府中の街並みも、すっかり赤々と温かい色彩に輝いていた。

北軽井沢からおよそ五十分。

ヘリには、加賀山と米田、それから安濃、真樹、四方が乗っていた。真樹や四方と同行して北軽井沢に向かっていた木下士長は、チャンの襲撃時に撃たれ、北軽井沢の現場から機動隊の車輛《しゃりょう》で病院に運ばれていて会えなかった。チャンは列の背後から襲い、木下の車は最後尾についていたというのだから、丸腰ではひとたまりもなかっただろう。ただ幸いなことに軽傷で、車のほうが損害がひどいらしい。

「早く中へ！」

ヘリの乗降口が開くと、沢島が指示した。

府中基地は、航空自衛隊の基地とは言いながら、滑走路を持たない。市街地の中にあり、駅からも近い。民間人が、基地の外から敷地の内部を覗くこともできるような場所にある。加賀山たちを府中に移動させることは、極秘中の極秘事項だった。まさか、こんな場所にテロリストを連れてくるとは、さすがのマスコミも考えていないだろうが、用心に越したことはない。

ヘリから建物の入り口まで、グレーのビニールシートを隊員たちに持たせて、仮設のトンネルを作っていた。通常は、人目にさらしたくない、損傷のひどい遺体などを収容する際に使うシートだ。

「言い訳は後で聞く」

安濃が口を開こうとすると、沢島がぴしゃりとさえぎった。涼しい表情をしているが、怒っているのは間違いない。

——たぶん、頭の中で血が沸騰するほど。

真樹と四方が、加賀山たちが警務隊に護送されてヘリから降りるのを手伝っている。ふたりとも手錠をかけられているうえに、米田の口には自殺を防止するための猿轡《さるぐつわ》がかまされていた。ヘリに乗る前に暴れ、自殺をほのめかす言動があったからだ。四方に撃たれた肩の傷と、安濃に噛《か》み切られた手のひらの傷は、応急処置を受けたので痛みはあまりないようだ。痛み止めが切れれば、七転八倒するだろう。

加賀山はどこか茫洋《ぼうよう》とした、彼らしからぬ様子だった。まるで、宙に浮いたような、おぼつかない歩き方をしている。

何か言いかけた沢島が、ほんの一瞬ためらった。

「その顔はどうした」

安濃は思わず、鼻の大きな絆創膏《ばんそうこう》に手を当てた。北軽井沢を出る前に、彼自身も応急手当てを受けた。ソンに蹴《け》りつけられた鼻は、折れてはいなかったものの、腫《は》れあがってどす黒くなり、とんでもない外見になっている。唇も切れ、黒いかさぶた状になっていた。

「これは、ちょっと――」

口を開いただけで、まだ切れた唇が痛い。鼻腔《びこう》が腫れて半分ふさがっているので、鼻声になるのもみっともない。

「まあいい。加賀山さんが自殺する恐れはないと言って、猿轡をかませようとする警務隊をおまえが止めたそうだな」

沢島が、探りを入れるような顔つきをしている。

「なぜだ。俺には、加賀山さんのほうが、いつ死を選んでもおかしくないように思えるが」

生涯をかけた仕事だけでなく、ひとり息子と、妻を亡くした。そう言いたいのだろう。安濃はゆっくり首を横に振った。

「加賀山さんが、死を選ぶはずがありません。――少なくとも、今日の二四〇〇までは」

「――なるほど」

加賀山ほど、今夜の結末を知りたがっている人間はいない。――死ねるはずがない。安濃の答えを正確に理解した沢島が、納得したように頷く。

アジトに四方が侵入した時、抵抗らしい抵抗を見せなかったのも、そのためだと考えていた。加賀山は銃を持っていなかったが、あの場面でもし銃を取れば、撃ち合いは避けられない。

この期に及んで、彼は生に執着している。今日の二十四時に起きることをその目で見たいがためにだ。

加賀山と米田が両脇から抱えられるように、簡易トンネルをくぐり基地に向かう。

ついて来いと、沢島が先に歩き出す。

「おまえに言っておくことがある。非常に残念なことだ」

建物に入り、沢島とふたりエレベーターに乗り込む。沢島の横顔が、なぜか暗い。

地下に降りていくエレベーター。ふいに安濃は、またいつもの、奈落《ならく》の底に落ちていくかのような恐怖心に、ぎゅっと両手を握り締めた。

沢島が何をためらっているのか、読み取れない。

「沢島隊長。いったい――」

エレベーターが地下二階に到着し、扉が開いた。見慣れた白い廊下に、見かけない背広姿の男たちが、立ちふさがるように並んでいる。

沢島がため息をついた。

「すまんな、安濃。止められなかった」

降りた瞬間に、男たちのひとりが腕を摑《つか》んだ。

「なんだ。あんたたちは！」

反射的に抗《あらが》う。たちまち、右腕を摑んでいる手に力がこもるのを感じる。険悪な雰囲気になったが、正面に立っていた男が、手のひらを上げて制止するような仕草をした。冷ややか、と言ってもいいような、冷静な表情だった。チャコールグレーの縦縞《たてじま》のスーツに、銀鼠《ぎんねず》色のネクタイを締めている。安濃より若いようだが、随分な渋好みらしい。

「お静かに。警視庁公安部です」

息を吞《の》む。

警視庁公安部と言えば、テロリストやスパイなどを取り締まる警察官ではないか。なぜ彼らがこんなところにいるのか。

「自衛隊基地からの戦闘機及びミサイルの盗難、政府への敵対行為につき、事情を聴取します」

男は名乗ろうともせず、警察手帳を見せようともしない。ただ、冷え冷えとした視線を、安濃に注いでいるだけだ。公安警察は、部外者に自分の名前や顔を知られるのを嫌うと聞いている。

「俺は逮捕されたのか？」

「事情を聴きたいだけですよ。逮捕はその結果しだいです」

男がうっすらと皮肉な笑みに近いものを口元に浮かべた。

「俺はテロを食い止めようとしたんだ！　テロリストじゃない！」

「弁明は取調室で聞きましょう」

自分を捕らえたつもりでいるらしい男の腕を振り払おうと、安濃は暴れた。こんな茶番につきあっている暇はない。自分は加賀山と話さなければいけないのだ。

公安部の男たちが、ふたりがかりで腕を押さえ、抱えるように会議室に引きずられた。

「沢島さん！」

思わず首をひねって沢島二佐の姿を探す。

「こんな時に上官を当てにするとは、みっともない」

銀鼠色のネクタイの男が、静かに吐き捨てた。

「心配しないでください。取り調べは府中基地の中で行います。沢島二佐との約束ですから」

何ということだ。

安濃は歯ぎしりした。あと少しだったのに。ようやく、全ての鍵《かぎ》を握る加賀山を、府中に連れてくることができたというのに。

「あんたたちは、加賀山さんも取り調べるつもりなのか？」

安濃の剣幕に、男が眉《まゆ》をひそめた。

「当然です。移送する時間が惜しいのでね。彼の取り調べもここで行います。師弟そろって同じ場所で良かったでしょう」

こいつには何を言っても無駄だ。

――いったいどうすれば。

急遽《きゅうきょ》、仮設の取調室にしたのか、会議室の中に引きずられるように、連れて行かれた。

ドアが閉まる。

その硬い音が、希望を砕く槌《つち》の音のように響いた。

日本時間一八〇〇　東シナ海

「もう、無理じゃないですか？」

無線技士の明田が、双眼鏡を覗《のぞ》きながら、飽き飽きしたと言いたげな声で呟《つぶや》いた。無理もない。朝の七時からずっと、陸の連中からの電文に指示されて、照洋丸は例のデカブツを捜し続けている。

「あと一、二時間で日が沈む」

船長の藤成は明田に応じながら、ただ呆然《ぼうぜん》とするほどに広い東シナ海の、群青色の波を眺めた。日没後に、メガフロートを見つけられる可能性は皆無に等しい。

——こっちは、やるだけのことはやったんだ。責められる謂《いわ》れもないことだ。

どだい、気が遠くなるほど広い海の上で、二隻の船が偶然すれ違うことがどれだけ難しいことか、陸の連中はわかっちゃいない。航路や海図があるから、ある程度は似たような海域を航行するとはいえ、基本的には海の上ならどこでも通れる。

「日没までは捜してみよう。それで無理なら、言い訳もたつ」

藤成の言葉に、明田がほっとしたように頷《うなず》いた。防衛省から急な協力要請があった時には、ミサイルテロに関係すると言われてさすがに驚いた。十時間以上もさまよい続けて成果なしでは、徒労感ばかりが強い。

波の照り返しに悩まされながら、じっと何もない海上に目を凝らしていると、肩が凝ってしかたがなかった。

「だいたい、あの時と同じスピードで走ってりゃ、向こうはとっくに中国の領海に入っちゃってますよ」

ぶつぶつと言いながら、それでも双眼鏡を覗いている。明田の言う通りだった。

操舵室《そうだ》への階段を上ってくる、身軽な足音が聞こえた。

「船長。ちょっと、後ろに来てもらえませんか」

先月から始まった航海の主目的は、大型クラゲの分布状況を調査することだ。水産庁から、専門の学者が何人か船に乗り込んでいる。現れたのはそのひとりで、若林《わかばやし》という学生に毛の生えたような、若い研究者だった。

長い航海の間に、潮風でばさばさになった長髪を、後ろで女のようにまとめている。藤成に言わせれば、今どきの〈妙な若いの〉だ。

「どうした」

「後方に、真っ白な船がいるんですよ。でかいやつが。船長たちが捜してるやつじゃないかって」

「なんだと」

藤成は明田と顔を見合わせ、急いでデッキに下りた。後部甲板に、研究者が集まっている。ガラス瓶やクラゲを捕獲するための漁網をいじっているところから見ると、彼らは彼らで調査を続行していたらしい。

「あれですよ」若林が指差したが、そんな必要はなかった。

――あいつだ。

藤成は、目の前に広がる光景に寒気を覚え、無意識のうちに右手をポケットに突っ込んで、海難除《よ》けのお守りを握り締めていた。

――いつの間にか、追い越していたのか――！

こうして改めて見ると、その巨大さがよくわかる。長さ三百メートルの鉄筋コンクリートの板を、海に浮かべたようなものだ。

二日前にすれ違った後、メガフロートは通常では考えられないほど、ゆっくりと北上していたらしい。いったん逆方向に向かい、引き返してメガフロートの後を追った照洋丸は、気づかずにメガフロートを追い越し、そして今、追いつかれた。

――メガフロートが、スピードを上げたってことか？

タグボートは、照洋丸のすぐ近くまで迫っていた。メガフロートの上に、いくつか人影のようなものが見える。見間違いや、目の錯覚ではなさそうだった。時おり、動いているようだ。見えるはずがないが、向こうでもこちらを指差して何かを話しているような気がした。

「あんまり、あっちを見るな。できるだけ普通にしてろ」

口の中に渇きを覚え、若林に早口で指示した。

「手でも振ってみますか？」

「馬鹿野郎！」

防衛省からの依頼事項が本当なら、あれには自衛隊の戦闘機をミサイルごと盗んだテロリストが乗っているはずだ。この船の意図に気がつけば、何をされるかわからない。

藤成は操舵室に駆け戻った。

「明田！　大至急本庁へ、本船の位置を知らせて、メガフロートを発見したと伝えてくれ！あいつ、すぐ真後ろにいるぞ」

ぎょっとなった明田が、震える指で信号を打ち始める。

「本船は全速で退避する。そう言ってやれ！」

「了解！」

身体中が、総毛立っている。こんな感覚は初めてだった。もし海賊船に出遭うことがあれば、こんな感じを覚えるのではないだろうか。そう思うほど、あのメガフロートには不気味な迫力と、圧迫感があった。

背後から、機銃でも撃ちかけられそうな不安に襲われ、藤成はエンジンの回転数を上げて、照洋丸の舵《かじ》を切った。どんなに急いだところで、照洋丸ほどの規模の船になると、パワーボートのように波を切って進むというわけにはいかない。もどかしいと感じるほど、ゆっくりとメガフロートから離れていく。

額の汗を拭《ぬぐ》った。

操舵室の窓から首を突き出し、背後に遠ざかるメガフロートを見た。若林は、後部甲板の舷《げん》側《そく》にもたれ、自分で言ったとおりに、のどかそうな表情でメガフロートに手を振っている。

「船長！　あれ！　あれ見てください」

明田が手を止め、大声で喚《わめ》いた。指差す前方を視線で追った。

群青色の海の、はるか彼方《かなた》。

水平線の向こうから、まるで滲《にじ》むように、あわあわとした白い姿を覗かせはじめた、その巨大な構造物――。

「もう一隻、いたのか――！」

藤成は目を奪われ、絶句した。メガフロートは一隻ではなかったのだ。二日前にすれ違ったのが、どちらだったのかさえ、今となってはわからない。

「本庁に知らせろ！　メガフロートは二隻ある」

はっとした。

「訂正だ。メガフロートは、二隻以上ある。以上！」

思い切って舵を切った。もう、これ以上陸の連中のわがままには付き合っていられない。何しろこっちは、乗員の生命がかかっている。

一八四〇　市ヶ谷防衛省情報本部

誰かが買ってきてくれたチョコレートの包み紙を剥《む》いて、口の中に放り込みながら、越前の目はパソコンのディスプレイに釘付《くぎづ》けになっていた。

日本時刻の十八時七分、東シナ海を探索中の照洋丸から、メガフロートと遭遇したとの報告が入った。船長からは、メガフロート発見後、ただちに退避するという連絡があった。何かきなくさいものを嗅《か》ぎ取ったのだろう。さすがというか、正しい判断だ。

「二隻以上ってのがくせものだな」

照洋丸が遭遇したメガフロートは二隻。

もし、テロリストが複数のメガフロートを持ち、それをつなげて滑走路に利用していたのだとすれば――平灰《ひょうそく》は合う。

昨夜盗まれたF―2は、接続されたメガフロートに着陸した。F―2を収容した後、接続をいったん解除して全速で離れ、後は今日の夜までにどこかの領海に入ってしまわないように、ペースを落とす。そして、F―2が再び飛び立つ時までに、再接続を完了させる。

メガフロートを切り離すのは、一枚でも巨大な構造物が、海上であまりにも目立ちすぎるのを防ぐためだ。もうひとつには、海上で長時間にわたり接続されていることにより、接続部分が波の影響を受けて歪《ゆが》みや傷みを生じることを防ぐためだろう。

「理論上は、四枚つなげればF—2の離着陸は可能だ」

松島が、コンビニで買ってきてもらったおにぎりを、無理に飲みくだしながらキーボードを叩《たた》いている。食べていないと、眠ってしまいそうになるのだろう。コーヒーなど何十杯飲んだかわからない。そろそろ、胃がおかしくなりそうだ。

外務省がジョホールに人をやり、中国政府が発注したというメガフロートのサイズと枚数を調べさせた。長さ三百メートル、幅六十メートル。それが四枚。

おまけに、中国に向けて曳航《えいこう》中のタグボートと、連絡が取れなくなっていることもわかった。

「テロリストに乗っ取られたな」

船には、技術協力のために日本から渡ったエンジニアがひとり、乗っていたそうだ。おそらくもう、命はないだろう。

今夜二十四時に向けて、テロリストは、四枚のメガフロートを再接続しようとするはずだ。接続されたメガフロートは、海上に浮かぶ巨大な人工島になる。

照洋丸が遭遇した位置と、そのスピードから、接続後のおよその位置を予測することは可能だった。

あとは、テロリストの逮捕に向けて、メガフロートを急襲するのみ。

——問題は——。

予測の結果はじき出された、メガフロートの推定位置だった。

中国、台湾、韓国。

東シナ海は、ひとつ対応を間違えば国際問題になりかねない火薬庫のような海だ。各国が、ている。

国益を守るため、虎視眈々《こしたんたん》と他国の出方を窺《うかが》っている。F―2の隠し場所を分析していた越前や松島のチームとは別に、外務省や警視庁公安部と連携して、テロリストの背後関係を探り続けているチームもいる。昨日、ミサイルを発射した「北」についても、事件との関連を調査している。


戦闘機とミサイルが盗まれたというだけでは、自衛隊は直接行動に出ることができない。しかし、実際問題としてミサイルが発射された場合には、自衛隊でなければ防衛は不可能。誰が、どんな形で自衛隊に出動を要請するのか。その点についても、政府の中で検討している。時間稼ぎもあって回答を先延ばしにしてはいるが、政府はもちろんテロリストに対して要求通りに金銭を支払うつもりなどない。


「問題が山積だな」

越前が呟《つぶや》くと、松島がペットボトルのお茶を飲みながらにたりと笑った。

「そんなの、いつものことじゃん」

射殺されたソンというテロリストは、ただちに顔写真を警視庁公安部などに送られ、監視対象に該当する人間がいないかなど分析中だ。「ペンションかがやま」と、テニスコートの管理事務所に残されていた、大量の武器、火薬類と、衛星電話やパソコンなども押収され、通話記録などを警察が分析している。テロリストはペンションの二階に大量の爆薬をセットしていた。機動隊が突入すれば、爆発する仕掛けだ。現場からは成人男性のものと見られる遺体が発見された。身元を特定中だが、どうやら、警察の捜査を混乱させ、時間を稼ぐために置かれたのではないかというのが、現在の見方だった。

――とんでもない犯人だ。

機動隊を背後から襲撃したとされる、チャンと呼ばれていた男は、いまだ逃走中。安濃という自衛官は、人質になっている間に、ソンとチャンたちの会話から、「イ・ソンミョク」という名前を聞きつけていた。その人名に関しては、どうやら警視庁公安部に心当たりがあるらしい。

そして――

北軽井沢で確保された、元自衛隊員二名は、ひそかに府中基地に運びこまれたそうだ。その後の様子が聞こえてこないのが気がかりだが、捕まった元自衛官たちも、そう簡単には口を割らないだろう。

――しっかりやってくれよ。

時計をにらむ。

電話のベルを聞き、すぐ受話器を取った。

『良くないお知らせがありマス』

「アーサー？」

奇妙に暗い声だった。在日米軍司令部からの電話だと知り、眉《まゆ》をひそめる。いつでも陽気で冗談の多い男だが、こんな場合に冗談を言うような人物ではない。

『東海艦隊の動きが、急に慌ただしくなってきたようデス』

とっさに反応できなかった。東海艦隊――中国人民解放軍の艦隊だ。東シナ海方面を管轄としている。

「このテロに、中国軍が関与していたとでも?」

『中国は、メガフロートが搬送中に奪われたことを重く見ていマス。高い金を払って製造したメガフロートが、テロリストに奪われたあげく、日本の自衛隊に攻撃されるかもしれない。何が起きているのかはっきりわからないから、向こうは向こうで、かなり疑心暗鬼になっているようだネ』

このタイミングで中国の艦隊が出動準備をしているとすれば、メガフロートの位置を特定できたとしても、自衛隊は出るに出られない状況に陥ってしまうかもしれない。何しろ、テロリストを撲滅するために戦闘機を送ることが、ひとつ間違えば戦争を呼んでしまうかもしれないのだから。

送話口を押さえ、こちらの会話に注意を払っている松島に、口早に内容を伝える。松島が、お茶にむせそうな顔をした。

『今夜二十四時——もう、何が起きても、ワタシは驚かないヨ』

アーサーが途方にくれたような声で、詳しいデータはメールで送ると言って通話を終了させた。

二十四時。あと五時間と少しだ。

一九〇〇　横浜

玄関のチャイムが鳴った。

「あたしが出るから」

まだ父親は帰宅していない。ミサイル騒ぎで、自治体の職員は対応に追われているのかもしれない。台所で揚げ物をしている母親に声をかけ、紗代は茶の間にあるインターホンの受話器を取った。

「はい」

テレビは、音声を消してつけっぱなしにしてある。どんな緊急放送が入るかもしれない。テレビ局がテロップでミサイル情報を流しはじめてから、家の前の道路で騒いでいた少年たちは、いつの間にか姿を消していた。少し前にパトカーが巡回していたようだから、誰か通報したのかもしれない。

「どちらさまですか」

インターホンに向かって繰り返すと、ようやく応答があった。

『すみません。航空自衛隊、府中基地のものです。安濃紗代さんは、ご在宅でしょうか』

府中基地、という言葉に紗代の胸は躍った。もしや、安濃が見つかったのだろうか。

「お待ちください」

窓から門の外を覗《のぞ》くと、見覚えのある若い自衛官がインターホンの前に立っている。ひとりで来たようだ。

紗代は足早に玄関に急ぎ、外に出た。

「夜分にお伺いして、申し訳ありません」

男性自衛官が、ぺこりと頭を下げた。名前が思い出せないが、昨夜——今朝方と言ったほうがいいが、遠野二尉という女性自衛官と共に、夫を捜してくれていた男だった。

悪い知らせかもしれない。そう、覚悟を決めて大きく息を吸う。相手は無邪気ににっこり笑った。頰にそばかすを散らした、純朴そうな青年だ。

「ご主人、見つかりましたよ」

「え？」

思いがけない朗報に、紗代は一瞬言葉を失った。

「本当ですか？　基地から何もご連絡がありませんでしたので、悪いほうにばかり想像してしまって——」

「連絡が遅れて申し訳ありませんでした。ひどい怪我もされていませんし、安濃一尉はお元気です。ただ、なにぶん上官の命令に背いて基地を飛び出していかれましたので、現在は府中基地で拘束されて、事情聴取を受けておられます」

夫が府中基地に戻っている。事情聴取を受けているとは言え、状況はずっといい。

「良かった——」

心の底からほっとして、こわばっていた肩の力を抜くと、青年が微笑んだ。

「それで、形式的なものなんですが、実はご自宅を調査させていただきたいのです。基地を飛び出していかれた事情を知りたいのですが、何も話してくださらないので、ご自宅にある日記やパソコンといったものを、拝見したいと思いまして。ほんの、形ばかりなんですけど」

「これから——ですか」

時刻が遅いのと、ミサイルに関連して、午後十時以降は外出を控えるようにとの指示があっ
「あの——主人に何か？」

たことを思い出して、紗代はためらった。娘の美冬は佐和子に預けていくしかないだろう。

「言いにくいことですが、安濃一尉は、こんな状況下で基地を出ていかれましたので、ミサイルテロに関与しているのではないかと、疑いを持たれています。僕らは、その疑いを何とかして晴らしたいんです。もちろん、車でお送りしますので。一時間半もあれば、ご自宅に着きますから」

「主人がミサイルテロに関与しているだなんて、まさか――」

冗談じゃない、と言いたかった。

家の前に停まっている車は、白いミニバンだった。よく見ると、「わ」ナンバーのレンタカーだ。今朝乗っていた車と違う。紗代の視線に気づいたのか、青年が小さく笑い声を上げた。

「軽井沢でテロリストの銃撃を受けて、車が壊れてしまいましてね。借りてきました」

――銃撃。

思わず眉をひそめた紗代に気づいたのか、青年は申し訳なさそうに首をかしげた。シャツの袖《そで》に隠れて気づかなかったが、青年の左手には、手のひらまで包帯が巻かれているようだ。その際に傷を負ったのかもしれない。

「調査が終われば、またこちらにお送りしますよ。ご心配なく」

「わかりました。主人は、日記などつけてはおりませんでしたけど、パソコンは持っています。ちょっと、母に断ってきますので」

わざわざ府中から自分を迎えに来てくれた自衛官を、時刻が遅いからという理由で断るのも気が引ける。しかも、彼は安濃の潔白を証明するために、自宅の資料を見たいというのだ。

室内に戻り、携帯電話と財布、自宅の鍵《かぎ》などを、ポーチに押し込んだ。

安濃が行方不明になっていたことすら、母親には話していない。どう説明しようかと迷ったが、あまり心配をかけるのも良くないと考えて、詳しいことを教えるのはやめた。

「府中基地の人が、うちのパソコンを調べる必要があるらしいの」

「どうしてこんな時間に？」

佐和子が時計を見て眉をひそめている。

「小さい子だっているのに、非常識じゃないか」

「ミサイルテロと関係して、基地に勤めている人のパソコンを、調査しているみたい。うちの人は基地を離れるわけにいかないから、私が家に一度戻らないと」

「気をつけるんだよ。十時を過ぎるようなら、今夜は府中の家に泊まったほうがいいかもしれないね」

「わかった。美冬は置いていくから、お願いします」

心配だったのか、佐和子は玄関までついてきた。若い自衛官が、車の横でぺこりと頭を下げる。その素朴な様子に、佐和子もようやく愁眉《しゅうび》を開いたようだ。

紗代が乗り込むと、青年が車を出した。木下という名前だったと、ようやく思い出した。

10 霹靂

一九四〇　航空自衛隊府中基地

「そんな！　部外者が、基地の中まで入ってくるなんて、どうして許可されたんですか」

真樹は沢島二佐の隊長執務室で、デスクににじり寄った。沢島は憮然《ぶぜん》とした表情で、腕を組んでいる。

警視庁の公安部が府中基地で安濃たちを取り調べている。警務隊が取り調べるというならともかく、警視庁が直接基地の中にまで乗り込んで現役の自衛官を取り調べるとは。

「彼らが本当に取り調べたいのは、加賀山さんだ。安濃は付け足しだ」

加賀山のミサイルテロへの関与がこれほど明確になった今となっても、長年上官だった彼を呼び捨てにすることができないらしい。沢島のしかめっ面を見ていると、この事態を一番苦々しく思っているのは、彼ではないかと思い至った。真樹はようやく口をつぐんだ。

 安濃と加賀山、米田の三人を連れて戻ったとたん、公安部に三人ともさらわれてしまった。まさに、トンビに油揚げ——という風情ではないか。

「加賀山さんの取り調べは、師弟関係があって気持ちが通じている安濃一尉でなければ、無理だと思います。私は事件以前に加賀山さんとお会いしたことはありませんが、警察の取り調べにそう簡単に口を開く人だとは思えません」

沢島も、もちろんそう感じているのだろう。

「これは警察庁と防衛省が納得ずくで決定したことだ。我々は従うしかない」

「防衛大臣は、安濃一尉が加賀山さんを取り調べることについて、口添えをしてくれたと伺いましたが」

ぎりぎりまで粘るつもりで、食い下がった。これでは、必ず彼を無事に取り戻すと約束した安濃の家族にも、申し訳が立たない。

「この話はこれで終わりだ。大臣の口添えがあったかどうかは問題じゃない。最終決定が既に下され、加賀山さんたちの身柄は我々の手から離れた。その事実だけが重要なんだ」

これ以上はどう攻めたところで、沢島が真樹の言葉に動かされることはないだろう。そう判断し、きっぱりと深く頭を下げ、足音も高く隊長執務室を飛び出した。

上官に対する態度ではない。そんなことはわかっている。

エレベーターに飛び乗り、基地の建物を出る。街の灯《あか》りを眺めながら、深呼吸を繰り返した。

――そうだ。奥さんに電話をしておかなきゃ。

安濃の妻、紗代には、彼の居場所を調べるために何度か連絡をとり、協力を仰いだ。行方不明になっている事情も話さざるをえなかったので、きっと心配していることだろう。その後何も連絡して来ない自分のことを、なんて不誠実なやつだと思っているかもしれない。

紗代の番号は、携帯の履歴に残っていた。

呼び出し音を何度か聞いて、紗代が出た時には、何と説明しようかとひるみそうになった。

「今朝はお世話になりました。自衛隊の遠野ですが」

『あら――』なぜか、驚いたように声を上げる。

「連絡を差し上げなくて申し訳ありませんでした。あれから、安濃一尉は無事に基地に戻られましたので、それをお伝えしようと思いまして」

公安の取り調べを受けていることは、まだ話す必要はないだろう。これから事態がどう転ぶかもわからないのに、心配させるだけだ。

『ありがとうございます。もうそのことは、お聞きしましたよ』

紗代の声が落ち着いていて、今朝の時点より明るく、おやと思った。車に乗っているのか、かすかに走行音が聞こえるようだ。高速道路を走っている車の中ではないだろうか。

安濃が戻ってきたことを知る人間は、限られている。

「それじゃ、沢島二佐が連絡したのですね」

沢島なら、気をきかせて家族に連絡するくらいのことは、やってくれそうだ。

『あら、いいえ。先ほど――』

何かを言いかけようとした。その直後に、何の予告もなく通話が切れた。

――トンネルにでも入ったのかしら。

紗代は今朝、横浜の実家にいた。それが、なぜ車に乗っていたのだろう。彼女は運転免許を持っていないと言っていた。誰かの車に乗っているのだとすれば、いったいこんな時刻に誰とどこに行こうとしているのだろう。

時間をおいて、何度か紗代の携帯にリダイヤルしてみた。電源が入っていないか、電波の届かないところにいる。そのアナウンスが繰り返されるばかりだ。

何だろう。――胸騒ぎがする。

実家の電話番号も聞いていることを思い出した。もし何でもなければ、かえって余計な心配をかけてしまう恐れがある。そうは思ったが、確かめずにはいられなかった。

「夜分に恐れ入ります。航空自衛隊、府中基地の遠野と申します。安濃紗代さんはご在宅でしょうか」

『紗代は、先ほど自衛隊の方が迎えに来られて、府中の自宅に戻りましたけど』

紗代の母親だろうか。年配の女性が、不思議そうな声で答える。

あやうく反論しそうになった。そんな話は聞いていない！

どうやら、嫌な予感が当たったらしい。平静を装い、すれ違いがあったらしいなどと言い訳をして、電話を切った。

――誰かが、自衛隊を騙《かた》って安濃の妻を連れ出した。いったい、何のために。

とにかく、沢島に報告しなければ。

真樹は身をひるがえし、隊長執務室に戻るべく、エレベーターに向かって走り出した。

日本時間二〇〇〇　東シナ海

「二〇〇〇、点呼！」

ヘリの外で、イ・ソンミョクが呼ばわる声が聞こえる。メガフロートの上で、仲間たちの次々に応じる声が響く。あの、カズミという女の声も交じっている。

パクは、暗闇で淡い蛍光グリーンの光を放つ、腕時計の文字盤を見つめた。日本製のこいつは、太陽電池で動いている。太陽が出ている間に充電するから、日没後の今も、特に問題はない。

決行は二十四時。

残り四時間だ。

パクはヘッドセットを装着し、無線機から洩《も》れる砂嵐の音に耳を傾けていた。周波数を調整し、日本にいる仲間からの通信を待っているのだ。

――くそっ。無駄か。

もう八時間以上、ソンたちから連絡がない。北軽井沢に潜み、日本政府との連絡役と、囮役《おとり》を買って出た彼らと連絡が取れないということは――

――殺されたのか。

あるいは、信じられない――いや信じたくないことだが、日本の警察に捕らえられたのか。

――あのソンが？

ソンは、特殊工作員として育成された隊員たちの中でも、群を抜いて優秀なスパイであり、軍人だった。甘いと評判の日本の警察などに捕まるはずがない。

――どこかで計画が破綻《はたん》したのか。

破綻するとすれば、カガヤマという、得体の知れない日本人のせいではないかと思った。

イ・ソンミョクと会見するために現れたカガヤマを初めて見た時から、気に食わなかったのだ。ついでに言うと、あのカズミという女も気に入らなかった。カガヤマのシンパだというが、何を考えているのかわからない。自分たちの仲間には、イ・ソンミョクを始め一流の戦闘機パイロットがいるというのに、なぜ計画のもっとも華々しい部分を、戦闘機に乗ったこともない日本人などに譲らなければならないのか。

「どうだ」

ヘリの出入り口に、イ・ソンミョクが顔を出していた。

「ソンから連絡はあったか」

「ありません」

「呼んでみたか」

「無駄でした」

イ・ソンミョクの、普段はあれほど冷静な表情の底に、ほんの一瞬だけ炎の色が透けて見えた。

「この代償は、高くつくぞ」

囁《ささや》くような声。故国では数多《あまた》の勲章を得る栄誉に浴し、総書記ですら一目置いていると言われる男の声には、背中がぞくぞくするような迫力があった。

「イ・ソンミョク同志。今後の日本政府との交渉は、こちらから直接行いますか」

政府と直接交渉に当たる仲間は、役割の性質上、居場所や名前などを知られやすい。

メガフロートの位置を知られたくない。そのために、わざわざ日本国内に拠点を持ち、このような事態が発生することも覚悟のうえで、ソンたちを送り込んだのだ。はっきり言ってしまえば、捨て駒だった。自分の命を捨てる覚悟でそれを望んだソンたちは、間違いなく英雄だ。イ・ソンミョクが彼らのために心から怒り、哀悼の意を表明している。ただそれだけのためにでも、自分なら命を捨ててもいいかもしれない。パクはふとそう思う。

「あと四時間だ。日本政府がこちらの位置を把握できたとしても、もう何もできない」

イ・ソンミョクの言葉に、しっかりと頷《うなず》く。ソンたちのチームは、交渉を行うとともに、本体の発見を遅らせ、日本警察や政府を混乱させて時間を稼ぐという彼らの役割を、見事に果たしたのだ。

「そろそろ守屋に連絡してやろう」

イ・ソンミョクが意味ありげに眉《まゆ》をあげ、衛星電話を取り上げた。

「やつは小人だ。あまり放置しておくと、自分の保身のために何をしでかすかわからない」

同感だった。工作員を指導する立場にいる役人だ。イ・ソンミョクが軽侮の色もあらわに吐き捨てた通り、自分の立場を守るためなら、工作員を何人殺しても平気だろう。

「本国の工作は、うまくいったのでしょうか」

「さて――守屋が知っているかな」

うっすらと笑う。敵にはどこまでも硬く冷たく、いったん身内と認めた同志には、思いがけず温かいところのある男だ。

守屋と話し始めたイ・ソンミョクの声を聞きながら、パクは輸送ヘリの出入り口から覗《のぞ》くメガフロートの一部を眺め、その向こうに遥《はる》かに広がる夜の海を思った。

曇り空で、月が隠れている。この分では、空からメガフロートを目視するのも難しいかもしれない。天候さえも、味方してくれているようだ。

本国の偉大な総書記には、息子が三人いる。先ごろ、父親の覚えがめでたい三男が、後継者に選ばれるという観測が、海外でも大きく報道されたばかりだ。

――しかし――大勢はまだまだ決まっていない。

三人の息子たちにはそれぞれに支持者がおり、彼らは自分たちが後押しをする息子を後継者にしようと、策謀を巡らせている。

そのひとつが、〈近くて遠い〉隣国に対するこのミサイルテロだ。

故国の上層部は、イ・ソンミョクに日本での最後の工作活動を命じた。ミサイルテロによる、日本国内の攪乱《かくらん》工作——彼らの醜い権力争いなど、知ったことではない。

さすがのイ・ソンミョクにとっても、これは地獄への片道切符を渡されたも同然だった。他国へミサイルを撃ち込む。そんなマネをして、無事に帰国できるとは、考えられない。生きながらえることができたとしても、犯罪者として獄につながれるか、二度と故国の土を踏めない放浪者として生きることになるか。

あれほど故国に尽くした祖国の英雄を、彼らは自分たちの暗闘のために、無慈悲に切り捨てたのだ。

イ・ソンミョクの怒りと絶望。それを、共有できたことを光栄に思っている。そして、ついに自らを〈解放〉する決断を下した彼と、行動を共にできることを。

——今夜二十四時。

パクはそっと微笑んだ。その時刻が、とても待ち遠しい。

二〇一〇　府中

「どうして電話をかけてはいけないんですか？」

声が尖《とが》るのを抑えきれなかった。

紗代は後部座席に腰掛けたまま、運転席の木下を睨《にら》んだ。

もうすぐ府中のマンションに到着する。外出を控えるようにという政府の指示が周知徹底されたのか、高速道路はずいぶん空《す》いていた。それをいいことに、木下は高速を飛ばしに飛ばしている。車の運転が好きで、腕もいいのかもしれないが、思わずシートベルトをしっかり締め直したほどのスピードだった。

途中、高速道路のインターチェンジで二度ほど検問に引っかかった。警察はテロリストが日本の国内にいて、今でも自由に動き回っていると考えているのだろう。制服を着た木下が自衛官の身分証明書を見せ、公務だと告げるとフリーパスだった。

「さっきもお話しした通り、府中基地の仲間といっても、誰が安濃一尉の敵なのかわかりませんから。僕らが府中に戻り、ご自宅で安濃一尉の無実の証拠を探していると知れば、妨害しようとする人間だって、いるかもしれません。ご存知《ぞんじ》だと思いますが、携帯電話の電源が入っているだけで、GPS機能を使って現在位置を知ることができます。どんな相手であっても、用心するに越したことはありませんからね」

先ほど遠野という女性自衛官が、安濃の無事を知らせようとせっかく電話してきてくれたのに、彼は途中で奪うように携帯を取り上げ、電源を切ってしまったのだった。

失礼じゃないかと紗代が怒ると、平謝りで府中基地の内輪もめについて話し出したのだ。

――この人こそ、どこまで信用していいんだろう。

見た目にはいかにも純朴そうで、いつもにこにこして好意があふれんばかりの若者だが、こうして車に同乗し、バックミラー越しに目のあたりだけを見ていると、時おりひやっとするほど冷たい目をしているような気がする。

――考えすぎかもしれないけど。

ぎゅっと両手を絞るように握る。

ただひとつ理解できたことは、確かに安濃は府中基地に戻ってきたかもしれないが、決して百パーセント無事というわけではないらしいということだった。

ミサイルテロだけではない。何か、とんでもないことに巻き込まれているようだ。

「着きましたよ」

木下が微笑み、マンションの地下駐車場に降りていく。自宅に戻ったのだから落ち着いていいはずなのに、なぜか首筋の産毛がちりちりとするような、ひどくそわそわした気分だった。

二〇二〇　航空自衛隊府中基地

見慣れた会議室の白い壁すら、今日は安濃によそよそしい表情を見せている。取調室として選ばれた小さな会議室の中では、公安刑事がひとり向かいに腰を下ろし、ひとりが横で会話を逐一書き留めている。

警視庁公安部の刑事に、繰り返し何度も事情を説明させられ、うんざりしていた。テロリストが指定した時刻まで四時間を切った。それどころではないだろうと言いたいところだ。

「加賀山さんは、何か話しましたか」

もともと表情が乏しいのか、感情を表さない訓練でも受けているのか。加藤《かとう》と名乗った公安部の男は、質問にも顔の筋肉ひとつ動かさない。名前も、本名ではないだろう。たぶん符牒《ふちょう》のようなもので、公安から来た連中は、それぞれ加藤、田中、佐藤などと、平凡な名前を名乗っている。メモを取っている男は、村上《むらかみ》と名乗った。

「あなたは我々の質問に答えてくれれば、それでいい」

「もう充分、答えているじゃないですか」

「まだ本当のことを話してないだろう。どうしてあんた、退職した上官のために、自分の職を棒に振る危険を冒してまで、軽井沢に走ったんだ」

何度も同じ会話が繰り返される。

加賀山との関係、二月に偶然府中の駅前で会い、手紙を託されたこと。何もかも包み隠さずに話したし、手紙も公安部に見せた。「ペンションかがやま」まで追って行ったことも、見聞きしたことなども、全て正直に話したつもりだ。加賀山、米田、ソンとチャンの四人の力関係や、衛星電話や無線を使って誰かと会話していたことなども、知る限りのことは話した。

「お話しした通りです。私にしか加賀山さんを引き止めることはできないと思ったんです。そもそも、本当にテロリストの仲間かどうか、あの手紙だけで判断がつきますか？　もし私の判断が間違っていたら、とんでもない濡《ぬ》れ衣《ぎぬ》を着せることになる。だから、慎重に行動する必要があったし、うかつなことを言うわけにもいきませんでした」

「嘘はいけないなあ」加藤が目を細め、椅子の背にもたれる。

「まさか、そんな言い訳を我々が信じると思っているわけじゃないだろう。あんたは、加賀山の退職後、彼と連絡を取り合っていた。誘われて、協力したんだろう？」

「だから、協力なんかしていません」

「手紙を受け取ったのは二月だったと言った。それなら、どうしてすぐ開封して中身を確かめなかったんだ。『遺書だ』なんて冗談にでも言われたら、普通、すぐ中を見るだろうに。ましてや、あんたにとっては大事な上官だったというんだから」

「さっきも言いましたが、加賀山さんはあの封筒を渡すときに、私の迷いが晴れたら開くようにと言われたんです。そのときは意味がわかりませんでしたが、何となくまだ開いてはいけないような気がしたから」

「嘘だ。あんたは二月の時点で、手紙を開封して読んだ。彼が何かを計画しているのだと気がついたあんたは、連絡を取り合って、仲間として協力したんだ」

「ペンションに着いた後、私が彼らの人質として捕らえられていたことはご存知でしょう。もし私が彼らの仲間だったというなら、どうしてそんなことをする必要があったんですか」

「そんな理由はいくらでも考えられるんですよ、安濃さん。ペンションに着いてから、仲間内で何か意見の齟齬《そご》があったのかもしれない」

「冗談はやめてください!」

何を言っても、どう話しても、加藤は信用しない。言葉を解しない壁を相手に話しているようなもので、どんどん無力感に囚《とら》われる。加藤の目に、時おりかすかに浮かぶ表情らしきものは、嘲笑《ちょうしょう》の色だった。

怒りのあまり、長机を手のひらで叩《たた》きながら、安濃は焦りと疲労がピークに達しようとしているのを感じた。

「こんな会話を交わしている間に、例のミサイルは着々と発射準備をされているかもしれないんですよ! どうして私に、ミサイルを迎撃する準備をさせてくれないんですか。加賀山さんと話をさせて、ミサイルのありかや背後関係を聞きださせてくれないんですか！」

「それは我々の仕事だ。あんたの仕事じゃない」

加藤が傲然《ごうぜん》と腕を組み答えた。

会議室のドアを、誰かがノックしたので、取り調べは中断された。村上が手帳を残したまま席を立ち、ドアを開けていったん部屋を出て行った。会話を安濃に聞かせたくなかったのだろう。廊下での会話は、こちらにまったく洩《も》れてこない。

安濃は目を怒らせた。

自分はなぜこんなところにいるのか。

早くここから出なければいけない。ここにいると、良くないことが起きる——と、誰かが耳元で囁《ささや》き始める。

思わず、大きく頭を振った。おまえになど負けない、と自分の心に住みついた声に向かって言った。負けてたまるか。

「私を取り調べたところで、何も出てきませんよ。いいかげん私を解放してください」

加藤は腕を組んで椅子の背にもたれたまま、黙って口をゆがめた。相棒がいない間は、取り調べができないのだろう。加藤ひとりの時に容疑者が何か決定的な言葉を口にしたところで、それを自白として採用できないのかもしれない。

「加藤さん、ちょっと」ドアが開き、村上が顔だけ覗《のぞ》かせた。

眉《まゆ》をひそめ、立ち上がってそちらに近づいた。安濃をひとりにしたくなかったのか、外には出ずに耳だけ寄せて村上の押し殺した声に耳を傾けている。何を話しているのか聞き取れなかったが、加藤の目にみるみる険悪な光が生まれるのがわかった。

「あの馬鹿」鋭い舌打ち。ようやく会話が少し聞き取れた。

「余計な真似をする」

「どうしますか」

ドアの向こうにいる村上が、ちらりと素早い視線をこちらに投げてきた。その視線の意味はわからなかったが、安濃と目が合うと、慌てたように視線をそらした。

何か、自分に関係のあることだ。

ふと、胃の底あたりで、冷たい不安が首をもたげるのを感じる。

「しかたがない。放っておけ」

口早に加藤が吐き捨てた。いったい、何が起きているのか。ようやく席に戻ってきた、加藤と村上のポーカーフェイスからは、読み取れない。

「何があったんだ」

「あんたには関係ないことだ」

そんなはずはない。

「上官と話をさせてくれ」安濃はパイプ椅子の上で背筋を伸ばした。

「あんたたちがこっちの言葉に耳を貸す気がないのなら、私もこれ以上もうひとことも喋《しゃべ》らない。大事なことは、今夜二十四時にテロリストが発射すると言っているミサイルを、食い止めることじゃないのか。そのためになら、いくらでも手を貸す。それ以外のことは、もうあんたたちには喋らない」

加藤が冷ややかな表情になり、こちらを睨《にら》んでいる。

「そういう態度は、あんたのためにならないぞ」

安濃は黙って、加藤以上に冷たい態度をとりながら睨み返した。

二〇三〇　府中

すぐに終わると約束したわりには、木下の作業は念入りで手間取っている。

2LDKのマンションに、安濃の書斎などはない。ノートパソコンは居間の隅に置いていて、必要になれば食堂のテーブルに引っ張り出して使っている。そのパソコンを、木下が調べている間、紗代は居間のソファに座って待っているのも退屈で、キッチンでコーヒーを入れて差し出した。

「ありがとうございます」

木下の態度は相変わらず如才がない。紗代にはパソコンのことはよくわからないが、小さい機械を取り出して、USBポートとかいう穴に差し込むのが見えた。以前、泊里が遊びに来た際に、写真を見せてやると言って、似たような機械を差していたので記憶に残っている。たしか、USBメモリと呼んでいたはずだ。

木下は自宅に入ってくるなり、カーテンや雨戸をきっちり閉めてまわり、室内の明かりが外に洩れないように気づかっている様子だった。戸口や窓の錠が、完全に閉まっていることも確認済みだ。玄関のチェーンまで掛けた。よく見ると、両手に薄い手袋をはめている。なぜか、嫌な感じがした。まるで、容疑者の自宅を調べる警察官のようではないか。

夫を救うためなどと言っているが、木下の言葉に嘘はないのだろうか。

「安濃一尉は、書類のようなものを持ち帰っておられませんでしたか」

そう尋ねられても、思い当たるようなものは特にない。

「いいえ。仕事上の書類などは、自宅に持ち帰らないようにしていたと思うんですけど。私はこの半月、事情があって実家のほうで暮らしておりましたので、最近のことはよくわかりません」

ちかりと、木下の目の中で何か光るものがあったような気がする。それが、何かに気づいたとか、何かを見つけたとか、そういう輝きだったのかどうか、よくわからない。

「資格試験を受けたりするために、教材などを持ち帰ったこともありませんか」

「ああ、それは――」

木下に言われてようやく思い出し、居間の隅にある書棚を見せた。唯一の書棚だ。娘の美冬もまだ小さいので、これ以上のものは必要ない。それでも、一応はスライド式になっていて、かなりの冊数が入る。

「試験勉強の本は、この棚に入ってますけど」

自衛隊員は資格を取らなければいけないのだと言って、夫もよく試験勉強をしている。

「後で拝見しますね」

木下がちらりと書棚に視線を走らせた。

固定電話のベルが鳴り始めた。

「取らないでください」

すぐさま木下が強い口調で指示したので、驚いて見返した。

「どうしてですか」

「さっきもお話ししましたが、敵側が何を考えているかわかりませんから」

「でも、大事な用件ならどうするんですか」

「それなら留守番電話にメッセージを残すんじゃありませんか」

しばらく留守にしていたので、固定電話は留守録モードにしたままだ。メッセージも何件か溜《た》まっていた。戻ってすぐに聞いてみたが、残されていたのはセールスのメッセージばかりで、大切な用件とも思えなかった。大事なメッセージは、夫が聞いて消したのかもしれない。ママ友との連絡は、携帯で取り合っているから、そもそも自宅にはそれほど電話がかかってこないのだ。

留守録のメッセージが流れ始めると、相手はすぐに通話を切った。

ほらね、と言いたそうな表情で、木下が肩をすくめる。そうだろうか。本当に、大切な用件ではないのだろうか。何となく、電話機をじっと見つめてしまう。

ミサイルテロに関わっていた疑いがあって、安濃が取り調べを受けている、と木下は言った。驚くというより、とうてい信じがたい話だ。

夫がしばらくひとりで暮らしたいと切り出した時には、離婚でもするつもりなのかと、急な話に驚愕《きょうがく》した。夫婦仲、というものを今さらながら考えても、べたべたに甘い関係ではないが、特に悪いほうでもなかった。娘の美冬に対してはひどく甘い父親だし、職業柄帰宅が遅かったり、生活が不規則だったりはしたものの、総じて良い夫だと思っている。やけに神経質なところがあって、冷蔵庫の中身を見てしきりに消費期限にこだわったりして、苛立《いらだ》つことはままあった。きつい態度をとったこともあったかもしれない。しかし、その程度は普通の家族ならよくあることだ。

(君には何にも落ち度がない。君のせいじゃないんだ)

仕事のことなんだ、と夫は言っていた。少なくとも、仕事上の悩みを抱えていたことは確かだ。しかし——それは、自衛隊を裏切ったり、自分の職務に反したりするようなことではなかったと思う。断じて、そういう男ではない。

——落ち着かない。

コーヒーも入れてしまうと、何もすることがなくなって、紗代は困惑しながら室内の片付けを始めた。横浜の実家に戻ってから半月。夫は決して家事が得意ではない。脱ぎ散らかしたシャツがあちこちに掛けてあったり、捨てそこねたキッチンのゴミが溜まっていたりもした。

木下が作業に熱中している隙に、紗代はそちらを片付けた。

八時半。政府が、外出を避けるようにと指示した時刻まで、あと一時間半しかない。今夜はこちらに泊まることになるだろう。

「木下さん。おなか空《す》いてませんか。お食事、何か作りましょうか」

冷蔵庫の中身は空っぽに近かったが、レトルトのカレーや電子レンジで温めるだけで食べられるご飯などはある。二週間ほど前に様子を見に来た時から、あまり変化していないところを見ると、あまり食べていないのではないかと思った。あるいは外食しているのか。

「お気遣いありがとうございます。どうぞおかまいなく」

木下が遠慮がちに答える。時刻から見て、彼が夕飯を食べていないのは明らかだ。遠慮しているようだが、作れば食べてくれるだろう。食事をしながら、夫のことや府中基地のこと、事件のことなど、あれこれ聞きだすこともできるかもしれない。そう思って、カレーを温めるために鍋《なべ》に水を張ってお湯を沸かし始めたとき、玄関のチャイムが鳴った。

振り向くと、木下がパソコンの前に座ったまま、声を出すなというように口の前に指を立てていた。

「でも——」

急に紗代を睨むような目つきになり、ゆっくり首を横に振った。そうやってぎらりと目を光らせると、朴訥《ぼくとつ》な青年のおもざしが、まるで表皮がぺろりと剝《は》がれるように消えうせた。そばかすだらけで純情そうな男は、どこに行ったのか、と戸惑うほどの豹変《ひょうへん》ぶりだった。

思わず身体を小さく震わせる。

本当に、この男の言う通りにしていいのだろうか。夫は、自分の仕事のことを家に帰って話すタイプの男ではない。木下という部下がいることくらいは、聞いたことがあるかもしれないが、自宅に連れてくるようなこともなかった。

——この人、本当に信用できるのかしら。

昨夜から今朝にかけて、あれだけ必死になって夫を捜し回ってくれていた遠野二尉と同行していた。だから、この男のことも信用したのだ。それなのに、今は遠野とも連絡を取るなという。

誰かが、扉を拳《こぶし》で叩《たた》くような音がした。

「安濃さん！　いらっしゃいますか！」遠野の声だった。

「奥さん、ご無事ですか！」

男性の太い声も聞こえる。一瞬、泊里ではないかと考えたが、声の質が違うようだ。

「やっぱり、出ます――」

紗代は急いでインターホンに近づき、受話器を握ろうとした。木下が飛んできた。

「いけません！」

ひそめた声とともに、右手を摑《つか》んで離さない。なぜそこまで、自分の行動に制約を加えるのか。

――おかしい。

揉《も》み合いになった。悲鳴を上げようとしたのを察知したのか、木下の手のひらが、紗代の口をふさぐように覆う。

「――！」

「静かにしてください」

何だこの男、と思った。いくらなんでも、おかしすぎる。府中基地の人間だというだけで、信用した自分が馬鹿だったかもしれない。

なりふり構わずもがいたが、力では絶対にかなわない。玄関のドアを叩く音は止《や》まない。それだけが希望の光だ。口をふさぐ手を引き剝がそうと力を込めて木下の横顔を見上げると、逃げ道を探そうとしているのか、慌てた様子で周囲を見回している。額の汗が光る。

先ほどマンションに着いた時点で、木下は室内をあらためたはずだった。裏口や勝手口などないことぐらいは、確認したはずだ。もちろん、狭いマンションの中に大人が隠れる場所などない。このまま、遠野たちが帰るのを待つつもりだろうか。

遠野たちの声は止んでいた。ドアをノックする音も聞こえなくなった。ふたりが帰った、とは思えなかった。マンションの管理人室にでも行ったのだろうか。鍵《かぎ》は夫も持っているはずだ。なぜ夫から鍵を受け取ってこないのか。

――いったい、どうなってるの。

外は静かになったものの、遠野たちが帰ったのかどうか、判断がつかないのだろう。木下は、息をひそめるようにじっと様子を窺《うかが》っている。

紗代は、空いている左手で木下の腕をはじいた。手をどけてくれ、という意味をこめて、強く叩いた。

「離しても、静かにしていてもらえますか」

木下が迷うように目を光らせる。わかった、と紗代は頷《うなず》いた。ようやく、口をふさいでいた手が離れていった。いつでもまた口をふさげるように、油断なく腕を摑んでいる。

「――いったい、何をするんですか」

息を切らしながら鋭く責めると、木下が表情を曇らせた。先ほど一瞬だけ見せた、底意のある目つきはどこかに消えて、元の純朴な青年に戻っている。

――もう、その手には騙《だま》されないわよ。

紗代はひそかに誓った。

「すみません。とっさに」

「今来ていたのは、遠野さんですよ。主人に何かあったんじゃないんですか」

木下は何か、迷っている。何かを捜しているのかもしれない。

「少し待っていてください」

ふいに立ち上がり、足音を忍ばせて玄関のドアに寄った。魚眼レンズから、外を覗《のぞ》いている。遠野たちが帰ったかどうか、確かめているのだろう。

――まだ、いてくれますように。

祈るような思いだったが、すぐに木下はドアから離れ、今度はマンションの前が見下ろせる窓に近寄った。カーテンを薄く開き、階下を見下ろしている。前の道路に誰かいないか、確認しているのかもしれない。その横顔に、ほっとしたような表情が浮かんだ。

――信じられない。

彼らはもう帰ってしまったのか。

ほんの数分、ドアを叩いたり呼んだりしただけで、諦《あきら》めたのか。遠野は、実家の電話番号を知っている。携帯で会話していた最中に連絡が取れなくなって心配してくれたのなら、きっと実家にも問い合わせたのだろう。府中の自宅に行くと言って、連れ出されたことは気づいたはずだ。だからここに来たはずなのに――

「僕はここを出ます。安濃さんのパソコンは、借りて行きますから」

どう言えばいいのかわからなかった。木下は機械に慣れているらしく、ノートパソコンを閉じ、電源のアダプタまできれいにまとめると、抱えて立ち上がった。

――持って行かせてはいけない。

そんな気が強くしたが、身体が動かない。

「あなた、主人を助けたいだなんて、嘘じゃないんですか。あなたのほうが、主人を陥れようとしているんじゃ――」

ちらりと振り向いた木下が、しかたなさそうに薄く笑った。嫌な笑い方だ。

その憫笑《びんしょう》が、まるで「今ごろ気づいたのか」と言っているように見えた。思わず、頭に血が上る。

――こんな人を、家に入れるなんて。

パソコンを持って行かせてはいけない。こみ上げてきた怒りが、恐怖を忘れさせた。とっさに、木下が抱えているパソコンを取り戻そうと、手を伸ばしていた。

「奥さん、離してくださいよ」

パソコンにしがみついた紗代を見下ろし、それでも木下はまだ、困惑した好青年を装おうとしているらしい。パソコンを取り返したところで、どうするというあてがあるわけではない。ただ、絶対にこれをこの男に渡してはいけない。そんな気がした。

「離せって言ってるでしょう！」

木下の声に、少しずつ苛立ちが混じりはじめる。紗代は負けじと声を張った。

「あなた、絶対変だわ。うちに上げるべきじゃなかった。帰ってください。これはあなたには渡しません」

「奥さんも変な人だな。これは、安濃一尉が外部と通信した内容を調査する上で、絶対に必要なんです。これを渡してもらえないと、ご主人を無事に取り戻せないかもしれませんよ」

「さっきから、あたしのこと馬鹿にしてるの？　冗談じゃありません。あなた、主人を助けるつもりなんか、ないでしょう」

噛《か》みつくように叫ぶ。

木下の手が、パソコンにしがみつく紗代の手を強引に振り払った。彼女がよろめいた瞬間、背後でガラスが割れる音がした。わけがわからず、彼女は悲鳴を上げてうずくまる。

「木下！」

大きな黒い物体が室内に飛びこんできた。男性の声だった。何が起きたのか、わけがわからなかったが、とっさにベランダからだと思った。火災などの際に、隣の家からベランダを伝って逃げられるようになっている。それを使って、窓から入ってきたに違いない。

ガラスで怪我をしないように、頭から黒いカーテンをかぶって男が飛びこんできたのだと気づいたのは、しばらくたってからだった。がっしりした体格の、三十代ぐらいに見える男性だった。慌てふためいて逃げようとする木下を軽々と押さえつけ、紗代を呼んだ。

「奥さん！　外の廊下に遠野二尉が隠れてますから、入れてあげてください」

ほとんど無我夢中で、男の指示に従う。手が震えていて、思うようにチェーンすら摑めないことに驚いた。

「ご無事でしたか！」

心から安堵《あんど》した様子で、開いたドアから遠野が笑顔を見せた。危うく、涙ぐむところだった。

「木下、おまえいったい、ここで何をするつもりだった！」

男の声を聞いて、遠野も中を覗きこむ。その目が、ぎょっとしたように丸くなる。

「え――木下士長？　どうして？」

男が馬乗りになって押さえつけている木下は、ふてぶてしい表情で黙りこんでいる。さすがに、にこやかな好青年の仮面は剝《は》がれ落ちたものの、観念した様子はまったくない。何を考えているのかわからないが、ふてくされたようにも見える表情で、彼らから顔をそむけている。

「遠野二尉！　警察を呼んでください」

業を煮やしたのか、男が鋭い声で叫んだ。今朝、遠野といっしょに来た四方という男だとようやく気がついた。

「こいつ、ここで何をするつもりだったのか警察で調べてもらいましょう。おまえこそ、テロリストの仲間なんじゃないのか、木下！」

「その人が、電話に出るなと言ったんです！」

紗代は思わず木下を指差した。声が震えた。

「誰が主人と敵対しているかわからないから、出るなって」

四方が一瞬顔を上げ、こちらを宥《なだ》めようとするかのようにゆっくり頷いた。遠野の手が優しく紗代の背中に当てられ、誘導されるようにソファに連れて行かれた。

「もう、大丈夫ですから。安心してください」

腰を下ろすと、遠野がグラスに水を汲《く》んでくれていた。紗代は自分が息を切らしていたことにようやく気付いた。冷たい水をいっきに飲み干して、ようやく人心地がついた。

「ありがとうございます」

「いいえ。怪我はないですか」

頷き、木下に視線をやる。

「木下士長だって、安濃一尉を助けるために北軽井沢に行くチームに志願したんですよ。それでテロリストに撃たれて怪我までしたんです。こんなことをするなんて——」

遠野の声に、木下がこちらを振り向いた。表情が微妙に変化し、苦々しいけれども先ほどのような嫌味な嘲笑《ちょうしょう》は影をひそめていた。この男は、場面に応じて役者のように自分を作ることができるのだろうか。背中に冷たいものを感じながら、その生真面目そうな顔を見下ろす。

「遠野二尉！　誤解なんです。僕は、安濃一尉を助けるために、テロリストと安濃さんが無関係だという証拠を掴《つか》みたいと思って——」

木下に騙されてはいけない、と紗代が注意を促すより早く、遠野が悲しげに首を振った。

「あなたの今日の行動を見ていると、とても信じられない。だいたいあなた、安濃一尉が府中基地に連れて行かれたことを知ってたそうじゃない。北軽井沢で銃撃されて病院で治療を受けて、その後は基地に戻ってなかったのに、いったいどうやって知ったの？　安濃一尉が戻ったことは極秘事項で、基地でも一部の人間しか知らないのよ」

木下は何か言い返そうとするかのように口を開いたが、適当な言い訳が見出《みいだ》せなかったのか、やがて諦めたようにそっぽを向いた。

遠野が深く長いため息をついた。彼女もこの青年を信用していたのだろう。

「——よし。警察には連れていかない」

何を考えたのか、四方が木下の両腕を掴んで立ち上がらせた。

「府中基地に来い。公安部の連中もいることだ。言い訳があるなら、連中の前でするといい。

じっくりおまえの話を聞こうじゃないか」

　どことなく、木下が青ざめたような気がする。

「言っておくが――いいか。下手な作り話をして、安濃一尉を傷つけたりスパイに仕立てあげようとしたりしても、おまえの嘘なんかすぐにばれるからな。覚悟を決めて話せよ」

　ふと、木下が持ちこんだもののことを思い出した。

「その人、USBメモリを持ってきていたんです。その中に、何か入っているかもしれません」

　けげんそうな顔をした四方が木下のポケットを探り、先ほど見たのと同じ、小さな棒状の機械をつまみ出した。みるみる表情が険悪になる。

「これは、何のために持ちこんだ？」

　木下はそ知らぬ顔でそっぽを向いた。四方をさらに苛立《いらだ》たせようとしているようにも見える。

「とにかく、基地に移動しましょう。もうあまり時間が残されていないんです」

　言いながら、遠野の手がそっと肩に当てられるのを感じた。グラスをしっかりと持てないほど、まだ身体が宙に浮いたようにおぼつかない。

　遠野が寄り添うように隣にいてくれるのが、心からありがたかった。

11　反撃

日本時間二一〇〇　東シナ海

「時間だ」

イ・ソンミョクが指示を出すタイミングは、まるで時限装置のように正確だった。

和美は輸送ヘリの中にいるよう指示されていた。おそらく、見られたり聞かれたりしたくない何かがあるのに違いない。

――どうせあいつらの言葉なんか、聞いても私にはわからないのに。

仲間同士で会話する時には、彼らは母国語を使っている。

ヘリの乗降口から、そっと外を覗《のぞ》いた。もう、とっくに太陽は水平線の下に沈んでしまった。

今夜は分厚い雲が空を覆っていて、月の光もない。テロリストのための夜だ、と先ほどイ・ソンミョクがわざわざ和美の様子を見に来て、珍しく感慨をこめて告げた。

男たちが一斉にメガフロートの上を走りだす。彼らの手にはフラッシュライトと無線機が握られており、光の信号と無線を利用して曳航《えいこう》船と連絡を取り合っている。

曳航船が、加速した感覚があった。和美たちが乗っているメガフロートが最後尾だ。半時間ほど前に先頭の一枚を曳航していた船が錨泊《びょうはく》し、メガフロートは停止したという連絡があった。玉突きをするように、二枚目、三枚目と後続のメガフロートが接近しつつある頃だ。

和美の目にも、その映像がありありと浮かぶ。月がないのが残念だ。月光のもとで、次々にドッキングするメガフロートの姿はさぞ雄大で美しいことだろう。

ヘリから出ないように、と言われていたが、慌ただしい気配に刺激を受け、そっとコンクリートと鋼鉄の白い地面に足を下ろした。いてもたってもいられないような感覚だった。

曳航船の船尾灯が、遥《はる》か波の上に見える。身体に張り付くような黒い軍服に身を包んだ男たちは、闇に半分溶け込みながら、舳先《へさき》で潮を読む船乗りのように、前方に足を踏み出し、行く手に目を凝らしている。

生ぬるく湿気《しけ》た潮風が、和美の頬をかすめた。今ごろ日本はどうなっているのだろう、とふと思う。

「どうした。何か気になるのか」

振り返ると、イ・ソンミョクがすぐそばに立っていた。この男は完璧《かんぺき》に気配を殺すことができる。足音も立てない。

「いいえ。――ただ、じっとしていられなくて」

和美の言葉に、その一瞬だけ彼が好意的な微笑を浮かべた。戦士と認めた相手だけに向ける微笑だと思った。

身のうちに湧き上がる、静かな興奮。

――戦いが始まる。

下腹部、四肢、指の先まで、みっしりとした力が行き渡る。首の後ろがぴりぴりとして、視力が急に良くなったように感じる。神経が、つんと冴《さ》え渡る。

前方を監視していた男たちのひとりが、手を上げて大声で何か叫んだ。

「見えたらしい」

先行しているメガフロートに、ようやく追いついたのだ。一緒に来い、と軽い身振りで指示されて、和美は彼の後に従った。巨大な白い甲板のようなメガフロートの上を、イ・ソンミョクは四足の獣めいたしなやかさで進んでいく。

この男たちは、どんな訓練を受けてきたのだろう、と和美が不思議に思うような歩き方だった。

なぜ彼らが、和美や加賀山たちの計画に、これほどの手間と金をつぎ込んで協力したのか、今では和美もうすうす気がついている。彼らはこれを機会に、故国から脱出するつもりなのだ。脱出して、自由になる。自由になるためには、莫大《ばくだい》な金が必要だ。

F―2に搭載したミサイルを材料に、彼らは日本に大金をせびろうとしている。

前方の海上に、三枚のメガフロートを連結させた、細長い滑走路ができあがりつつある。あとは、和美たちが乗っている四枚目を連結させれば完成だ。前から順に、補強用の金具でプレートを固定し、波による揺れを減少させる。滑走路灯の代用として、ライトを滑走路脇に並べていく。もっともこれは、着陸時には必要だったが、離陸時にはなくても飛べるだろうと和美は考えていた。客を乗せた民間航空機を飛ばすのとはわけが違うのだから。

「あのF―2は単座だったな」

イ・ソンミョクが呟《つぶや》いた。戦闘機はまだ遮光用の銀色のシートをかぶせられたまま、輸送ヘリの近くに置かれている。和美はとまどって黙り、イ・ソンミョクの横顔を窺《うかが》い見た。

和美が奪ってここまで飛ばしてきたF―2戦闘機は、単座のF―2A。訓練機として使われるF―2Bなら複座だが、燃料搭載量が少なくなるので、避けたのだ。イ・ソンミョクも知っているはずだし、計画段階でも話した記憶がある。今さら、何を考えているのだろう。

「複座なら、君も連れて行けたのだが」

彼の言葉に、和美は耳を疑った。思わず、両手を強く握りしめる。

「――どういうことですか。あれは私が飛ばします」

イ・ソンミョクがちらりとこちらを振り返り、憐《あわ》れむような表情を浮かべた。

「失敗は許されない。日本にいるソンたちと連絡が取れなくなっている。ひょっとすると、警察にやられたかもしれない。日本政府との交渉が進展しない限り、残された切り札はF―2しかないんだ」

「ですから、私がやります」

「まさか」イ・ソンミョクが首を横に振った。

「それほど肝心なことを、外国人の女性に任せる気は、私にはない」

これは自分と加賀山が立てた計画だ。

この男は協力すると言って、最後の最後に、計画のもっとも大事な部分を自分から取り上げるつもりなのか。

話が違う、と叫びたい気持ちをぐっと抑え、和美はことさらに冷静さを保とうとした。この男を相手に、熱くなってはいけない。これがイ・ソンミョクの最終テストである可能性も、まだ残されている。肝心な時に、頭に血が上って冷静さを失う人間だと思われたのでは、うまくない。

「加賀山さんを交えて立てた計画では、私がF―2を飛ばす約束でした。それでは加賀山さんも納得しません」

「カガヤマとも連絡が取れない」

腋《わき》の下に冷たい汗が滲《にじ》むのを感じた。冗談ではない。この男は、加賀山と連絡が取れなくなったのをいいことに、F―2を自分のものにしようというのか。

「失礼ですが、イ・ソンミョクさん。あなたはF―2を飛ばした経験がありません。私は自衛隊時代に実戦配備機を飛ばしたことはありませんでしたが、訓練機を飛ばした経験はあります」

「F―2の経験は必要ない。私もF―16を飛ばしたことはある。F―2のマニュアルも入手して、読んでおいた。心配無用だ」

F―2はF―16をベースに日本国内で開発された戦闘機だ。F―16の操縦経験があるのなら、電子機器のマニュアルなどを読みこんでおけば、飛ばせるかもしれない。

問題は、彼がそこまで用意をしていたということだ。つまり、彼はそもそも、和美にF―2を任せるつもりなどなかったのだ。

――司郎。

和美は、手袋をはめた右手で、左手をそっと握った。薬指にはめた指輪は手袋の下に隠れているが、今の彼女には何かの助けが必要だった。

――何とかしなければ。

加賀山に連絡を取りたくても取れない。メガフロートの上にいるのは、イ・ソンミョクの部下ばかりだ。こちらの助けになるような人間は、ひとりもいない。たとえ抵抗したとしても、彼らが和美を捕まえて海の中に放り込めば、それで何もかも片がつく。

何か、方法があるはずだ。イ・ソンミョクたちが約束を破り、自分や加賀山を裏切ったのだから、こちらも対抗手段をとるしかない。

「心配いらない。目的はきっちりと果たす。君は安心してヘリで待っているといい」

イ・ソンミョクは不遜《ふそん》に言い放ち、猛獣のような大きな口もとを左右に引きながら、ちらりと歯を見せた。

——この男を何とかしなければならない。

いざとなれば、彼を殺してでも自分がF—2の操縦桿《かん》を握る。

和美はそっと視線をそらしながら、それだけを考え続けていた。

二一〇〇　航空自衛隊府中基地

「おまえら、これ以上、頭痛の種を増やすなよ」

説明を聞き、がっくりと肩を落とした泊里に、真樹は唇を尖《とが》らせた。勝手に動き回った安濃のしりぬぐいをして回っているというのに、この評価では割に合わない。

「お言葉ですが、泊里一尉。べつに私たちは好きこのんで厄介事を増やしているわけではありません」

泊里は総務省との交渉が順調に進んだので、府中に戻ったばかりだという。基地に入ったところでばったりと会ったので、安濃の自宅で起きたことを説明したのだ。

道々、沢島二佐にも状況を報告し、その指示で四方が木下を別室に連行した。異常事態の連続に、確かに沢島の声も困惑していた。

「それから、安濃一尉の奥様が、まだ駐車場の車の中にいます。基地に入る許可を取ってからと思ったので」

「紗代さんも来てるのか」泊里が厳しい表情になった。

「基地に連れてきたのは、まずかったかもしれないな。何しろ安濃は公安の取り調べを受けているんだろう」

「ですが、木下士長の行動について詳しい説明ができるのは、奥様だけですから」

泊里は難しい顔になって鼻から太い息を吐き出した。

「木下のやつ、安濃が知ったら怒り狂うぞ」

「何のために、安濃一尉の自宅に入ったのか、目的もはっきりしません」

「木下は安濃のパソコンを持ち去ろうとしたと言ったな。それも持ってきたのか」

「ええ、念のために。それから、木下士長が持ち歩いていた、USBメモリも押収しました」

「テロリストが切った刻限まで、あと三時間ほどだ。おまけにここでは、加賀山さんをはじめ、安濃まで公安の取り調べを受けている。これ以上ややこしい事態にならないように、木下はこのままひとりで会議室に閉じ込めて、放っておいたらどうだ」

大きな手で自分の短い髪をくしゃくしゃと掻《か》き混ぜた。やってられん、というジェスチャーらしい。

「しかし、もし木下士長がテロリストの仲間だったら――」

「おいおい」聞きたくなさそうに顔をゆがめる。

現在のところ、ミサイルテロに加担したことがはっきりしているのは、加賀山や米田、菊谷和美など退役自衛官ばかりだった。現役の自衛官では安濃が取り調べを受けているものの、否認している。この上、木下がテロリストと内通していたなどという事実が発覚すれば、不祥事どころの騒ぎではない。

「とりあえず、安濃のパソコンとUSBメモリを貸してみてくれ。俺が調べてみる」

泊里が手のひらを上に向けて差し出した。彼がパソコンに詳しいということを思い出し、ハンカチにくるんでポケットに入れておいたメモリを渡した。

「パソコンはまだ車の中なので、後で取ってきてお渡しします。――安濃一尉は、まだ解放されないんでしょうか」

「テロリストと無関係だと証明されない限り、無理だろう。ま、ちょっとこいつを調べてみよう。俺がひとりで見ると、後で何を言われるかわからんからな。警務隊にも声をかけるよ。少し時間をくれ」

あっさりと答えた泊里は、メモリを持ったまま、熊のような背中を向けて立ち去った。

安濃は公安の刑事とともに、取調室に入ったきり出てこない。そろそろ三時間になる。

――いけない。紗代さんが待ってるんだった。

沢島の許可を得て、紗代を基地の中にかくまうつもりだった。木下がテロリストの仲間なのかどうかもはっきりしない以上、自宅にひとりで放っておくわけにはいかない。

真樹は隊長執務室に向かって急いだ。

二二〇　総理大臣官邸

『諸君、これが最後通告だ』

その男は、黒いニットの目だし帽をかぶっていた。顔の造作はわからないのに、凍りつくほど鋭い双眸《そうぼう》が、男の第一印象を形作っている。薄い唇は強い意志の力を感じさせるし、淡々とした声からは頭の回転の速さと冷静さも読みとれた。

浅間防衛大臣は、危機管理センターの会議室に集合している他の大臣たちと同じように、壁面スクリーンに投影された、男の映像に見入っていた。

新型ミサイルを、F－2戦闘機ごと乗っ取り、海上に隠したテロリスト。やりくちの荒っぽさと裏腹に、男の目の表情は冷徹で、どこか教養の高さや思慮深さのようなものを匂わせている。高度な教育と訓練を受けた人間だ。ただのテロ屋などではない。

――この男は、軍人だ。

ひと目見て、浅間の脳裏に浮かんだのはそれだった。それも、かなりの高級軍人。エリート将校の空気を漂わせている。

『刻限まで、三時間を切った。現在のところ、君たちは我々の期待を裏切り、要求に応じる姿勢を見せないばかりか、我々の仲間に対して不寛容な態度を示している。我々の間に交渉の余地はない。これ以上の督促もしない。ドバイの仲介人が解放され、要求通り彼に金が支払われたことが確認できなければ、二十四時、君たちの上にあれが落ちる』

男がカメラの前から身体をそらすと、その背景にF－2とミサイルが見えた。残り三発。

残り時間が短くなったという安心感ゆえか、それとも事態が進展しないことによる焦りゆえなのか、テロリストはついに衛星電話を経由した直接の通信という手段に出た。

映像が終了した。石泉官房長官が通信の状況を確認させたが、相手側が回線を切断した、との回答だった。

「今、衛星電話の位置を逆探知させています。例のメガフロートからの通信でしょう。彼らはもう、自分の位置を隠そうとしなくなった。時間的に、隠す必要がなくなったと判断したのでしょう」

官邸対策室のメンバーを、石泉がひとりひとりじっと見透かすような目で見まわした。

妙な表情をして、映像を見ていた倉田総理が、椅子の中で身じろぎする。

「今の男――軍人じゃないかね」

怖気《おじけ》づいている。倉田の雰囲気から、浅間はそう感じ取った。ただのテロリストなどではなく、軍人。背後に国家の匂いを嗅《か》ぎとり、怖気づいたのだ。

このミサイルテロは、テロで終わらないかもしれない。

「総理、あれはテロリストです。我が国のミサイルを盗み出し、撃ち込むと宣言しているのですから、間違いありません」

石泉がきっぱりと言い切ったので、浅間はますますこの男が気に入った。彼も、倉田の考えを読んだのだろう。

「しかし、ここは慎重にならねばいかんと思う。万が一、対応を誤れば戦争になるかもしれない。」

その言葉を倉田は飲み込んだようだった。あまりに荒唐無稽《こうとうむけい》。自分でそう感じたのかもしれない。

相手の輪郭が見えただけで、もう腰が引けている。

こみ上げてくる失望を隠すのに苦労する。そう言えば、倉田はキリスト教徒だった。右の頰を打たれれば、残りの頰を差し出すつもりなのだろうか。正義がこちらにあるというのに、相手の顔色ばかりうかがって主張しないのは、ただの惰弱だ。

「総理、たとえミサイルが我が国の土地に落ちようとも、テロリストに金を支払うわけにはいきません。世界中で笑い者になります」

浅間は重い口調で釘《くぎ》を刺した。

ダッカ事件で政府は六百万ドルの身代金支払いに応じた。あれから三十数年がたち、世の中は変わった。しかし、海外のゲリラに誘拐された邦人を救出するために、ひそかに大金が動いた、と噂されることは今でもある。真偽はともかくとして、ミサイルを盗んだテロリストたちは、日本政府が国民の安全を守るために、テロリストなどに金を払うと考えているのだ。まず、そこから腹立たしいではないか。

「しかし、自衛隊がメガフロートを襲撃するわけにもいかないだろう。在日米軍に頼むのかね」

「F—2が来れば、戦闘機と対空ミサイルで迎撃することになります。東シナ海の微妙な位置にいるメガフロートを攻撃するより、そのほうが自衛権の行使という我々の立場が誰の目にも明確になるでしょう」

テロリストは既に、樹海に向けてミサイルを発射した。たとえその時点で人的被害が出なかったとはいえ、単なる脅しではない。要求が呑まれなかった場合、次は本気で人口密集地域にミサイルを撃つだろう。

「迎撃か」

倉田が呟《つぶや》き、続けて言いかけた言葉を、何とか喉《のど》の奥に飲みくだした。

（本当にそんなことができるのか）

おそらく、倉田が口に出しかねたそのひとことを、浅間は読み取った。できるかどうかは問題じゃない。——やるしかないのだ。

二一四〇　航空自衛隊府中基地

何か様子が変だった。

安濃はしばらく前から加藤の質問を無視して、だんまりを決め込んでいる。急ごしらえの取調室として使われている会議室のドアを、これまで三度誰かがノックした。そのたびに書記をつとめる村上が席を立って応答し、加藤にメモを取りついでいる。

加藤の目に、苛立《いらだ》ちの色が濃くなっていく。外で何かが起きている。彼らは、それが安濃の耳に入らないように、必死で隠している。そんな気配を感じ取っていた。

「このまま無言の行を続けるつもりか」

白目を光らせながら加藤が安濃を睨《にら》んだ。これと言って特徴のない顔立ちだが、睨んだつもりでも、その無表情さが独特と言えば独特だ。

「加賀山さんか、上官となら直接話をする。それ以外は話さない」

安濃は何度か告げた言葉を繰り返した。加藤が身を乗り出す。

「口裏を合わせるつもりか。そんなことを俺たちが許可するとでも思うのか」

いつまでたっても堂々巡りだ。苛立っているのは、加藤だけではない。かろうじて背筋を伸ばして相対しているものの、こちらも少しずつ精神的に限界に近付きつつある。

現時点では逮捕されたわけではない。任意の事情聴取を受けているのだ。これ以上、話し合うことはないと言って、席を立ったところで、表向きは問題ないはずだ。

——ダメだ。

そうなれば、彼らは自分を逮捕する方針に切り替えるかもしれない。

膝《ひざ》にぐっとこぶしを押しあてて、感情の爆発をこらえている。こんなところで怒りを爆発させても、事態が改善されたり、良い方向に進展したりするとは思えない。

「——あんたたちこそ、さっきから俺に何か隠している」

鋭く切り込むと、加藤が無言のままねっとりした視線をこちらに向けた。

彼らが、感情を隠す技術に長《た》けているのは明らかだった。眉《まゆ》ひと筋たりとも動かさない。顔色のひとつも変えていない。それでも、安濃は自分の言葉に確信を持つことができた。このふたりは、都合の悪い時には表情を消すのだ。

廊下が、妙に騒がしくなった。

ここは地下二階にある会議室だ。関係者以外、通常は立ち入りを許可されない。こんな場所で不用意に騒いだりする人間がいるはずがない。

厳しい口調の女性の声が混じっていることに気がついた。何を言っているのかまでは聞き取れないが、よく響く声だ。真樹のアルトだった。

思わず立ち上がった。加藤がさすがに顔色を変え、両手を広げてドアの前に立ちふさがった。

「座ってろ」

「外で何があった」

「いいから座ってろ」

「俺は逮捕されたわけじゃない。連中と話して、何がいけない」

「あんたにその権利はない」

一瞬、頭に血が上り加藤の胸ぐらを摑《つか》むところだった。相手の目に、してやったりと言わんばかりのかすかな笑みが浮かぶのを見て、かろうじて思いとどまる。

――こいつ、俺が手を出せば公務執行妨害で逮捕するつもりだ。

逆に言えば、彼らはまだ、自分を逮捕する理由を見つけられないでいるのだ。

「これは任意の事情聴取だ。違うのか」

加藤は無言で行かせまいとしている。その目に浮かんだ勝利感が消えていく。

「俺は出て行きたい時に、この部屋を出て行けるはずだ」

「非常事態だ。ご期待には添いかねる」

睨みあった。

誰かが、せわしなくドアをノックしている。先ほどよりも危機感のこもった叩《たた》き方だった。

こちらの様子を窺《うかが》い、腰を浮かしかけていた村上が、慌ててドアに走った。

「俺たちは責任者を出せと言ってるんだ」

開けたとたん、泊里の大声が飛び込んできた。加藤がそちらに気を取られた隙に、横をすり抜けた。

「こら、待て！」

「泊里！　俺はここだ」

次の瞬間、開いたドアから、村上やドアの外にいた公安刑事、それから泊里に真樹、押し掛けて来ていたらしい自衛隊員たちが十数名、どっと部屋になだれ込んできた。木下と四方の姿も見えて、おやと思った。木下が、まるで犯罪者のように後ろ手に手錠をかけられている。さすがの加藤も呆然《ぼうぜん》とそれを眺めているしかない。

「安濃ひとりにてこずってるらしいな」

泊里がとぼけた様子で室内を見回した。真樹は、村上と牽制《けんせい》し合っている。

「あんたが責任者か？」

聞かれた加藤は、怒りのあまり青ざめて泊里に強い視線を向けた。

「貴様ら、公務執行妨害で――」

「その前に、隊内に送り込んだスパイに、証拠を捏造《ねつぞう》させようとした件について話を聞かせてもらおうか」

安濃は耳を疑った。泊里は岩のように落ち着いた様子を装っているが、内心では怒り狂っているのだろう。

「――なんだって？」

「木下士長が、おまえの自宅に上がり込んで、パソコンに細工をしようとしていた。おまえと加賀山さんとの間でメールのやりとりがあったように、データを捏造しようとしたんだ」

「木下が？」

思わず、木下を見つめる。ぷいと視線をそらした青年は、安濃と決して目を合わせようとしなかった。

木下士長に対しては、正直に言えばそれほど強い印象は持っていない。いつも穏やかで、にこにこ笑っているような部下だった。真樹から、四方と木下が自分を捜すために自ら同行してくれたと聞いた時には、四方はともかく、木下については意外な気がしたほどだ。人当たりはいいが、打ちとけないタイプだと感じていた。

「木下士長が持ち込んだUSBメモリを、警務隊と泊里一尉が解析してくれました。その結果に基づいて訊問《じんもん》したら、木下士長が自白したんです。私たちと一緒に、安濃一尉を捜したのも、安濃一尉がテロリストの仲間に違いないと考えたので、行方を追うためだったって言うんです！」

真樹が目を吊《つ》り上げて叫んだ。気が強いだけでなく、この新米二尉は気性がまっすぐだ。

「安濃が取り調べを受けることについては、こいつの行動が型破りなんだからしかたがないと俺も思った。しかしな、事件に関与した証拠を捏造するなんてのは、論外だ」

加藤は沈黙を守っている。黙っていることが、既に泊里の弾劾を裏付けているようだ。

「本当に、そこまで汚い手を使って俺を陥れるつもりだったのか」

信じられないと言いたいところだったが、彼らが緊急事態に舞い上がっていることにも気づいていた。どんな手を使っても、と考えた可能性はある。

「えらそうに言うな、どうせあんた、やってたんだろう！　加賀山とは昔から仲良くつるんでたじゃないか！」

木下が口汚く毒づくのを聞いて、怒りを感じるよりも驚き呆《あき》れる。自分はこの若者の何を見ていたのだろう。

加藤は素早く乾いた唇を舐《な》めた。その目の中で、計算がひらめく。

「そんな指示はしていない。その男が勝手にやったことだ」

認めるべきことは認めよう、と決意したのか、傲然《ごうぜん》と安濃の問いに答えた。木下が公安のスパイだということは、どうやら事実らしい。木下の様子を見て、切り捨てる気になったのだろう。

「これは緊急事態だ。誰もがその覚悟を持って、ことに当たっている」

安濃は眉をひそめた。それではまるで、緊急事態発生時の逸脱を認めると言っているようなものではないか。

「心配には及ばない」泊里が吐き捨てた。

「俺たちはあんたより、緊急事態には慣れている」

「泊里」安濃は彼に向き直った。このチャンスを逃して、次の機会はない。

「加賀山さんを、指揮所が見える会議室に入れてほしいんだ」

「おまえ、この上まだ何かやらかすつもりか」

泊里が目を細め、むっつりと腕を組む。それにひるんでいる場合ではない。

「そのために、府中に連れてきた。ここでなきゃ、できないからな」

「何を考えてる」

安濃が説明するに従って、泊里や真樹たちばかりでなく、加藤たち公安警察の人間までもあっけにとられたように安濃を見た。

「そんなにうまくいくだろうか」泊里が懐疑的に首をかしげる。

「うまくいく必要はないんだ」安濃は彼らを順に見渡した。

「とにかく、加賀山さんの信念に揺さぶりをかけることができればそれでいい」

「私は、やってみる価値はあると思います」

真樹が眉間《みけん》にしわを寄せながら、それでも大きく頷《うなず》いて賛同してくれた。

「府中ならたしかに、それが可能です」

安濃は頷き、加藤に向き直った。冷静さを取り戻したらしい加藤が、じっと自分を観察しているのがわかる。気分は悪いが、今は感情的なやりとりをしている場合ではない。

「時間をくれ。俺たちはテロリストを止めなきゃならない。あんたと俺の目的は同じだ」

「やってみろ」ようやく言った。

「ただし、あんたはこの部屋から一歩も出るな。計画を立てるのはいいが、実行は別の人間にやらせるんだな」

あんたを試してやる、とその目が言っている。

二二〇　航空自衛隊府中基地

まったく、もう。

まったくもう、まったくもう、と心の中で繰り返しながら、真樹は白い廊下を急いでいた。

準備は整った。後はやるだけ。

それはともかく、どうして彼らは、こんな厄介な役回りを自分に押しつけてくるのだろう。

地下二階、会議室が並ぶ一角を、公安警察の刑事たちが占拠している。加賀山、米田、安濃の三名を取り調べるために、用意された会議室だ。廊下の手前に二名の刑事が立ち、それぞれの会議室の前にも見張り役の刑事がひとりずつ立っている。室内には、訊問役の刑事と書記役の刑事。

――いったい何人で押し掛けてきたんだか。

加藤から連絡が行っているので、廊下を走り抜け、目的の会議室の前に立つと、見張りの刑事が今回は何の抵抗もなく真樹の代わりにドアをノックしてくれた。

入っていい、と促され、会議室に足を踏み入れる。

長テーブル。白い会議室。リノリウムの床。

向かい合って座るふたりの男は、こちらを見ようともしない。ひとりは加賀山一郎だ。濃い色のスーツを着たもうひとりは、公安刑事だった。少し離れたテーブルの隅に、別の刑事がノートを広げている。

「失礼します」

真樹の声に、刑事が顔を上げた。

「盗まれたF―2が、日本海上空を飛んでいるのをレーダーが発見しました」

色めきたったのは刑事たちのほうだった。加賀山は顔を上げ、こちらをちらりと見て妙な表情を作った。

「早すぎる」ささやくような声だ。

「まだ十時過ぎだ」

加賀山の目は、会議室の壁に掛けられた時計を見上げている。

「来てくだされればわかることです。先ほど官房長官が記者会見を行い、政府はテロリストと交渉の余地はないと宣言しました」

こんな手に、この男は乗るだろうか。

「安濃一尉が――あなたはこれから起きることを見たいはずだと言うので」

緊張のあまり、声が震えそうになった。

――いけない。これしきのことで、緊張している場合ではない。

「安濃が」

彼女の緊張を加賀山は好意的に受け止めたようだった。その表情にも、どこか懐かしげなものが浮かんだ。

「彼はどうしてる」

「取り調べを受けています。あなたの協力者ではないかという疑いがかかっていますから」

「まさか。彼は関係ない」

表情に影が落ちるのを見たが、その話を続けるつもりはなかった。もうあまり時間がない。

「指揮所が見える部屋を用意しました。あなたには、これから起きることを見届ける義務があるはずです」

刑事たちに加藤からの指示書を差し出した。そこには、彼女の指示に従うようにと書かれているはずだ。刑事たちはあまり好意的でない視線を向けたが、加賀山を促して立ち上がった。

「こちらへどうぞ」

先導しようとする真樹に、加賀山が微笑んだ。

「ありがとう。場所はよく知っている。ここに昔いたからね」

「──そうでした」

泊里から沢島にかけあってもらい、この数十分間でここまで用意するのは大変だった。

「どうぞ、中へ」

先ほどと似たような会議室。異なるのは大きく開いた窓があることだ。

加賀山の目は、その窓に吸い寄せられている。

──窓。

といっても、その向こう側も室内だ。ここは地下二階。窓の向こうは地下三階と二階の吹き抜けになっていて、窓のそばに行けば、地下三階に置かれたJADGEシステムのサーバー群と、大型ディスプレイに投影された指揮所のレーダー画面が見えるはずだ。

窓ガラスに映る光が、慌ただしく動いている。指揮所の喧騒《けんそう》が伝わってくる。ざわざわと底で蠢《うごめ》くような低い音声。時折飛び交う、鋭い叱咤《しった》の声。

真樹の戦場だ。加賀山にとっても、なじみの深い世界のはずだった。刑事たちは、物珍しげに内部を見ている。普通なら民間人が決して見ることのない世界だ。

めまぐるしく動く光が、指揮所の中を照らしている。レーダー画面の映像を、次々に切り替えているのだ。

加賀山は、刑事に腕をとられたまま、その窓ににじり寄った。ガラスに手を当て、眼下に広がるBMD作戦指揮所と、JADGEシステムを運用する指揮所運用隊の様子を見つめている。懐かしい光景のはずだ。制服を着た自衛官が忙しく動き回る。彼らが見上げているレーダー画面を、加賀山もじっと見つめていた。

日本列島の地図に重ねて、いくつかの光点が各地で瞬いている。レーダーサイトと、イージス艦。それから、各地で待機するPAC―3を擁した高射部隊の位置を示している。

「記者会見の直後に、米軍機が東シナ海に飛び、テロリストのアジトを急襲しました」

真樹は加賀山から目をそらすためにレーダーを見つめながら、そっと言葉を押しだした。自分に向けられる視線を感じる。自分の言葉を測っている。

「しかし、そこにいたF―2には、ぎりぎりのところで逃げられました。パイロットは、元自衛隊員の菊谷和美だと見られています」

――自分は嘘が下手だ。

嘘のつけない性格。それは美質なのかもしれないが、真樹の場合は勝負度胸に悪影響を及ぼしているようだ。ここぞという場面での、勝負強さ。粘りに粘って、どれだけ緊張していようと、平然と鼻歌でも歌ってみせるくらいの、芝居っけ。それがあれば、間違いなく射撃でオリンピックに行ける。

——やってやろうじゃないの。

「F—2は今夜二十四時のテロ決行時刻まで、メガフロートで待機しているつもりだった。ところが、襲撃を受けたので、隠れていられなくなったのでしょう。予定時刻より二時間早いですが、F—2はこちらに向かっています」

加賀山は軽く眉根《まゆね》を寄せ、無言でレーダーを見つめた。彼女の言葉が本当かどうか、考えているのだろうか。

サイレンが鳴った。

指揮所の内部が一瞬凍りつき、それから前以上の慌ただしさで動きはじめた。

「始まったわ」彼女自身もレーダー画面を見守った。

日本海側から領空に侵入した戦闘機が、赤い光点で表示されている。超低空で海上を飛行し、レーダーの監視を逃れる。本土上空到達と同時にいっきに東京を目指す。

各基地から、迎撃戦闘機が発進する。その光点が輝く楯《たて》のように、F—2の両翼を挟みこみ、そして——

——SEW、入感！

F—2がミサイルを発射した。

レーダーに、ミサイルの位置を示す新たな光点が生まれる。

XASM—3の射程は百五十キロメートルあまり。時速三千キロを超える速度で飛ぶミサイルが着弾するまで、およそ二、三分。

飛び立った戦闘機が、ミサイルを撃墜するため追い始める。

そうと見て、F—2が残り二発のミサイルを、次々に発射した。

その時だった。

たしかに、忍び笑いが聞こえた。

真樹は、ぎくりとして振り返った。加賀山が笑っている。ガラス越しに、その顔にレーダー画面の色とりどりの光がきらめいている。

静かに、唇を薄く開き、しのびやかに笑っている。すっきりと端整な加賀山の表情が、突然猥雑《わいざつ》な本性を覗《のぞ》かせたような気がして、一瞬真樹は口ごもった。

「何が——おかしいんですか」

厳しい表情を作ろうとした。加賀山はもうレーダーから目を離し、小馬鹿にしたように、まだうす笑いを浮かべながら、真樹を見返した。

「茶番だな。これは演習モードだ」

思わず唇を引き結んだ。——ばれている。加賀山は少し笑いをおさめ、それでもまだゆがんだ微笑をほのかに漂わせながら、首を振った。

「なるほど、アイデアとしては悪くない。私に演習モードを見せて、反応を試すつもりなのか。——安濃の発案だろう」

加賀山は自分に用意された罠《わな》を完璧《かんぺき》に見抜いている。

ＪＡＤＧＥシステムには、ミサイル防衛演習を行うための演習モードが組み込まれている。ミサイル発射地点や、ミサイルの数、気象条件など、発生しうるケースを想定し、さまざまな組み合わせを設定して演習を行うことができるようになっているのだ。

安濃が提案したのは、演習モードを利用して、今夜二十四時に発生するはずの出来事をレーダー画面で加賀山に見せる、というものだった。

——でも——どうしてこれが演習モードだと、すぐに気づいたんだろう。

画面が通常と変わるわけでもない。確かに、加賀山はJADGEシステムの開発に当初から関わった人間のひとりで、演習モードが存在することも知っているし、仕組みを熟知しているはずだ。それにしても——

真樹は窓の向こうに広がる演習風景に目をやった。

演習は続行され、PAC—3を示す光点が迎撃準備にかかっている。自分が何も知らずにこの光景を目にしていれば、演習だとは思うまい。

「どうして演習だとわかったんですか」

加賀山は何も答えず、あいまいな微笑を浮かべて黙りこんでいる。

「普通、この状況でこれが演習モードだなんて、気づかないでしょう」

「——演習と本番とでは、緊迫感が違う」

——違う。直感が、自分に何かを伝えようとしている。

「F—2がミサイルを発射した時——」

真樹は目を細めた。この部屋に入ってからの彼の様子を、細部まで思い起こそうとした。

「あなたは、F—2がミサイルを発射したのを見て、笑いましたよね」

その瞬間に、加賀山はこれが演習だと気づいたのに違いない。ということは、まさか——

「まさか、あなた方は——ミサイルを撃たないつもりなんですか？」

驚いたようにこちらを振り向いたのは、刑事たちだった。加賀山は、感情をなくしたようにうつろな笑みを浮かべたまま、黙っている。

「あなたは、パイロットがミサイルを発射しないことを知っている。だから、レーダー上でF—2がミサイルを発射したのを見た瞬間に、これが演習モードだと確信した。そうなんでしょう」

加賀山はあまり動じた様子がない。それでも、真樹は自分が正しいと信じることができた。もう、加賀山は真樹にも指揮所にも興味を失くしたように、無表情に会議室の中を見回した。

「相変わらず殺風景だ。——茶番はそろそろ終わりにしないかね。こんなことをいつまで続けても、私は何も言わないよ」

「なぜ撃たないんですか。ミサイルを盗んだのは、ただの脅しですか。加賀山さんは、北軽井沢で死んだあの男とは、別の目的を持っているんじゃないですか」

たたみかけるように問いつめる。今しかない。

「私たちは何があってもミサイルを止めて見せます。でもこの戦いはフェアじゃない。——安濃一尉がそう言ってました」

加賀山の顔色が少し動く。わずかなりとも興味を覚えたような表情だった。

「フェアじゃない、とは？」

「私たちはミサイルを止める。でも、ミサイルを止めたところで、この戦いが終わるわけではないですよね」

「どういう意味だろうか」

「このミサイル騒ぎがいろんなものの引き金を引こうとしているんです。中国海軍が東シナ海方面で妙な動きを始めたことがわかっています。あなたがたは、それを狙っていたんですか？戦争を起こすつもりでこんなことを始めたんですか？」

「まさか」その言葉は、初めて見せた動揺を含んでいた。

「それなら、最後まで責任を持ってください。あなたがたが始めたことです。そして私たちを無理やりゲームのテーブルに連れてきたんです」

「――何が言いたいのかね」

「安濃一尉は、加賀山さんがテロリストに騙《だま》されているんだと言ってます。何を考えて彼らに協力したにせよ、彼らは最初から加賀山さんたちを利用する気だったのだと」

「――安濃に何がわかる！」突然、加賀山が鋭い口調で応じた。

「あいつはいつも、逃げてばかりだ。少しは自分の選んだ道に賭《か》ける気になったのかと思えば、まだそんなことを言っているのか。連中が私を利用するつもりだったとか、そんなことは関係ない。私にはやるべきことがあった。自分で選んだことを、騙されたなどと軽々しく言わないでもらいたい」

勢いにたじろいでいる場合じゃない。

「彼らはいったい何者なんですか。一緒にゲームをプレイしろというなら、最初にルールを教えてください」

加賀山に軽く一蹴《いっしゅう》されるのは覚悟の上で、真樹はひと息に言いきった。

「ゲームはフェアにやりましょうよ」

加賀山の口元に、ふたたび酷薄な匂いのする微笑が上った。

「いいだろう」

真樹は、息を呑《の》んで次の言葉を待っていた。

「つまりヒントが欲しいというわけだ。私はこの国を戦争に巻き込みたいわけではない。彼らのことを知りたいのなら、守屋という男を捜すことだ。イ・ソンミョクたちを、裏で操っているつもりの男だ。君たちが知りたいことは、たぶん彼が知っているだろう」

12　転変

二三三〇　九段下

巡回中のパトカーが、通りを曲がって迎賓館の方角に走り去る。

チャンは、ビルの陰にひそんでさりげなくそれをやり過ごした。今夜、二十二時以降は不要不急の外出を控えるようにと、石泉内閣官房長官がテレビで呼びかけていた。

そのせいもあるのか、まだ十時半という時刻にしては、内堀《うちぼり》通りの交通量は少ない。夜になると、少し肌寒い。桜の花が咲く頃、この国では春だというのに、時に身を切るような寒気が訪れることがある。「花冷え」と呼ぶそうだ。彼は薄手のコートを身につけていたが、その姿が気候のおかげで不自然に見えないことを、ありがたく思った。

向かっているのは、靖国《やすくに》神社の近くにあるマンションだった。

——あの男も、皮肉な場所を選んだものだ。

薄い唇に、刃物のようなうす笑いを浮かべ、彼はまた通りを急ぎはじめた。身体が揺れると肩のあたりがにぶく痛む。

——痛み止めが切れてきたな。

だが、我慢できないほどではない。行動するにはさしつかえない程度だった。

北軽井沢にたてこもったソンたちが、機動隊と自衛隊員によって壊滅させられたことは、やはりテレビで知った。ソンは殺され、カガヤマたちはどうやら捕らえられたらしい。チャンなら、敵に捕まるくらいなら、自死を選んだだろう。この国のサムライ精神とやらは、もはや死に絶えたのか。

国内各地に、仲間が長い時間をかけて準備した補給ポイントがある。その数はおよそ数十か所。包囲網を敷いたつもりの機動隊をしり目に、彼は北軽井沢を脱出した。あらかじめ、脱出用の衣類や紙幣、医薬品などを用意して、途中に隠しておいたのが役に立った。戦闘服からジーンズと綿シャツ、薄いグレーのコートという衣装に着替え、撃たれた肩に応急手当てを施した。武器を手放すのは嫌だったが、マシンガンを持ち歩くわけにもいかない。ピストルのみコートのポケットに隠し、電車を乗り継いで東京に戻ってきたのだ。

途中、駅の待合室にあるテレビの前に、人だかりがしていた。さりげなく彼らに交じってニュース番組を見た。

——ソンが死んだ。

実感はなかったが、考えるとめまいがした。ソンほどの実力を誇る戦士が、むざむざと殺されるとは。それでも、報道によれば、ソンは死ぬ間際に何人もの機動隊員を道連れにしたらしい。周到に準備を重ねていたペンションの爆破装置も、巧妙な罠として働いたようだ。さすが、と彼は足早に歩きながら、心の中で呟《つぶや》いた。

北軽井沢グループの状況を、イ・ソンミョクはまだ知らないに違いない。定時連絡が入らないことで、予想よりも早く陥落したと考えてはいるだろう。できれば、チャンから国内の状況を報告したいところだ。

九段のマンションに行けば、必要なものはすべてそろっている。夜十時以降に電車に乗っていると、改札などでどのようなチェックを受けるかわからない。ピストルを持っていることが知られれば、厄介なことになる。そう考えて、早めに電車を降り、ひたすら歩いてマンションに向かっている。

遠くからパトカーのサイレンが聞こえるようだ。こちらに近づいているような気がして、彼は足を速めた。

ソンが死んだ、と彼は繰り返した。

仲間のために泣くことは、許されていない。しかし、イ・ソンミョクなら。

きっと、ソンのために涙を流してくれるだろう。何もかも終わった後に。

二二三五　九段下

「本当にここで間違いないですか」

泊里は同行の警察官が開いている地図を、横から覗《のぞ》きこんだ。

メゾネット九段下。地図に表示されている番地と、泊里がメモしてきた番地とを照合し、制服警官が頷《うなず》く。

「間違いないです。そこの、茶色い建物ですね」

府中基地からここまで、二台のパトカーのサイレンを間断なく鳴らし続けた状態で、飛ぶように駆け付けた。そうでなければ、とてもこんな時間ではたどりつけなかっただろう。

十階建てのマンションの窓は、ほとんど明かりが灯《とも》っている。振り返ると、後部座席に乗っていた公安部の刑事たちも、相次いで車を降りるところだった。

行きましょう、と言う代わりに、加藤はもうマンションに向かって歩き出している。いつまでたっても相容《あいい》れない態度を崩さない彼らに、泊里は軽く唇をゆがめて後を追った。先を行く加藤の肩は、虚勢を張るように尖《とが》っている。

――府中基地での演習モードを見た加賀山が、真樹に「守屋という男を捜せ」と言った。

そのひと言は、府中基地に来ていた刑事たちを驚かせた。震撼《しんかん》させた、と言ってもいい。本来なら、守屋に関する情報など自衛隊に漏らさないつもりだったかもしれないが、加藤がしぶしぶ教えてくれた。

「守屋は『北』のスパイだと見られている。北軽井沢で死んだソンという男と、携帯電話で何度か連絡を取り合っていた。彼らは秘密の電話番号を利用していたつもりかもしれないが、警察ではその番号が守屋という男のものだと既に摑《つか》んでいた」

「泳がせていたということか？」

加藤が頷いた。

守屋実《みのる》と名乗っている自称実業家が、実は「北」と深い関係を持ち、国内の外交官にパイプを作ろうと水面下で活動していることは、公安が摑んでいた。既に何人かの外交官が、守屋の手に落ちている可能性がある。

そんな男が、加賀山たちのグループに関わっているというのか。

「九階だ」

加藤と泊里はエレベーターに乗りこんだ。同行の村上刑事は非常階段を使うことになった。万が一、守屋が彼らの訪問に気づいても、逃がさないためだ。制服警官たちが、マンションを包囲している。

エレベーターを降りた泊里たちは、村上が合流するのを待ち、『守屋』と書かれた表札の下にあるチャイムを鳴らした。

『——はい』

インターホン越しの声。軽い緊張を読みとることができる。

「警視庁の者です。ちょっとお話があるんですが、開けてもらえますか」

『えっ、どちらさまですか』

「警視庁です」

インターホンの音声は途切れ、しばらくの間が空いた。チェーンを外す音とともに、ドアが開く。

「守屋実さんですね」

「――ええ。そうですが」

加藤が革靴の先をドアの隙間に素早く差し入れ、警察バッジを開いて相手にじっくり見る時間を与えた。

「警視庁の加藤です。ちょっと伺いたいことがありまして。中に入ってもよろしいですか」

泊里は、ドアの隙間から男を観察した。年齢は五十前後だろうか。髪は黒々としているが、額から後退が始まっている。そのせいで、少し老けて見えているかもしれない。細面で、眉《まゆ》、目元、鼻、唇など、すべてが細く、狡猾《こうかつ》そうな印象を与える。

「こんな時間に、何のお話ですか。いくら警察でも、勘弁してほしいんですけど」

守屋の声は低く沈んでいる。「北」のスパイだと言うが、ずいぶん流暢《りゅうちょう》な日本語だった。

「自衛隊の泊里です」加藤の肩越しに声をかけた。

「加賀山さんから、あなたのお話を伺っております」

その名前を聞いて、わずかに動揺を見せた隙に、加藤たちがドアに飛びついた。抵抗する時間を与えず、開いたドアから中に飛び込む。

「令状は、いま取りにやってるところです。もうすぐ持ってきますから待っていてください」

守屋が蒼白《そうはく》な顔色になった。

「令状って何の話ですか。あんたたち、勝手に人の部屋に入って――」

視線が、ちらりと室内に流れたような気がした。

――誰かいるのか？

玄関に、来客の痕跡《こんせき》を示す靴などはない。

「一刻を争いますから。入りますよ」

泊里が靴を脱ぎ、ずかずかと上がり込むと、守屋が口汚く罵《ののし》った。4LDKの間取りを、ざっと確認する。玄関を上がると、短い廊下の手前に風呂《ふろ》場などが並んでいる。奥の扉が居間に続いているようだ。さっさと居間に入り込み、周囲を見回した。

実業家を自称している守屋が、どのような商売をやっているのかは知らない。黒い本革のソファや、ガラスのテーブル、頑丈そうな造りのサイドボード。ざっと見ただけでもそこそこ費用をかけているようだ。実際のところはともかく、守屋が成功した実業家を装っていることは間違いない。

テーブルには、コーヒーカップがひとつだけ置かれていた。ここにも来客を示すものはない。

――俺の気のせいか。

窓のカーテンはどれもきっちりと閉じられている。泊里はベランダに出る窓に近づき、分厚いカーテンを勢いよく開けた。暗いベランダには、観葉植物の鉢などがいくつか並んでいるだけで、人の気配はない。

「突然こんな夜中に押し掛けてきて、令状だとか一刻を争うとか、どういうことですか。私はただの商売人ですよ」

「いいから。座ってください」

「いったい何の容疑ですか」

居間のソファに座るよう促されながら、必死で抵抗している。泊里は元通りカーテンを閉め、チェストに腰を下ろした。守屋の隣には村上が座り、加藤が正面のソファに腰を据える。

「守屋さん。もうすぐ、家宅捜索の令状と、あなたの逮捕令状が届きます。それまでは、任意の事情聴取になります。あなたが話したくないことは、言わなくても結構。――この男をご存《ぞん》知《じ》ですね」

加藤が見せたのは、安濃が射殺した、ソンと呼ばれる男の顔写真だった。現場で撮影された遺体写真だが、不快感を与えないよう、血痕《けっこん》などが写り込んでいないものを選んだようだ。

「知りません。見たこともない」

守屋はガラスのテーブルに載せられた写真に視線を落とし、そっけなく首を横に振った。

「知らないはずはないでしょう。この男は、あなたと何度も電話で話しているはずですよ」

守屋がそっぽを向いているのを見て、加藤は内ポケットから小型の手帳を取り出した。

「もちろん話したくなければ、黙っていてもかまいません。あなたには黙秘権がある。まあ、しばらくは私の話を聞いていてください。この男は今日の二十四時にミサイルを発射すると宣言しているテロリストの一味です。北軽井沢の『ペンションかがやま』に潜伏し、国外にいる仲間との連絡役と、警察を攪乱《かくらん》する役目をつとめていたと見られています。同行していた、元自衛隊員の加賀山一郎氏らから、ソンと呼ばれていた男です」

「知りません。弁護士を呼びます」

守屋が携帯電話をポケットから取り出し、開いた。加藤は、手帳に挟みこんでいたメモ用紙を、守屋の前でひらひらと振った。

「ソンは、潜伏先のペンションにいる間に、衛星電話を利用して何度かこの番号に電話をかけました。この番号、知ってますよね」

さすがに、外交官を籠絡《ろうらく》するために送りこまれたスパイだけのことはある。守屋の表情はみじんも変わらない。何か言うほど自分が不利になると悟ったのか、守屋は固く唇を引き締めたまま、黙っている。

玄関のチャイムがまた鳴った。

村上が席を立ち、インターホンで応答すると、すぐに玄関まで走った。

「令状が到着しました！」

ようやく届いた書類を、守屋が見えるようにテーブルに広げてやりながら、加藤が守屋を見据える。

「爆発物取締罰則の第四条。あなたには、爆発物を使用するよう、教唆した疑いがかけられています。自宅と、市ヶ谷の事務所、それから新宿で借りておられるマンションの家宅捜索令状です。事務所と新宿には、別の班が向かってます。念のために、それぞれの間取りを確認してもらえますか」

新宿のマンションと聞いた瞬間に、初めて守屋の表情が揺れた。隠れ家のようなものなのかもしれない。

「濡《ぬ》れ衣《ぎぬ》もいいところだ。ソンなどという男は知らないし、爆発物を使えと私が指示したというのか？　そんな馬鹿な。いったい何の証拠があって――」

ここに来るまでの間、加藤たちと短い会話を交わした。日本にはスパイ活動を防止する法律がない。公務員の守秘義務などは法律によって定められているので、外国のスパイに対して情報を漏洩《ろうえい》した場合、彼らは罪に問われる。ところが、スパイ本人に対しては許可を得ずに無線通信を行ったことによる電波法違反などの、軽微な罪に問うことしかできないのだ。

「守屋と関わりを持つ人間を完全に洗い出して、守屋本人は追い出すつもりだった」

スパイであることが発覚したスパイに、もはや価値はない。しかし、守屋は堂々とこの国を出て行くことができるわけだ。

ただし、ミサイルテロを画策したテロリストたちと関わりを持つことが明らかになれば、事情は変わる。現在、政府はこのテロリストに破壊活動防止法の適用を検討しているとも聞くが、現状では北軽井沢のペンション爆破や、戦闘機の盗難など、個々の事件をもとに逮捕することになる。

「爆発物取締罰則の第四条が認められれば、三年以上十年以下の懲役または禁錮《きんこ》だ」

パトカーの中で、加藤はそう言ってにやりと唇をゆがめた。つまり、守屋を少なくとも三年は刑務所に入れることができる。それを材料に、守屋を脅すつもりなのかもしれない。

令状の内容を説明し、家宅捜索の対象となっている自宅やマンションの間取りを守屋に確認させると、加藤はすぐさま部下たちを中に呼び入れて、家宅捜索を始めさせた。

「あんたは署まで一緒に来てもらいますよ」

村上が両手首に手錠をかけると、目に見えて態度が落ち着かなくなった。

「待ってくれ、加藤さん」

泊里は加藤の腕に手をかけた。

「その前に、一刻も早くこいつの口から、真実が聞きたい。このミサイルテロが、本当に『北』の陰謀なのかどうか」

「そんなことを私が知るわけないだろう！」

口から唾《つば》を飛ばしながら必死に言い募る守屋を、村上刑事が押さえる。

「ミサイルテロになど関係あるものか！」

「いいから、もう連れていけ」加藤がうんざりしたように眉間《みけん》に皺《しわ》を寄せた。

「どのみち、テロリストたちとの通信手段がすぐに明らかになる。自宅と事務所、新宿のアジト。どこかに必ず電話か無線機などがあるはずだ。そうなれば、もう逃げ道はない」

村上が守屋の腕を摑《つか》み、立たせた。

泊里が異常を察知したのは、その瞬間だった。首筋がぞわりと粟立《あわだ》つような、凍りつく殺気を背後に感じた。反射的に、床に身体を投げ出したのが正解だった。

ガラスが割れた。ベランダに続く窓だ。泊里が伏せるのを見て、武器を持たない加藤も急いで姿勢を低くした。

銃声は四発。何が起きたのか、正確に把握するのは困難だった。泊里が顔を上げた時には、割れた窓から吹き込む強風にカーテンが煽《あお》られ、一瞬ベランダに黒い人影が見えた。逃げるつもりか、ベランダの手すりを乗り越えるところだった。

四発目の銃声は、拳銃《けんじゅう》を携帯している制服警官が撃ったものだった。ベランダの人影は、ぐらりと手すりの上でかしぎ、そのまま視界から消えた。

「守屋！　おい、守屋！　しっかりしろ！」

村上が必死で呼んでいる。ようやく起きなおりながら振り向くと、守屋のシャツの胸が、鮮やかな深紅に染まっていた。村上の腕にも血が滲《にじ》んでいる。とっさに床に倒れなければ、弾道上にいた泊里も撃たれていたかもしれない。

「今の男を逃がすな！　必ず確保しろ！」

加藤が指示を飛ばしている。泊里は、弱々しいけいれんを繰り返す守屋を見やった。出血量や血の気を失った顔色などを見る限り、助かるとは思えなかった。

「救急車呼べ！」

「下はどうなってる！」

騒然とする刑事たちをよそに、泊里はそろそろと立ち上がり、ベランダに近づいた。先ほどガラス越しに確認した際には、誰もいなかった。指紋をつけないようにハンカチを指先に巻き、そっと窓を開いた。ベランダに顔を出して左右を確認し、ようやく真相が飲み込めた。

——隣に隠れてやがったのか。

火災発生時などの緊急避難用に、柵《さく》を乗り越えれば隣のベランダに移動することができる造りになっている。

迷ったが、合成樹脂のスリッパを履いて、ベランダに出た。手すりに触れないように、慎重に顔だけ出して下を覗《のぞ》くと、はるか下の路上に横たわる男と、それを取り囲む警察官たちの姿が見えた。パトカーの深紅の回転灯が、くるくる回りながら周辺を照らし出している。

——ここから落ちたのか。

泊里はめまいを感じて、よろめくように室内に戻った。無線機を耳に当てていた加藤が、こちらを振り向いて絶望的に暗い顔をした。ゆっくりと首を横に振る加藤を見なくとも、九階のベランダから落ちた男が絶命していることは、明らかだった。

二三四五　航空自衛隊府中基地

ファクシミリで送られてきた顔写真を差し出すと、安濃がひと目見ただけで見分けた。

「チャンだ。北軽井沢にいた男だ」

「間違いないですね」

「間違いない。ソンの部下だ」

真樹は電話の向こうで待っている泊里に、安濃の回答を報《しら》せた。

加賀山から守屋の名前を聞き出した後、事態は新しい局面に突入したかのようだった。警視庁公安部の加藤たちに泊里一尉が同行し、九段にある守屋のマンションに急行した。守屋を逮捕し、移送しようとした直後、ベランダに潜んでいた何者かが、守屋を射殺してベランダから逃げそこね、路上に転落して死んだという。

『この男がチャンなら、テロに対する守屋の関与が裏付けられたようなものだな』

チャンは、守屋が逮捕されたことを知り、口を封じようとしたのだろうというのが、警察の見解だそうだ。

『チャンは、コートのポケットに守屋の衛星電話を入れていた』

「例の、守屋が連絡を取るのに使ったという電話ですか」

『そうだ。もしチャンが守屋を殺さず、電話を持ったまま逃走に成功していたら、守屋の関与を証拠づけるものがなかったかもしれないな』

電話しながら、真樹は思わず腕時計を見た。もうこんな時間だ。残り一時間と少し。こんな短い時間で、何ができるというのだろう。

『守屋は「北」のスパイとして、公安にマークされていたそうだ。ミサイルテロも「北」の仕組んだ謀略だと、これではっきりしたわけだ』

「でも、それが明らかになったところで、こちらの対応が何か変わるんでしょうか」

『そっちは政治と外交の世界だな。俺たちのスタンスが変わるわけじゃない』

ややこしいことだ、と真樹は泊里の言葉に頷《うなず》きながら考えた。きっと今頃、政治家や外交官と呼ばれる人たちが、複雑な外交手段とやらを使って、情報を武器に戦っているのだろう。自分は自衛官で良かった。自衛隊は上官の命令が絶対だ。ミサイルを止めろと言われれば止めてみせるだけ。

泊里は加藤たちと別れて府中に戻ってくるという。二十四時には間に合うだろう。

通話を切って携帯をポケットにしまった。

公安部は、まだ安濃を解放しない。ただし、いくぶん監視が緩やかになり、取調室に真樹たち一部の自衛官が入り、言葉をかわすことを認めるようになった。

今も、取調室の片隅には公安刑事が立ち、知らん顔でこちらの会話に聞き耳を立てている。

「さっきから何を考えておられるんですか」

会議室のパイプ椅子に腰かけたまま、安濃は腕組みをして、ずっと何かを考え込んでいる。剃《そ》る暇も機会もないせいで、頬から顎《あご》にかけて伸び始めたひげが、日焼けした顔に多少ワイルドさを追加しているようだ。蹴《け》られてできた傷は、ようやく少し腫《は》れがおさまったが、目の縁や顎のあたりは黒いあざになりつつあった。

「演習モードを見せた時の反応を教えてもらっただろう。加賀山さんは、F―2がミサイルを発射した時に演習モードだと見抜いたと言ったね」

「そうです。私がそう指摘したら、黙ってしまいましたけど」

しかし、真樹は自分の直感を信頼していた。

「加賀山さんはミサイルを撃たない――か」

安濃は腕組みをしたまま首をかしげた。

「テロリストの内部は、加賀山さんのグループと、外国人のグループとに、はっきり分裂していた。ミサイルを撃たないというのは、テロリストの総意なのか。撃たないのだとすれば、彼らの本当の目的はいったい何なのか」

「加賀山さんは、退職後に息子さんと奥さんを亡くされたという話でしたよね。その復讐《ふくしゅう》かと私は思ってましたけど」

安濃がゆっくり首を横に振った。

「息子さんが自殺した理由だって、俺たちははっきり知らないんだ。俺は先輩から、彼はうつ病になって自殺したと聞かされた。でも、詳しいことは何もわからない。家族を失ったことに対する復讐を考えているのだとしても、ミサイルを盗んで撃ち込むというのはやり過ぎじゃないか？　だいたい、それって誰に対する復讐なんだ？」

「でも、実際に彼はミサイルテロに手を貸しているんですから」

「何か、理由がある」

憮然《ぶぜん》とした表情で、顎のあたりを手のひらで撫《な》で、うっかり傷に触れたのか、しかめっ面になった。

「何か理由があるんだ。俺は今まで、加賀山さんはソンたちに利用されているんだと考えていた。でも実は、逆に彼らを利用しているのかもしれない。加賀山さん自身の目的のために」

安濃はそのまま、自分のもの思いに沈み込むように目を閉じてしまった。真樹は呆然《ぼうぜん》とその様子を見つめるしかない。

日本時間二二四五　東シナ海

いま、やるしかない。

足音を忍ばせて輸送ヘリから降り、他の男たちの位置を確認しながら和美は深々と呼吸を繰り返した。

搭乗予定時刻まであと五分。

イ・ソンミョクは、部下を集めて最後の指示を与えている。彼は本当にF－2に乗り込むつもりらしい。慌ただしく無線や衛星電話でどこかと連絡を取り合っていたが、事態は彼の思うように進んではいないようだ。

メガフロートに来てわかったことだが、イ・ソンミョクたちは、加賀山に無断で日本政府と交渉し、金銭を支援させようとしているらしい。

――そんなことのために、私たちを利用するつもりだったなんて。

甘く見られたものだ。しかも、彼らが当初考えていたほど簡単には、金は手に入りそうにない。

軍事衛星のカメラなどから隠すため、F―2を覆っていた銀色のシートは、既に取り除かれている。機体の整備や、チェック、給油など必要な作業は終了し、あとはパイロットが乗り込んで飛ぶだけだ。

コックピットは、幸運なことにキャノピーを開けた状態になっている。ヘルメットもF―2のフレームの上にひっかけられている。

――誰も見ていない。

彼らはメガフロートのあちこちに散っている。イ・ソンミョクの指示を受けているもの。メガフロートに接近する船舶や航空機などがいないか、監視しているもの。無線やコンピュータの前に座って作業しているもの。

誰も、整備のすんだF―2など見ていない。メガフロート上にいるのは、仲間だけだからだ。

――いまなら、イ・ソンミョクを出しぬける。

あの男は、計画の最終段階になって、自分からF―2を取り上げるつもりなのだ。それなら自分には取り返す権利がある。

なるべく目立たないようにヘリを離れ、F―2に向かった。自然に呼吸をする。身体のどこも緊張させない。人間は、自然な動きをしているものはつい見逃してしまうものだ。慌てたり、硬くなったり、急いだりすると、てきめんに見つかる。

F―2の下まで忍び寄った。タラップが用意されている。F―2には機体に縄ばしごが内蔵されているが、降りるだけならともかく、乗るには不便だ。

タラップを上り、ヘルメットをフレームから取り、コックピットに滑り込む。

キャノピーを閉めた瞬間に、見つかることは確実だった。作業の順番が問題だ。

ぐずぐずしている暇はない。ヘルメットをかぶり、マスクをはめる。シートベルトを締め、サバイバルキットや脱出用のパラシュートと、パイロットの制服についたハーネスとをつなぐ。

(F―2は自動化が進んでいるから、エンジンをかけた後にスロットルを出すタイミングも、わりと適当でいいんだ。それでもちゃんとスタートしてくれる)

司郎の声が耳に甦《よみがえ》る。

(チェックも全自動だ。BITボタンを押すだけで、機体に内蔵されたテストシステムが、プリタクシーチェックをやってくれるよ)

この機体でなければ、戦闘機に乗ったことのない自分が、F―2をここまで飛ばしてくることもできなかったかもしれない。

司郎の声の記憶を頼りに、操縦してきたのだ。

バッテリーのスイッチを入れ、キャノピーを閉めようとしたとたん、冷たい声が降ってきた。

「そこまでだ、お嬢さん」

ヘルメットをかぶっているので、頬にひんやりと硬い鋼鉄が押しあてられる。

「あんたのやる気は認めてやるが、勝手な真似は許さない」

和美はいきなり撃たれないように、ゆっくり両手を挙げ、そろそろとイ・ソンミョクを睨《にら》み上げた。タラップの上に立つ彼は、小銃をかまえたまま顎をしゃくった。

「電源を落とせ。降りるんだ」

撃たれる前に、この男をタラップから振り落とすことは可能だろうか。もし、このまま強引にキャノピーを閉めてしまえばどうなるだろう。一瞬、危険な誘惑が脳裏をよぎった。銃口を押しつけるイ・ソンミョクの腕には、揺るぎがない。キャノピーを開閉するスイッチに手を伸ばしたとたん、彼は迷わずトリガーを引くだろう。そのアイデアは捨てるしかない。

バッテリーを切り、先ほどと逆の手順でコックピットに自分の身体を固定するさまざまなものをはずしていく。

「立つから銃をのけて」

和美が低い声で言うと、イ・ソンミョクがようやく銃口を頬から外した。

「早く出ろ」

戦闘機のコックピットから出るには、一度座席の上に乗って立ち上がらなければならない。和美がしぶしぶ座席に上ると、黒衣の男たちがずらりとF—2を包囲していることに気付いた。

イ・ソンミョクが唇をゆがめる。

「私は降りるが、下から部下がマシンガンで狙っていることを忘れるな。おかしな真似をすれば、キャノピーごと撃ち抜くぞ」

もし、イ・ソンミョクがタラップを降りた瞬間に、すばやくシートに座ってキャノピーを閉めたらどうなるか。

ようやく手に入れたF—2を壊す危険を冒してまで、彼らはマシンガンを撃つだろうか。

——イ・ソンミョクなら撃つ。

それに、エンジンをスタートさせて各種電子機器のスイッチを入れ、BITチェックをかけ——離陸までに、いったい何分かかるだろう。彼らにはその間に、タラップをよじ登ってでも撃つ時間がある。

「両手を頭の上に乗せろ」

イ・ソンミョクの指示が、いちいち癇《かん》に障るが、言われるままに両手を頭の上で組み、ゆっくりタラップを降りた。

「勝手にあれを飛ばして、何をするつもりだった」

イ・ソンミョクの質問に、和美はむっつりと唇をゆがめた。

「最初の計画通り、私が飛ばして東京に向かう。二十四時にはたどり着いてみせる」

何か考えている。イ・ソンミョクがそんな顔をしていた。この男が考えることなど、どうせろくでもないことに違いない。

「ここでは私の命令は絶対だ。あれを飛ばすのは私がやる。ただし」

彼はなぜかそこで、言葉を切ってほほ笑んだ。

「ミサイルを撃ち尽くした後、私はもう一度ここに戻ってくるつもりだ。ここにはあと一往復分、給油するための燃料が残っている。ミサイルを撃ち尽くしてもまだ、日本政府が我々の要求を吞《の》まないようなら、おまえにF―2をまかせてやろう」

マシンガンを構えて和美を囲んでいる男たちの誰かが、くすりと笑いをもらしたようだった。自分は彼らの中で、厄介者だと思われているのだ。それは知っているし、恐れてもいない。

「どこにでも、好きな場所に突っ込めるようにな」

男たちが、今度こそどっと笑い声を上げた。イ・ソンミョクも笑いを隠さなかった。

「おまえにも仕事をやるさ。私たちがどれだけ本気かを、日本政府に伝えるといい。内容は部下に指示しておいた。おまえはカメラの前で、言われた通りに読み上げるだけでいい」

イ・ソンミョクは小銃を部下に手渡し、F―2に向かった。和美は奥歯を嚙《か》みしめた。自分はどうすればいいのか。たとえ今自分が暴れたとしても、撃たれるのが落ちだ。あの男を止めるすべはない。

――司郎。

左手を、ぎゅっと握った。手袋の下に、指輪がある。助けを求めることなどできないと知っていても、ついつい司郎を呼んでしまう。

イ・ソンミョクがタラップを上り、このうえなくスマートな動作でコックピットに滑り込んだ。和美が降りしなにフレームにひっかけておいたヘルメットをかぶり、キャノピーを閉じる。イ・ソンミョクが手を振って合図すると、進行方向と機体のそばにいた男たちが一斉に逃げた。エンジンのスタートスイッチを入れたらしく、すぐにF―2の巨大なエンジンが轟音《ごうおん》とともに回り始める。

暗いメガフロート上に、F―2の進行を妨げるものは何もない。滑走路灯代わりにぽつりぽつりと点灯されたライトが、道しるべになっている。

闇の中でランニングを始めたF―2のエンジンが、ふいに薄桃色の炎を噴き出した。急激に排気音が激しくなる。アフターバーナーに点火したのだ。足もとがびりびりと震える。

F―2が、いっきに加速して機体が浮き上がる。

（アフターバーナーに点火した時の、F―2の加速はすごいよ）

和美は司郎の声を聞きながら、ミサイルを積んだF―2の白い機体が仮設の滑走路を駆け抜け、身軽な鳥のように舞い上がるのを、悔しいが夢中になって見つめていた。

(滑走路を離れる頃には、音速に達している)

最高速度はマッハ2だ。しかし、アフターバーナーを使い続ければ燃料を食うので、巡航速度に達すれば通常に戻すつもりだろう。

——行ってしまう。

自分にはどうしようもない。イ・ソンミョクはF—2を持って行ってしまった。

——司郎、ごめん。

この目で見たかった。司郎とともに見ることができると思っていた。この日のために、未来を何もかも諦《あきら》めたのに。

F—2の吐きだす炎が、みるみるうちに小さくなって消えていく。和美はそれを、無言で見送るしかなかった。

二三一五　総理大臣官邸

「もう、F—2はメガフロートから飛び立っただろうな」

倉田総理の声が、疲労ですっかり嗄《しゃが》れている。官邸対策室の椅子に浅く腰を掛け、まるで崩れるように背中をもたれさせている姿を見ると、疲労を隠そうともしていないようだ。

「まだレーダーには引っ掛かっておりませんが、沿岸部では海上保安庁や自衛隊の船舶、ヘリコプターなどが出動し、警戒しています」

答えている内閣官房長官の石泉も、疲れていないはずがないのだが、こちらはまだ精力的に資料を出席者に配布するなど、動き回っている。

浅間は胸ポケットから取り出した老眼鏡をかけ、資料に目を通した。そこに書かれていることは、すべて既に浅間の頭にもインプットされていることばかりだ。

ここ半時間ほどの間に、事態は大きく動き出した。

テロリストグループの中に、「北」のスパイがいたことが判明したのだ。

守屋実。警視庁公安部が、正体を摑《つか》んで以前から動きを監視していたという。

「概要は、ただいまお配りした資料の通りです。警視庁の捜査により、テロリストグループのソン、チャンと名乗る男たちと、守屋実という男の関係が明らかにされました。守屋は『北』の指示を受け、わが国に協力者を作るための取りまとめ役をしていたと見られています」

石泉が説明をはしょったのは、ここにいる人間の半数以上がその内容を既に承知しているからだった。

「ミサイルテロへの、『北』の関与を非難する声明を出しましょう」

誰かが提案する。集まったメンバーがざわつく。

「その声明が、二十四時のミサイルテロへの抑止力になるでしょうか」

「そりゃ無理だ。しかし、こちらが背後関係を摑んでいることを、向こうにもわからせる必要があるでしょう」

「しかし、声明を出すことによって、『北』の態度が硬化すれば――」

「警視庁は、守屋実が『北』のスパイであるという物証を押さえています。ここ数か月にわたる行動確認も行っており、守屋に関わった人間の証言も押さえている。わが国側の非難については、当然の措置です。今後、米国や韓国にも協力を仰ぎ、経済制裁なども視野に入れて検討すべきです」

石泉が珍しく強硬に言いきった。倉田が足を前方に投げ出した姿勢のまま尋ねた。

「その件は後で考えよう。飛んでくるミサイルのほうが先だ」

「F－2とミサイルは自衛隊が迎撃すべく待機しています」

浅間が石泉に代わって答える。

「メガフロートと、そこに潜伏しているとみられるテロリストに関しては、在日米軍が攻撃に出られるよう、待機しています。わが国の依頼に応じて、出動する予定です。こうした場合に、自衛隊には領海外に戦闘機を飛ばして攻撃するための法的根拠がありません」

「実際に攻撃されているのに？」

倉田総理が疲れた表情で問いかける。倉田も知っているはずだ。素人じゃない。長年政治をやってきて、総理になるほどの男だ。それでも、聞かずにはいられない。その気持ちは理解できた。

「自衛隊法第七十六条で、国会の承認が必要と定められています」

自衛隊法第七十六条。

『内閣総理大臣は、我が国に対する外部からの武力攻撃が発生した事態又は武力攻撃が発生する明白な危険が切迫していると認められるに至った事態に際して、我が国を防衛するため必要があると認める場合には、自衛隊の全部又は一部の出動を命ずることができる。この場合においては、武力攻撃事態等における我が国の平和と独立並びに国及び国民の安全の確保に関する法律（平成十五年法律第七十九号）第九条の定めるところにより、国会の承認を得なければならない』

倉田が首を振った。

「誰が決めたのだか知らないが、そいつはきっと、今日のようなケースを想定してなかったに違いない」

「周辺事態法による出動が可能かどうかも検討しましたが、第二条の二項が存在する限り、武力行使は難しいという結論です」

浅間が口を添える。

周辺事態に際して我が国の平和及び安全を確保するための措置に関する法律――タイトルが長いので、周辺事態法と呼ばれるこの法律の第二条二項において、『対応措置の実施は、武力による威嚇又は武力の行使に当たるものであってはならない』とされているのだ。

「メガフロートはいいだろう。空を飛んで、わが国を攻撃するわけじゃないからな。F―2はどうする」

「まず強制着陸を呼びかけますが、応じずミサイルを発射した場合、ミサイルを撃ち落とすまでの間なら、F―2を撃墜できます」

倉田が脂の浮いた顔に、あっけにとられたような表情を浮かべた。

「ミサイルを落とすまでの間？」

「自衛隊は、急迫不正の攻撃により、国民の生命と財産に危害が加えられると予想される場合にのみ、攻撃を許されています。この場合は、ミサイルが実際に発射された瞬間から、ミサイルを迎撃するまでの数分間に限られるわけです」

「——そんな」

これでも事態は改善されたほうなのだ、と思わず浅間は口に出して言いそうになった。平成十五年に、「武力攻撃事態等における我が国の平和と独立並びに国及び国民の安全の確保に関する法律」——通称、武力攻撃事態法など有事関連法が成立するまでは、さらにひどいありさまだったのだから。

倉田の顔に苦悩がにじむ。今さらながら、彼は自分が直面している事態の重みに気づいたのかもしれない。きわめて人道的で、穏健な思想を持つ倉田には、正直荷が重いのではないか。

ノックとともに、会議室のドアが開いて官邸スタッフが駆け込んできた。慌ただしく石泉に報告している。めったに感情を外に出さない石泉が、大きく目を瞠《みは》った。

「『北』の公共放送で、動きがあったようです。今、こちらのスクリーンに映します」

浅間は胸ポケットで携帯電話が震えていることに気づいた。相手が防衛省情報本部だとわかると、席を立って部屋の隅に行った。中央ではまだ、録画した「北」のテレビ放送を投影する準備をしている。

「どうした」

『会議中に申し訳ありません。緊急の報告です』

統合情報部の新藤部長だった。情報本部は防衛大臣の直轄だ。

『中国人民解放軍の東海艦隊が、東シナ海にいるメガフロート奪還のため、艦隊を送ったと通告してきました』

「なんだと」さすがに声がこわばった。

『在日米軍と韓国軍にも同様の通告をしたようです。中国は、自国に曳航《えいこう》中のメガフロートが襲撃を受けて奪われ、日本に対するミサイルテロの足がかりとして使用されたことを重く見ていると声明を発表したんです。外務省側からもこの情報は届くと思います。ただ――』

「ただ？」

『このタイミングで中国がメガフロート奪還を宣言した裏には、どうやら「北」が中国に泣きついたという事情があるようです。「北」の公共放送に関して、もうそちらには連絡が入りましたか』

「今から見るところだ」

『こちらが入手した情報も、すぐファクシミリで送ります』

ゆっくり席に戻った。

「中国人民解放軍が、メガフロート奪還のため艦隊を送ったと通告してきたそうです」

倉田が、一瞬エアポケットに落ち込んだような表情をした。彼を責める気にはなれなかった。自分も似たような顔をしているに違いない。

その瞬間、「北」の民族衣装に身を包んだ中年の女性がスクリーンに現れ、早口の外国語で何かをまくしたて始めた。

「翻訳してくれ。何を言ってる」

誰かが苛立《いらだ》ったように声を上げる。石泉が口を開いた時、画面が切り替わった。その場にいた何人かが、思わず椅子から腰を浮かせた。これから何が起きるのか、説明がなくともひと目で理解できたのだ。

灰色の壁の前に、目隠しをして後ろ手に縛られた軍服姿の男が八人、ずらりと並べられている。うちふたりは、どう見ても二十代の青年だ。号令とともに銃声が響き、ほんの数秒後には誰も立っていなかった。ばたばたと崩れるように倒れていった。銃殺刑の瞬間だった。

こんな映像を、公共放送で流したのか。

思わず唸《うな》りを上げる。

「つい五分前、『北』の公共放送で流れたニュースです。総書記およびその後継者とされる三男の暗殺とクーデターを計画した軍人を八名、処刑したそうです」

石泉がスタッフから差し出されたメモを読み上げた。映像が途切れた後、対策室の中は、しんと静まり返っている。

「なお、未遂に終わったクーデター計画の一環で、彼らが外国に対するミサイルテロをたくらんでいたともコメントしています」

――守屋が殺されたせいか。

ふいに、その答えがひらめいた。守屋が死に、ミサイルテロに対する「北」の関与が、明らかになろうとしている。その前に、「北」の中枢部は、それが一部の跳ね上がりの犯行だと決めつけてしまおうとしているのだ。見せしめに公開処刑を行い、中枢部との関わりがないことをアピールする。

そして、メガフロートとそこにいる工作員たちを始末する。死人に口なし、というわけだ。

それはすなわち、彼らが全面戦争など望んではいないということの証拠ではないか。体面を保ちつつ、戦争を避けようとしている。そういうことだと浅間は確信を持った。

胸のあたりがつかえるような、重くるしい塊を抱いているような、嫌な気分になった。

——しかし、これでいいんだ。

不愉快ではあるが、彼らのメンツも立ち、自衛隊が無理をして東シナ海にまで出て行くこともない。米軍に借りを作ることもない。

石泉が、ふいに胸のポケットに手を入れた。携帯電話を掴《つか》み出し、眉《まゆ》をひそめて電話に出るのが見えた。浅間自身の携帯も、またポケットの中で震え始めた。今度は秘書官の下田からだ。

「どうした」

『いま、大臣のメールアドレス宛《あて》に、テロリストたちからまた映像が送られてきました！』

「なんだと」

とっさに石泉を見やると、彼が受けた電話も同じ内容だったようで、スタッフを呼んで慌ただしくスクリーンに映す用意をさせている。

「わかった。こちらで見る」

倉田総理も携帯電話を手にしていた。浅間が電話を切ると同時に、ちらりとこちらに視線を送り、電話の送話口を手のひらでふさいだ。

「浅間さん。テロリストの映像の話ですか」

倉田にも同じ内容の知らせがあったらしい。浅間が答える前に石泉が立ち上がり、両手を軽く打ち合わせた。

「テロリストから、新たな映像による通信が入りました。向こうからの一方通行です。今から投影します」

ざわついていた対策室の内部が、一瞬で静まり返った。前方の大型スクリーンに、短い髪の女性が大写しになっている。青ざめ、まばたきもできないほど緊張してはいるが、その生真面目すぎるほど頑《かたく》なな表情に、浅間は見憶えがあった。

「菊谷和美――」

倉田が驚いたようにスクリーンの女性を見守る。

それは、F－2奪取の犯人と目されている、元自衛隊の女性パイロットだった。

13　迎撃

二三三〇　航空自衛隊府中基地

これが菊谷和美か、と安濃はパソコンの画面をまじまじと見つめた。

東シナ海の海上から、衛星電話の回線を通じて送られているという動画は、照明が足りなくてひどく暗い。衛星電話では、データ量も限られるためか、動画と言ってもコマ送りのようなぎこちない映像だ。マイクを握り、カメラのレンズを睨《にら》むように見つめている和美の顔色が青ざめて見えるのは、懐中電灯で顔を照らされているせいかもしれない。肩越しに、時おりちかりと輝いているのは、光を受けて反射する波のようだった。

この映像は、メガフロートから実況中継されている。

沢島二佐が映像の存在を知ったとたん、真樹にパソコンを持たせてここに飛び込ませてくれて、助かった。録画もしているそうだが、二十四時までもう時間がない。

同じ思いなのか、パソコンの周囲には公安部の刑事たちまで集まってきて、食い入るように画面を見つめている。

沢島たちも、きっと同じ映像を目にしていることだろう。指揮所は今頃、既に発進したはずのＦ―２を捜すために、血眼になっているはずだ。

『Ｆ―２は既に、ここから飛び立ちました』

和美は時おり手元に視線を落とし、何かを読み上げている。用意された原稿だろう。海上は風が強いらしく、時おり白い紙が画面の下方ではためく。

『期限の二十四時には、残りのミサイル三基を発射予定です。乗組員はベテランの戦闘機パイロット。日本政府が、二十四時までに彼らの要求に応じない場合、本気でミサイルを日本に向けて撃つつもりです』

「彼ら？」

真樹が一瞬眉をひそめ、ささやく。まるで他人事《ひとごと》のような言葉だ。

「日本政府への要求って何ですか？　そんな話、初めて聞きましたけど」

安濃もそれは初耳だった。

画面の中にいる和美が、何かの音が気になったのか、ふいに背後を振り返った。粒子の粗い画像で見えにくいが、彼女の背景に光の粒のようなものが、映りこんでいる。光はどんどん増えていくようだ。

「船の灯火でしょうか？」

それにしては、数が多い。

こちらに向き直った時には、蒼白《そうはく》な顔色に変わりはなかったが、和美は妙に決然とした表情になっていた。マイクにしがみつくように、彼女は早口で叫び始めた。

『加賀山さん、聞こえていますか。申し訳ありません。私はF―2から降ろされました。約束は果たせそうにありません。乗って行ったのはイ・ソンミョクです。彼はきっと――』

複数の鋭い叫び声と一斉射撃の音を、マイクが拾う。現場の混乱を表すように、画像が大きく揺らぐ。

『だめ、まだ切らないで！』

和美が斜め前にいる誰かに叫んだ。口を大きく開き、空いた片手を誰かに差しのべている必死の表情が、安濃の目にも焼きついた。

彼女の背後で、フラッシュライトのような閃光《せんこう》が輝く。音声が消えて画像が乱れ、和美が両手で頭をかばいながらかがみこむのが一瞬映り、それが最後になった。

コンピュータの画面は、映像配信サイトのデフォルト画面に戻ってしまった。

「録画を、すぐ再生できるか？」

真樹が慣れない手つきでパソコンのキーボードを触り始める。

何が起きたのかは、想像がつく。敵襲だ。メガフロートを何者かが急襲したのだ。

映像は実況中継だった。つまり、たったいま――東シナ海の洋上で、テロリストたちは襲撃を受けている。菊谷和美がどうなったのかは、考えたくはなかった。

――それより。

安濃が気になったのは、爆発が見えた後、和美が何か叫んだように見えたことだ。

「再生します」

真樹が画面上の再生ボタンを押すと、先ほどと同じ映像が流れだす。

爆発とともに音声が消える。画像が乱れる。安濃は身を乗り出し、画面を食い入るように見つめた。

（し・ろ・う）

彼女の唇が、どうやらその言葉を叫んだらしいと気づく。

しろう。――加賀山司郎。菊谷和美の婚約者であり、加賀山一郎のひとり息子。やはり、死んだ加賀山司郎と、この事件は何か関係があるのだ。

「この録画を、加賀山さんに見せたい」

安濃は公安刑事たちを見回した。加藤たちは、泊里とともに守屋のマンションに行ったきり、まだ戻ってきていない。

「頼む。彼に会わせてくれ」

刑事たちは、一瞬とまどったように顔を見合わせたが、しっかりと首を横に振った。

「それはできない。まだあんたの容疑が晴れたわけじゃない」

――頑固な警察官め。

安濃は眉間《みけん》に皺《しわ》を寄せ、ため息をついた。思えばこれも、身から出た錆《さび》と言えなくもない。

「それならしかたがない」

真樹を見つめると、つられたように刑事たちも一斉に彼女に視線を集めた。えっ、と口の中で呟《つぶや》いて硬直した真樹に、頷《うなず》く。

「君しかいない、遠野二尉。頼んだぞ」

日本時間二三三五　東シナ海

煙と熱。

機銃とサブマシンガンの掃射音が、熱い悲鳴のように入り混じる。ライトが狙い撃たれたらしく、まだ無事な輸送ヘリから少し離れると、メガフロートの上は暗黒そのものだ。

鋼板の床に伏せ、這《は》いつくばりながら和美は煙に咽《むせ》て咳《せ》き込んだ。海上にまぶしい灯火が突如現れた時、イ・ソンミョクの部下たちはメガフロートのあちこちに散開して迎え撃つ構えだった。

ただでさえ暗いうえに、煙のせいで視界がさえぎられる。何が起きているのか、まったく見えない。テロリストたちも、音だけを頼りに海上に向けて撃っているようだ。

――在日米軍だろうか。メガフロートの位置を特定し、米軍がテロリスト一掃に乗り出してきたのか。自衛隊がここまで出張ってくるとは立場上考えられない。

しかし、灯火の形を見た時に、米軍にしては違和感を覚えた。

――中国軍かもしれない。

場所的に考えても、おかしくはない。

中国人民解放軍の東海艦隊と呼ばれる海軍が、このあたりの海域を担当しているはずだ。メガフロートの進行方向左手に、ずらりと横づけした艦艇が、こちらに機銃を向けている。タタタタタ、と撃つたびに、機銃の周辺で火花が散る。

メガフロートの両側に、計八隻いるはずの曳航《えいこう》船の位置すら、見えなくなっている。明かりをつけていては恰好《かっこう》の標的になるから灯火を落としたのか。それとももとっくに全滅したのか。

肩をかすめるように、何かがどさりと倒れ込んできて、思わず悲鳴を上げそうになった。黒ずくめの戦闘服。テロリストのひとりが撃たれたのだ。男の身体は、もうぴくりとも動かない。慌てて逃げ出そうとして、とっさに倒れた男の手から、サブマシンガンをもぎ取った。恐怖に、より強い恐怖が勝った。

——死。

おぞましいほど簡単な死が、すぐ身近にある。

少しでも頭を高く上げると、撃たれるかもしれない。姿勢を低くたもち、匍匐《ほふく》前進で輸送ヘリに向かってじりじりと進む。手榴弾《しゅりゅうだん》でも投げているのか、時に爆音がしてフラッシュのような輝きがそこここで上がる。

身体がすくむ。目を閉じて、耳をふさいで、もうどこにも行かずにこのままじっと震えていたい。

（和美くんは強いな。男よりも男らしい）

司郎の葬儀に参列するため訪問した横浜の自宅で、加賀山はそう言ってほほ笑んだ。

加賀山一佐の評判は、和美もよく知っていた。婚約者の父親とあればなおさらのことだ。自衛隊員としても、司郎の父親としても、尊敬に値する人だと思っていた。

(司郎は素晴らしい人を選んだものだ)

加賀山の言葉は、和美の何かを刺激した。甘やかな毒のように身体にじわりと沁《し》みわたった。死ぬことへの覚悟は、とっくに決めたつもりだった。

——でも、こんな死に方じゃない。

こんなに日本から遠く離れた場所で、誰にも知られずに死ぬなんて。

——あの映像、加賀山さんに届くだろうか。

加賀山さんなら、私の無念をわかってくれるはずだ。私のために、憤ってくれるはずだ。そして、司郎のためにも。

どうにか輸送ヘリにたどりつき、中に飛び込む。コックピットに滑り込んでエンジンをかけながら、和美は外にいる生き残りたちに向かって手を振り、声を張り上げた。

「乗るのよ!」

軍艦相手にサブマシンガンで応戦しても、全滅は目に見えている。虫けらを叩《たた》き潰《つぶ》すように、軽く踏み潰されるだけだ。

イ・ソンミョクの部下たちになど、義理も仲間意識も感じなかったが、見殺しにすることもできなかった。

「早く!」

和美の言葉を理解したのかどうか、サブマシンガンで無駄弾を撃ちながら、かろうじて残ったテロリストたちがこちらに走ってくる。もう、どれほどの人数も残っていなかった。

「乗って、扉を閉めて!」

メガフロートから舞い上がる。輸送ヘリの航続距離は長い。近隣の島国になら、逃げ込むこともできるかもしれない。

航空自衛隊に勤務していた時、和美は輸送ヘリも飛ばしていた。戦闘機には乗れないが、女性でもパイロットにはなれる。司郎と同じ空を飛べる。

ただそれだけのことが、嬉《うれ》しかった、あの頃――

軍艦の火線を避け、海面すれすれに逃げようとした和美は、大きく目を見開いた。

海が、割れる――そんな光景に、操縦桿《かん》をぐっと握りしめて引いた。海水の中から、真っ黒な潜水艦が浮上するところだった。かろうじてその艦首を避け、飛び越えようとした瞬間、ヘリの下から、とてつもなく巨大なハンマーでがつんと叩き上げられたような衝撃を受けた。

――艦載ミサイル。

気付いた瞬間にはもう、ヘリはきりもみ状態になり、海面に向かってよろめきながら落ちていくところだった。操縦不能。もう、このヘリの後ろ半分は消えているかもしれない。

――司郎！

今の今まで、歯を食いしばって生きてきた。でも、と操縦桿にしがみついたまま、落下の衝撃に気絶しそうになるのを耐えながら、和美はほほ笑もうとした。

――私、これでもう充分、頑張ったよね、司郎。

もういい。もうこれでいいのだ。

――ごめんね――。

目の前に夜の海が迫る。

衝撃にそなえて、固く目を閉じた。

二三三五　航空自衛隊府中基地

映像が途切れた後も、加賀山の視線はパソコンのディスプレイに固定されたままだった。真樹は、彼の様子をそっと窺《うかが》う。録画の中で、和美が「加賀山さん！」と呼びかけた時、初めて彼の表情がこわばったように感じた。

取り調べ用の会議室は、無駄な装飾を排した部屋だ。パソコンを持ち込み、テロリストからのメッセージを見せることについては、沢島二佐と警視庁公安部に了承を得た。公安部の刑事がふたり、この場にも立ち会っている。

沢島は、二十四時を前に、指揮所を離れることはできない。泊里もまだ戻らない。

——だからといって。

この役目は、本当に自分でいいのだろうか。

新米二尉であまり面識もない。その息子になど会ったことすらない。共有した時間も言葉もないというのに、自分が何かを聞き出せるはずがない。加賀山は頑《かたく》なに口を閉じている。なぜ自分はこんなところにいるのだろうと、急な焦燥感に襲われた。今こそ、指揮所運用隊のひとりとして、指揮所にいるべきではないのか。たとえ新米二尉と言えど、あそこが自分の持ち場なのだから。

「あの」真樹は咳払《せきばら》いをした。——どう切り出せばいいものか。

「安濃一尉が、菊谷さんは映像の最後の部分で『しろう』と言っている、と言うんです。私には正直、よくわからないんですけど」

加賀山の顔が、ようやくこちらを向いた。疲れた表情をしている。

「この後、どうなったのか――知っているかね」

「いいえ。残念ですが、まだ何も情報がありません」

安濃から、事情は聞いている。菊谷和美は、加賀山の亡くなった息子と婚約していた。彼が生きていれば、今頃彼女は加賀山家の嫁になっていたはずなのだ。

「すぐお見せしたほうがいいと、安濃一尉に指示されたので、お持ちしました」

いつの間にか尊敬語を使っていることに気づき、自分でも驚いた。

――二十四時まであと半時間だ。

「イ・ソンミョクは撃つだろう」

加賀山がぽつりと言ったので、反射的に身を乗り出さないように我慢が必要だった。

「君が想像した通りだ。ミサイルを実際に発射することは、私と和美くんの計画には入っていなかった。しかし、パイロットがイ・ソンミョクなら話は別だ」

真樹はわずかに首をかしげた。

「どういうことでしょう。あなたがたは――イ・ソンミョクという男に、主導権を奪われたのですか？」

加賀山が腕を組み、黙って目を伏せた。

青白い顔に、無精ひげが伸びている。伏せた目の下に青黒い隈《くま》が浮いているが、加賀山の表情にはまだ力があった。真樹は続く言葉をじっと待った。

沈黙が長い。息が苦しくなるほどだ。自分の鼓動や、息づかいが、室内にいる加賀山たちにも聞こえてしまいそうな気がする。

しかし、これは耐えなければいけない沈黙だと、直感的に悟った。

二十二口径のピストルを持ち、二十五メートル先の標的を狙う。その瞬間と同じだ。緊張のあまり、指が震えそうになる。息があがり、自分で気付かないほど身体が硬くなっている。一瞬の心の迷いが結果に直結する恐ろしさに、血液が逆流したのではないかと思うほど、顔が火照る。

「頼みがある」ふいに、加賀山が目を開いた。

「――何でしょう」

まさか、頼みごとなどされるとは予想しなかった。自分の声が震えていないようにと、ひそかに祈った。

「私を先ほどの会議室に連れて行ってくれないか。指揮所が見える、あの部屋に」

驚きが表情にも出てしまったのだろう。加賀山がやわらかい笑みを浮かべ、そのくせ口調だけはまるで挑戦するかのように言った。

「君も見たくないか。今夜二十四時。君たちがミサイルを受け止めきれるかどうか」

真樹はゆっくりと目を瞠《みは》った。

二三四〇　市ヶ谷防衛省情報本部

何もかもが、めまぐるしく動き始めている。

メールボックスには、各部署から暗号化されたメールが次々に送られてくるし、ファクシミリは受信したデータをひっきりなしに吐き出し続けている。

コーヒーカップに手を伸ばそうとして、一瞬ふらつきを覚え、越前はしばし目を閉じて深く息を吸った。たかが丸一日、徹夜をしただけだ。そう思うものの、極度の緊張状態が続き、集中力もそろそろ限界に達しかけている。

「俺、もうだめだ。二十四時になったら、倒れて寝てもいいかな」

隣の席で、松島が物騒な言葉を口の中で寝言のように呟《つぶや》きながら、キーボードを叩いている。その指の動きが、いささか怪しい。何度も入力を間違えてはバックスペースキーを叩いているようだ。

部屋の向こうにある大型テレビは、NHKのミサイルテロに関する特別ニュース番組を放送している。しかし、テレビが一般向けに流せる情報など、たかが知れている。

九段下で「北」のスパイと目される男が、銃撃を受けて殺された。男は公安警察の家宅捜索を受ける直前だった。銃撃犯は逃走に失敗し、マンションの九階から落下して死亡。彼は、北軽井沢に潜伏していたテロリストのひとりと見られている。

――そんな情報は、決してテレビのニュースで流れることはない。

テロリストが、「日本」を人質にとって身代金を政府に要求しようとしていたことも、公表できるかどうか怪しいものだ。

東シナ海上にあったテロリストのメガフロートが、中国人民解放軍の艦隊に襲撃されたことも、すぐにはニュースにならないだろう。いずれ、新聞の片隅に載る、わずか数行程度の記事にはなるかもしれない。目ざとい読者は気づくかもしれないが、それだけだ。あっという間に忘れられていく。

今夜二十二時以降は、なるべく外出を控えるようにという政府の異例の要請を受け、今日ばかりはテレビにかじりついてミサイルテロの成り行きを見守っている国民も多いかもしれない。

——しかし。

その関心は、おそらく長持ちしない。不可解なミサイルテロよりも、より多くの人間にとって大切なのは、明日《あした》のパンだ。今月の営業成績、納期を守れるかどうか、試験に合格できるか、意中の彼女を誘って雰囲気のあるイタリアンレストランに行くことができるかどうか、ウインドウに飾られているのを見てひと目で気に入ったショルダーバッグが、明日も売り切れずに残っているかどうか。そっちのほうが、ずっと大切だ。

自衛隊の戦闘機がミサイルごと盗まれたことも、樹海にミサイルを撃ち込まれたことも、さらにさかのぼれば「北」がこれまでに何度も繰り返している「飛翔体《ひしよう》」発射演習のことも、喉《のど》元《もと》を過ぎればあっという間に日常に埋没していく。

ふう、と越前は静かにため息をついた。

この徹底した無関心を思う時には、少し疲労を覚えないでもない。

——しかし、それでいいんだ。

あまりにバランスを崩した極端な関心を持つよりも、これほど見事に興味を持たずにいられるほうが、いいのかもしれない。このまま、将来にわたり無関心を貫きとおすことが許されるのなら。

在日米軍の偵察ヘリが、すぐ近くの海域まで飛んで、艦船とテロリストの銃撃戦を確認した。攻撃開始から鎮圧まで、十五分とかからなかったそうだ。

――F―2は、まだレーダー網にかからない。

乗っているのは、イ・ソンミョクという「北」の軍人で工作員。その男は、おそらくまだ仲間のテロリストたちが全滅したことを知らないだろう。

知らずに、ミサイルを抱いて飛んでくる。

ここに来て、「北」の指導部がおそらく意図的にリークしていると思われる情報が、あちこちから入るようになっていた。

総書記の後継者問題に絡む、クーデター未遂。首謀者の公開銃殺。そして、クーデター発生時に周辺諸国――特に米国の目をそらす目的で、計画されたミサイルテロ。片道切符を渡されて、日本に送り込まれた工作員たち。

イ・ソンミョクには、もうどこにも戻る場所がない。

彼はその状況を、過酷と思うだろうか。

二三四五　航空自衛隊府中基地

室内は充分暖かいのに、寒気がしてしかたがない。

安濃紗代は、府中基地の食堂の片隅にいた。遠野真樹が、朝までここにいられるように、上官と交渉してくれたのだ。彼女が基地の建物内部に入ることはためらった上官たちも、外の食堂ならと許可してくれたそうだ。遠野は親切に毛布まで用意してくれた。

──テレビがあった。

先ほどからずっと、ミサイルテロの特別番組を見ている。せっかく遠野が気遣ってくれたが、こんなことが起きているのに、とても自分だけ安らかに眠れるとは思えない。

特別番組と言っても、同じ内容の繰り返しだ。

──美冬はちゃんと寝たかしら。

基地に到着してすぐ、携帯電話で横浜の実家に電話を入れた。父親は万が一ミサイルが市内に落ちた場合に備えて、役所に泊まりこむことになったそうで、実家は母親と美冬のふたりきりだと、心細そうにしていた。美冬を寝かしつけて、母親の佐和子がひとりでテレビを見ているらしい。佐和子の不安そうな眉《まゆ》が目に浮かぶ。帰って少しでも安心させてやりたかったが、今さらどうにもならない。

──みんな、二十四時になるのを、息をひそめて待っている。

遠野の話では、夫もいまだにミサイルテロとの関連について嫌疑が解けず、取り調べを受けているのだという。

──どうかこれ以上、なにごともありませんように。

紗代は、まるで何かに祈るように、両手をぎゅっと握り合わせていた。

二三五〇　航空自衛隊府中基地

サイレンを聞いて真樹は椅子から身を乗り出した。

窓の向こうに、指揮所運用隊のサーバー群と、レーダー画面が見える。彼女は非番だが、本来なら緊急事態に備えてあそこにいてもおかしくない。

『領空侵犯機、発見！』

オペレーターの会話が、会議室のスピーカーから流れる。

『三宅島《みやけ》の南西、およそ二百五十キロの地点』

『笠取山《かさとり》のFPS─3、探知しました！』

『トランスポンダ、応答ありません！』

『きりしまのレーダーも捕捉《ほそく》しました』

『無線に応答ありません』

太平洋側から来た！

一瞬、うろたえた。盗まれた時には、本州を縦断し、能登半島を北に抜けて海に出るというルートをたどったため、きっと日本海側から襲撃を受けるのだとばかり、思いこんでいた。

「南から来るなんて──」

東シナ海から三宅島まで、レーダーを避けて海上すれすれの低空を飛行したとしても、いったんどこかで太平洋側に日本の領空を越えて通過したはずだ。沖縄には米軍基地もあるというのに。

ともあれ、敵は思いがけない距離まで首都に接近している。

F─2に搭載された、開発途中のXASM─3ミサイルの航続距離をおよそ百五十キロメートルと見積もり、テロリストの目標が東京だと仮定すると、東京を中心とする半径百五十キロメートルの円周が防衛ラインとなる。伊豆諸島の新島《にいじま》付近を越えると、いつミサイルを発射されてもおかしくない。

「自衛隊のレーダーは、日本海側に多い。イ・ソンミョクなら多少の無理をしてでも南から来ると思ったよ」

パイプ椅子の上で姿勢をただし、両手を膝《ひざ》の上にしっかりと乗せている加賀山は、小憎らしいほど落ち着いた表情で、窓の向こうを眺めている。

加賀山の「お目付役」として、公安刑事がふたり後ろに立っているが、彼らの視線もレーダー画面にくぎ付けだ。

自分は、今日この日に指揮所運用隊の現場に立っていなくて良かったかもしれない、と真樹は吐息をついた。何か、とんでもない失敗をしでかしそうな気がする。

レーダー画面に、飛行物体の位置情報、速度などが表示される。真樹はじっと目を凝らした。

マッハ2・0。F―2の最大速度だ。

「来たようだ」加賀山が呟いた。

「あれが――イ・ソンミョクですか」

真樹の言葉を無視して、黙ってレーダーを見つめている。

「イ・ソンミョクはミサイルを撃つ。菊谷さんは、撃たないつもりだった。私にはよくわかりません。それならそもそもなぜ、こんな計画を？」

今度は、ちらりと真樹を見つめた。

「和美くんは撃たないと言ったが、私は本音を言えば、撃つべきだと考えていた。和美くんの判断を尊重したんだ」

広域を映しているレーダー画面に、新たな光点が四つ表示された。

『百里のF―15四機、スクランブルで上がりました』

『三宅島の南西二十キロ地点で、侵犯機と遭遇予定。遭遇予定時刻は二四〇〇《フタヨンマルマル》』

時計に目を走らせる。手のひらに汗が滲《にじ》んでいた。画面の上をじりじりと移動する光点を睨《にら》んでいると、心臓が無駄に激しく打ちはじめる。加賀山と相対していると思えば、余計に息苦しい。平静な見かけを保つためには、話し続けるしかないような気がした。

「あなたには息子さんがいたそうですね。とても素直で明朗な息子さんだったとお聞きしました。航空自衛隊の戦闘機パイロットだった。でも昨年、亡くなった」

驚いたことに自分は普通の声で話している。

「そのせいですか。あなたがテロに関与したのは」

「司郎は自殺だった」

「そう伺いました」

「なぜ自殺したか、知っているかね」

透き通るように穏やかな表情を見ていると、この男が日本を大混乱に陥れている張本人だとは、とても信じられない。

「――心の病で自殺されたのだと、聞いています」

「ちがう！」

突然、加賀山が声を張り上げ、両の手のひらでデスクを叩《たた》いたので、真樹は思わず身体を引いた。びっくりしすぎて、パイプ椅子をあやうく後ろにひっくり返すところだった。

「加賀山！」

刑事たちが、急変ぶりに慌てて彼の身体を押さえる。加賀山は、温和な紳士の仮面をかなぐり捨てていた。今まで自分の目の前にいて、理性的な言葉で語っていた相手はどこに行ったのか。仮面の下から、青白い炎のような怒りが燃え上がり、その視線が自分をまっすぐに射ていることに、ぞっとする。

「そんな詭弁《きべん》を信用したのか！　そんな、何の根拠もない詭弁を」

「それじゃあ、本当は何だったんですか。あなたが言わない限り、誰にもわからないじゃないですか！」

「司郎は戦死だった」

加賀山が鋭く叫んだ。

「戦死？」

あまりに突拍子もない言葉だったので、真樹は目を丸くして身体を後ろに引いた。

――どうしよう、この人頭がおかしくなっちゃった。

自衛隊員が、ＰＫＯなどの目的で海外に派遣された先で事故死したり、国内で災害救助にあたっていて事故に巻き込まれたりすることはあるだろう。それを戦死と呼ぶなら、まだわからないでもない。しかし、加賀山司郎がそういう死にかたをしたとは、誰からも聞いていない。

真樹の仰天が伝わったのか、加賀山の双眸《そうぼう》にようやく少し理性の光が戻った。ただ、理性が戻ると同時に、前よりさらに冷ややかに口を閉じてしまった。

「戦死ってどういう意味ですか」

尋ねても、加賀山はもうこちらを見ようともしない。

真樹は唇を嚙《か》んだ。ふと思いつき、いったん会議室の外に出た。地下は携帯が通じない。隣の空いた会議室に飛び込んで、沢島二佐に内線電話をかける。

ひょっとすると、彼なら何か知っているかもしれない。

『戦死？』沢島もあっけにとられたような声を出した。

『まさか——そんな事実はない』

「しかし、加賀山さんの態度を見ていると、私たちが言う『戦死』でなくても、何かそう思い込むような事故でも発生したのではないかと思いまして」

『加賀山司郎が所属した基地に問い合わせてみるが、そんな事実はないと答えるはずだ。職場の人間関係に悩んで自殺したと聞いている。加賀山さんの思い込みじゃないのか』

通話を切り、加賀山のもとに戻ろうとして、思いなおした。もう一度受話器を握る。

「遠野です。安濃一尉とお話ししたいのですが」

かけたのは、安濃が取り調べを受けている会議室だった。刑事が受話器を取り、渋い声を出した。

『こっちに来たらどうです。我々が見ている前で、対面で話をすることは許可しましたが、電話することまでは許可してませんよ』

「そっちに行く時間はないんです。敵の戦闘機が、三宅島の近くまで来ています！」

どこまで理解しているのだろう。マッハ2を出せる戦闘機にとって、三宅島から東京都心までなど、ほんの——目と鼻の先だということを。

「そちらの電話をスピーカーホンにしてください。音声をスピーカーで流すんです。それなら、私たちの会話は刑事さんにも聞こえますから。お願いします！」

『――いいだろう』

早く、と急《せ》かしそうになる自分を抑えた。

「安濃一尉、聞こえますか」

『――聞こえる。どうした。F―2は来たのか』

回線を通して聞く安濃の声は、いつもより懐疑的でくぐもっている。最新情報から隔離されているので、さぞかし苛立《いらだ》っているだろう。状況と電話をかけた事情を、簡潔に伝えた。

『戦死？』途方に暮れたように呟《つぶや》く。

『そんな話は、初めて聞いた』

「そうですよね。沢島隊長にもお尋ねしましたが、そんな事実はないと言われました」

『しかし加賀山さんが戦死だと言うのなら、必ず何か理由がある』

また悪い癖が出た、と最初は思った。加賀山を盲目的に慕う、悪い癖だ。

『いいか、加賀山さんの行動を、狂気の果てだなどと思わないほうがいい。そんな人じゃない。あの人は明晰《めいせき》な人だった。今でもきっと、恐ろしく明晰に考えて、ミサイルが飛んでくるのをじっと待っているに違いないんだ』

「でも――」

百歩譲って、安濃の言葉に理屈があるとしても、これ以上、いったいどうやって加賀山の口を開かせればいいというのか。真樹の目には、加賀山は精神のバランスに異常をきたしたようにしか見えない。

『俺を加賀山さんのところに行かせてくれ！』

安濃が、そばにいる刑事たちに向かって叫んでいるのだと気づくまで、少し時間がかかった。

「安濃一尉！　落ち着いてください」

これでは会話にも何にもならない。向こうの声にかき消されないよう、真樹は受話器に口を近づけて声量を上げた。

「刑事さん！　加賀山さんがいる部屋の電話と、その電話を同じように結んで、安濃一尉と直接話をしてもらってはいけませんか」

『冗談じゃない！　そっちでなんとかしてくれ』

苛立った刑事の声とともに、通話が切れる。真樹は天井をあおぎ、また元の会議室に走った。

——安濃の助けは得られない。

加賀山はパイプ椅子に深く腰掛けなおし、ガラスの向こうに覗《のぞ》くレーダー画面と、F—2を待ちうける自衛隊員たちの姿を見つめている。余裕のある態度だった。まるで、この場から部隊を監督してでもいるようにも見えた。

この男は、今でも自衛官のつもりなのかもしれない。

ふと、そんな思いが去来する。

「——加賀山司郎さんについて、戦死の事実はないとのことです」

加賀山の横顔は動かない。

なかなか、ナマの感情を表に出さない男だ。静かに内側に沈んでしまう。その加賀山が、さっき一度だけ本気でむき出しの感情をぶつけてきた。

——怒ったからだ。

この男は、怒らせなければ何も言わない。そう悟った。それなら、徹底的に怒らせてやるまでだ。安濃にはできまい。安濃にできなくて自分にできることが、たったひとつあったわけだ。

「それは全部、あなたの思い込みです。司郎さんは、職場の人間関係に悩んで——自殺したんです」

びくともしない。もう、真樹には何も言わないと腹をくくったように。

「いいですか、加賀山さん。あなたの息子さんは戦死なんかじゃない。心が弱かったから自殺したんです。だってそうでしょう、人間関係に悩んで自ら命を絶つなんて——」

「きみ」ふいに、加賀山がこちらを振り向いた。いっそ妖《あや》しいと言いたくなるほど、穏やかに澄んだ眼をしている。

「私から話を聞き出すために、無理をしてきみ自身の考えを捻《ね》じ曲げることはない。本気でそんなふうに考えているのかね。司郎は戦闘機乗りだったのだ。そんな男が、この平和な国で心を病んで、自殺しただと——人間関係に悩んだなどと——馬鹿馬鹿しい。きみだってそう思うだろう」

真樹は一瞬、顔を赤らめた。怒らせれば口を滑らせるだろうなどと、単純に考えた自分が恥ずかしくなった。

「でも——」

「私はそんな男にあの子を育てなかった」

真樹は後の言葉を続けることができず、加賀山を見つめて呆然《ぼうぜん》と黙り込んだ。

加賀山の言葉に、なぜか突然心臓をわしづかみにされたような気分がした。

加賀山司郎とはどんな青年だったのか。戦闘機パイロットは自衛隊の花形だ。誰にでもなれる職種ではない。いま目の前にいる男に育てられ、その背中を追うように自衛隊に入った青年だ。

――父親の背中を追うように。

会議室の隅にある内線電話が、鳴っている。急いで受話器を上げる。

『時間がない。スピーカーにつないでくれ』

安濃の声だった。呻《うめ》き声が背景に聞こえているようなのは、気のせいではない。安濃の声も、短距離走の後のように激しく息切れしている。

――まったく、この先輩は。

思いあまって、安濃が刑事ふたりを殴り倒すか、蹴《け》り倒すか、とにかく何やらとんでもないことをしでかしたらしいことだけは、見当がついた。

真樹は電話機のボタンを押し、スピーカーにつないだ。

『加賀山さん！』

安濃の声に、眉《まゆ》をひそめ振り向く。

『安濃です。声を聞かせてください』

「――何をやっている」

呆然とした口調だった。

『加賀山さんが、司郎君は自殺ではなく、名誉の戦死だったと言っておられると、そこの遠野二尉から聞きました。あの時、何があったんですか。教えてください。何があったのか、聞かせてください！』

加賀山は、どこか苦い表情になって視線をそらした。

「息子さんが亡くなったのは一年前。あなたが自衛隊を退職されたのは二年前でしたね」

加賀山の、ふたつの暗闇のような目。

加賀山司郎は、父親を誇りに思い、同じ職業を選んだ青年だった。子どもの頃から、自衛官の父親を見るうちに、自衛官という職業や、国を守るという行為に対するあこがれも芽生えていたのだろう。

「加賀山さんの退職がきっかけだった」

真樹は呟いた。電話の向こうで、安濃が耳を澄ませているのを感じる。

加賀山はもはや、真樹を見ていなかった。どこか、はるかな一点を凝視していた。そこに、加賀山司郎の人生が見えているかのように。

「父親が退職を強いられたのを見て、息子さんは――」

自分が加賀山司郎の立場ならどうするだろう。怒り。悲しみ。自分の目標を突然奪われたことへの自失。

まっすぐな男。驚くべき素直さで、加賀山司郎は父親の背中を追いかけた。

「まさか――」

真樹は言葉を詰まらせた。レーダーを見つめていた加賀山が、再びゆっくりとこちらを振り向く。

「これは司郎の弔い合戦だ」

天啓のようにひらめいた。

ミサイルテロを初めに実行しようとしたのは、亡くなった加賀山司郎だったのだと。

「それじゃ、息子さんは一年前、ミサイルを盗もうとしたんですね」

加賀山は意外にあっさりと頷《うなず》いた。

「司郎は配属先の基地で、ミサイルを積んだ戦闘機を奪取しようとした」

「どうして——そんなことを？」

真樹はささやくように尋ねた。ようやく口を開いた加賀山を、下手に刺激したくなかった。花形と呼んでいいはずの職を擲《なげう》ち、その後の自分の人生を擲ってまで、なぜそんなことをしたのか。本当は、そう叫んでしまいそうだったのだ。

「あいつはＢＭＤシステムの有効性を、身をもって証明してみせようとした。国防に対する、私の貢献を証明するために」

「盗んだ戦闘機を飛ばして——ミサイルを撃つことで？」

なんだか喉《のど》が渇く。水でもあればいいのに、と考えたが、会議室には何もない。

せっかく戦闘機パイロットになれたのに、と喉から言葉が出かかったが、真樹は黙っていた。加賀山司郎は、奪われた目標の大きさにとまどい、他のことは考えられなくなっていったのかもしれない。

「成功していれば、あいつは法廷で胸を張って、ＢＭＤシステムの素晴らしさをうたいあげたことだろう。──しかし」

加賀山は無念そうに首を横に振った。

「司郎はもう少しというところで戦闘機の奪取に失敗した。あと一歩で、どんな事態が発生するところだったのか気付いた上官たちは、慌てて司郎を部屋に監禁した。計画が失敗に終わったことを知った司郎は、上官と私、和美くんに宛てた三通の遺書を残し、首をくって死んだ」

握りつぶされたのか、と真樹は気づいた。とても公表することができない事実だ。

「司郎さんの遺書──加賀山さんたちの手元に届いたんですか」

どこか悲しげに加賀山が頷いた。

「メールで届いたよ。あいつは遺書を握りつぶされることを予想して、メールで和美くんと私に遺書を送ったんだ」

安濃がここにいてくれれば良かったのに、と真樹は切実に願い、スピーカーホンを見やった。自分は加賀山の話を聞くことはできるだろう。しかし、加賀山を慰め、共感し、少しでも彼の心の痛みを和らげることができるのは、安濃だけだ。

きっと今、安濃は全身で加賀山の言葉を聞いているに違いない。

『侵犯機を現認！』

思わず、はっと腰を浮かせてレーダーを注視する。百里から出たF─15は、領空侵犯機の位置を確認したのち向きを変え、侵犯機の後方から接近。侵犯機の機種を確認する。

『機種はF─2。自衛隊機に間違いありません』

領空侵犯機を周囲から押さえ込むように、F—2の左右に二機ずつを配置し、飛び続ける。今頃は、F—2のパイロットに、無線や信号弾など、あらゆる手段を駆使して退去せよと警告を出しているはずだ。

だが、イ・ソンミョクが引き返すわけがない。

「自衛隊機は、イ・ソンミョクに勝てない」

加賀山の言葉に、レーダー画面に視線を転じた。

退去せよ。退去せよ。退去せよ——……

繰り返される警告。監視し、F—2を包み込むようにフォーメーションを組み。

だが、そこまでだ。

加賀山が何を言いたいのか、理解した。

この状況で、F—15はF—2とドッグファイトを始めるわけじゃない。航空自衛隊の戦闘機パイロットが、どれだけ機体制御技術に長《た》けていて、ブルーインパルスが各国で高い評価を得ているとしても、それとこれとは別問題だ。

——自衛隊機が、いきなり領空侵犯機を撃墜することは、ありえない。

この勝負は最初から決まっている。確信犯的に乗り込んでくる領空侵犯機を、撃ち落とすことはできない。——F—2がミサイルを発射して初めて、自衛隊側はミサイルと侵犯機を撃墜することができる。

『F—2、そのまま直進しています』

『洋上に誘導できないのか』

進行方向を変えさせようと試みているようだが、イ・ソンミョクのほうが一枚上手らしい。

『F―2、新島ライン突破！』

これは演習ではない。

「つまり」真樹は大きく息を吸った。

「つまりあなたは、こんな場合に最初の攻撃を防ぐにはBMDしかないことを身をもって証明してみせようとしているわけですか」

レーダーの上を、五つの光点がちらちらと瞬きながら東京に接近する。イ・ソンミョクが東京のどこに向けてミサイルを撃ち込むつもりだとしても、もはやミサイルの射程内に入っている。

「自衛隊を退職した和美くんに、イ・ソンミョクや守屋たちが接近し、働きかけた。彼らは自衛隊員もしくは元自衛隊員の協力者を探していた」

目の前で、今まさにミサイルが発射されようとしている。その高揚感からなのか、加賀山の口が滑らかになった。

「イ・ソンミョクは司郎の死の真相を知っていた。――和美くんを取り込んだ彼らは、私にも声をかけてきた。私は司郎が無念にもやり残した仕事を完成させようと考えた」

「待ってください。菊谷和美さんが、息子さんと婚約されていたことは知ってますけど、いくら好きだったからって、死んでしまった人のためにそこまでするなんて――」

とても信じられない。ひょっとするとそれは、自分の未熟のせいかもしれないが、全身全霊を懸けて、そこまで好きになる相手なんて、本当に存在するのだろうか。

加賀山がうっすらとほほ笑んだ。

「普通の女性ならそうだろうね。和美くんは、男よりも男らしい」

真樹は、急に寒気がするような違和感を覚えて加賀山を見つめた。

――この人は。

今のようなことを菊谷和美にも告げたのだろうか。

――いや、きっと和美にも言ったのに違いない。最高の誉め言葉のつもりで。

菊谷和美は退職したが、元パイロットだったと聞いている。ひどく責任感の強い、しっかりした女性なのだろう。彼女は加賀山の言葉に縛られたのかもしれない。命を懸けても加賀山の信頼にこたえようと、心に誓ってしまったのかもしれない。

おそらくは無意識に発せられたのであろう、一言のために。

レーダー画面を見ていた刑事たちが、あっと小さく叫んだ。思わず、真樹もレーダーに視線を移す。

五つの光点。位置関係が変化している。イ・ソンミョクのF―2が、高度を急に下げて包囲網を逃れ、そのまま前に出た。四機のF―15が後を追う。F―2がF―15を先導するようなフォーメーション。

ミサイル発射を遮ろうとしたのか、一機のF―15が前に出ようとする。もつれるようにふたつの機体が前後し、イ・ソンミョクがするりとその混乱から抜け出す。

はっとした。

――来る！

真樹の直感は間違っていなかった。

『敵、ミサイル発射！』
1、2、3、と真樹は増えた光点を数えあげた。F—2は高速で上昇して離脱、針路を北西に変えて直進。——列島を縦断して日本海側に抜けるつもりだ。百里のF—15はすぐさま追撃する。
——今ならF—2を撃てる！

真樹は固唾《かたず》を呑《の》んで両手を握りしめた。

ミサイルが飛び続けているこのタイミングなら、自衛隊機はF—2を撃墜する法的根拠を持っている。

——撃つのか。

F—15が決意をあらわに、先行するF—2に挑戦しかかる様子が、レーダーの光点となって輝く。

『F—15、そのまま待て！』

誰かが叫んでいる。交錯する無線。

『敵機を撃ってはならない。そのまま追跡せよ』

撃たない？　混乱し、かき乱される思いでガラスに額をつけて指揮所を覗《のぞ》く。運用隊の中も混乱している。その中で、じっとレーダーを睨《にら》んで立ち尽くしている沢島隊長の背中が見える。

——なぜ！　どうして撃ってはいけないんですか！

心の中で叫んでいた。今しかない。このタイミングでしか、イ・ソンミョクを撃ち果たすことはできないのに。

「政治的な判断だろう」

加賀山が呟《つぶや》いた。自衛官の職にあった長い期間、さまざまな圧力に耐えてきた肩が、尖《とが》っている。

「こうなると思っていた」

彼の関心は、戦闘機にはない。

『ミサイル着弾予測地点は港区周辺』

『着弾予測時刻はおよそ二分後』

市ヶ谷だ。それなら市ヶ谷のPAC—3でカバーできる。

市ヶ谷の陸上自衛隊駐屯地に設置された高射隊のPAC—3に、JADGEシステムから迎撃の指令が飛ぶ。今頃、PAC—3の射撃管制装置ECSの中で、レーダーを睨んでいる高射隊の隊員たちが目に浮かぶ。

演習どおりに迎撃の手順を踏めば、必ずミサイルは落とせる。そう信じて、ECSのレーダー卓に向かっているはずだ。

加賀山は真樹のことなどもう眼中にないようだった。食い入るように光点を見つめている。できることなら、彼自身が現場で指揮をとりたいとすら考えていたかもしれない。

なんという矛盾!

しかし、この場でもっとも迎撃成功を祈っているのは、加賀山本人に違いない。

PAC—3は半径数十キロメートルの範囲を防護する。射程内にミサイルが飛び込んで来るのを待っているのだ。

『迎撃ミサイル発射！』

指揮所で交わされる通信が飛び込み、彼らは固唾を呑んでレーダー画面を見守った。

新たな三つの光点が、XASM―3ミサイルを表す光点と交錯する。熱源トレーサーがその瞬間を捉《とら》えている。ミサイルの横腹に風穴をあけるように、ぶつかっていく迎撃ミサイル。PAC―3はミサイルに体当たりをして破壊する。

光点が光点にぶつかり、ともに溶けるように消えていくのを、真樹は子どものように見つめた。今この瞬間に立ち会えたことが、まるで奇跡のようだ。この丸一日間の苦労、恐怖、辛《つら》さ。何もかも、この一瞬に溶けていく。

安濃に見せてやりたかった。自分よりもずっと長く、ずっと深く、このシステムに関わってきた安濃に。

『ミサイル1、2、3、ともに迎撃成功！』

ほんの一瞬。

ほんの一瞬だけ、指揮所の内部が静かに沸いた。抑えに抑えていた感情が、ほとばしるように溢《あふ》れていた。

笑みが交わされ、誰かがぐっと握りこぶしを突き上げた。表情が輝いた。

F―2を待ちうけていた先ほどまでより、彼らの顔に自信が溢れている。指揮所の中は、静粛ながら力強い満足感に満ちている。演習ではない。初のミサイルテロ防衛に成功したのだ。歴史的なひとコマだった。

——ひょっとして——加賀山さんは、これが見たかったんですか。彼らの、この自信に満ちた姿を

言葉に出さず、真樹は加賀山を振り向いた。

彼は、じっとレーダーを見つめていた。

淡い色の瞳《ひとみ》に、緑色の光点が映り、ちらついている。

彼の隣に並び、ともにレーダー画面に視線を当てている青年の姿を見たような気がした。よく似た横顔。誇らしげな表情。

言葉に出さず、加賀山は彼と会話している。

——どうだ、見ただろう。

——僕はもちろん、できると思ったよ。

『遠野二尉！』

安濃の声が響いた。

『頼む、加賀山さんを止めてくれ！』

はっとした。彼の不安が、すぐ理解できた。——加賀山は死ぬ。最後の目的を達した彼に、生きている理由はない。

「心配するな、安濃」

加賀山がほほ笑んだ。

「私は生きるよ。これから裁判が待っている。日本中が、私と司郎の言葉に耳を傾ける。——まだ死ねるものか」

ふと胸をつかれ、真樹は加賀山を見つめた。

『F—2、引き続き追尾中！』

また、レーダーに注意を引き戻された。光点は、日本列島をまっすぐ北に縦断しようとしている。

——イ・ソンミョクはどこに行くつもりなんだろう。

先ほど見た、メガフロートの情景が目に浮かぶ。彼は、まだ自分の仲間たちが襲撃を受けたことを知らない。

彼に、帰る場所はない。

二四〇五　陸上自衛隊市ヶ谷駐屯地

レーダーがF—2をとらえた時、美作二尉は射撃管制装置の中にいた。

レーダー卓についている平井とともに、画面を見守る。ヘッドセットには、戦闘機同士の牽《けん》制《せい》や、それぞれの位置など時々刻々移り変わる戦況が飛び込んでくる。

——ついにこの日が来てしまった。

美作は画面上に白く輝く光点を見つめた。

できるなら、今後もずっと来なければいい。そう、願わないではいられなかったのだが。

しかし、これはもはや演習ではない。

「敵機、ミサイル三基発射しました！」

レーダーの光点がいきなり増えた。若い平井の声が、意外に落ち着いている。訓練を繰り返し、馴染《なじ》んだ手順通りに動く自信ができている。

ＪＡＤＧＥシステムが着弾地点を港区内のある座標と予測した。迎撃に最適な兵器は、ここ――市ヶ谷駐屯地のＰＡＣ―３だ。府中の防空指揮所との間で、確認の短いやりとりをかわす。

「確実圏内に入ります！」

三基のミサイルが、確実に迎撃できる圏内に入ったことを確認し、美作はレーダーの光点を睨みながらタイミングを計る。

「発射準備」カウントダウンの開始だ。

「5、4、3、2、1、発射！」

平井の操作とともに、射撃管制装置の中までとどろく、ドーンという轟音《ごうおん》が三度響きわたり、地面を伝わる強い揺れを感じた。唸《うな》りをあげて、三基のミサイルが放物線を描き上昇していく。

――外に出て、撃ち上げたミサイルをこの目で見に行きたい。

そんな衝動に一瞬かられる。しかし、持ち場を離れるわけにもいかない。どのみち、ここから港区上空でぶつかるミサイルなど、視認できるわけもない。

近づく六つの光点を、息を呑んで見守った。平井の肩も、力が入るのか硬く尖っている。

――来る。

それぞれの光点がぶつかりあった瞬間、レーダーから六つの光点が幻のように消失した。

「――迎撃」平井がなぜか、声を詰まらせた。

「敵ミサイル三基、迎撃しました！」

ほんの一瞬、美作をとらえたのは、まるで頭の中が乳白色の靄《もや》に包まれたかのような、放心だった。

――自分たちが迎撃した。

その言葉を、心の中で反芻《はんすう》した。今夜は多くの人々が、その言葉を何度も噛《か》みしめるのに違いない。

「迎撃、成功しました」

マイクに報告を入れる。

やっと、静かな達成感が胸の奥からせり上がってきた。

二四一〇　総理大臣官邸

「ミサイル三基、無事迎撃しました！」

その一報が入った瞬間、対策室の中は一瞬、真空になったかのようにしんと静まりかえった。

誰ともなく、手を叩《たた》き始める。やがてはそれが、熱のこもった盛大な拍手になった。

「皆さん、お疲れさまでした」

苦悩にこわばった笑みをほぐし、倉田総理がねぎらいの言葉をかける。

浅間はベルベットの背もたれに深く身体を預けたまま、拍手の輪には入らず、醒《さ》めた視線を彼らに注いでいた。

F―2の撃墜を止めさせたのは、倉田の判断だ。パイロットの命を奪う。その決断をくだすことができず、ミサイルさえ撃ち落とせばそれでよしとしたのだ。

しかし――

——彼らは、今日この国に何が起きたのか、その本当の意味に気付いているのだろうか。

ふと頰のあたりに視線を感じ、眉《まゆ》を上げるとやはり内閣官房長官の石泉が、にこりともせずにこちらを見つめていた。浅間と視線が合うと、他の誰にもわからない程度に、かすかに頷《うなず》いた。

「——皆さん。F―2はまだ逃走中です。現在、航空自衛隊のF―15が追尾しています」

祝賀ムードに包まれかけていた対策室のメンバーが、戸惑うように石泉を見た。

「もう、あのF―2に戻る場所はない」

浅間は重い口調で石泉の発言に続けた。

「メガフロートは中国人民解放軍が制圧してしまった。このまま放っておいても、あのF―2に戻る場所はない。燃料が切れて海中に落ちるか、中国軍に撃墜されるか——先ほどの『北』のニュースを見る限り、『北』に帰れば銃殺刑が待っているようだし、彼に選択の余地はない」

イ・ソンミョクというパイロットが、F―2を「北」に持ち帰り、日本の戦闘機を手土産に命乞《いのちご》いをする可能性もゼロとは言えない。ただ、その場合は中国を通じて国際社会から圧力をかけ、取り戻すことは可能だろう。何しろ、衆人環視のもとで行われた派手な犯罪だ。

「米軍と協力して、この後も引き続きF―2の追跡を行います。万が一、『北』や近隣諸国に逃げ込むようなら、F―2と犯人の引き渡しを要求しましょう」

浅間の言葉を補強するかのように、石泉も頷いた。

「結果については、また報告してもらいたい。——ひとまずこれで、さしあたっての脅威は去ったと考えていいのかな」

倉田の言葉を受け、対策室の中に、ようやくほっとした空気が流れる。

「今後の状況については、引き続き連絡を行いますが、これにていったん解散とします」

石泉の言葉に、気の早い官僚たちはもうさっさと立ち上がり、撤収の準備を始めている。

浅間はしばし目を閉じた。まぶたの裏に映るのは、日本海の波の上を、東シナ海めざして飛び続ける一機のF―2だった。

テロリストとは言え、自衛隊が初めて武器を取り戦った。その記念すべき相手だ。

これ以上自衛隊が目立つ行動を起こせば、必ず反動がある。そう考えると、F―2を逃がしたのは正しい判断だったかもしれない。

――大切なことは、時間をかけてゆっくりと進めなければな。

完成形を、浅間が生きているうちに目にすることはないかもしれない。それでもいいのだ。

ようやく立ちあがった時には、対策室のメンバーは八割以上が退室していた。官邸スタッフに片付けの指示をしていた石泉が、浅間にそれとわからぬくらいのかすかな会釈をした。静かに目礼を返し、対策室を後にした。あとは、石泉のような若い連中が引き継いでくれればいいことだ。――何十年もかかるかもしれないが。

日付が変わってしまったが、これでようやく自宅に戻り、ゆっくりと手足を伸ばして風呂《ふろ》につかることができそうだった。

エピローグ

スリッパを履いてベランダに下りると、なまぬるい風が頬に触れた。

白茶けたマンション群の向こうに広がる空は、だいだい色に染まっている。

安濃は、こわばった肩と首をぐるりと回して筋肉をほぐし、深呼吸をした。室内にこもる熱気に中《あ》てられて、外気を吸いたくなったのだ。

——外のほうが蒸し暑いかもしれないな。

六月の終わり。今年の梅雨は雨量が少なく、夏の渇水が今から危惧《きぐ》されている。とはいえ、やはりこの季節、湿気が多くすごしにくいことには変わりない。

「おい、安濃はどこに行った」

室内で、泊里のはた迷惑な大声が聞こえる。

「ここだよ」

窓から顔を覗《のぞ》かせると、居間のソファからのっそりと立ち上がってきた泊里が、ベランダに顔を突き出して、大げさに顔をしかめた。

「なんだ。こっちのほうが涼しいのかと思えば、暑いじゃないか」

「エアコンをつけたらいいのに」

安濃が言うと、唇を曲げて首を横に振った。

「俺はエアコンが大嫌いなんだ。基地の中じゃ我がままを言うわけにもいかないからしょうがないが、こんなところに来てまでエアコンとはつきあいたくないね」

「こんなところで悪かったな」

冗談を言い合いながら居間に戻ると、美冬の頬についたクリームを、ナプキンの端で拭《ぬぐ》ってやっていた真樹が、こちらを見てにやりと笑った。

「私たちにいじめられるから、ベランダに逃げ込んだのかと思いましたよ、安濃一尉」

「そうだよ。いじめられるのにも、心の準備が必要だ」

「ひどいなあ、本気でいじめるとか返しますか。ねえ、泊里一尉」

真樹が口をとがらせる。

安濃が、ようやく警務隊や公安部の取り調べから解放された。その祝いに、泊里と真樹が自宅に押しかけ、ささやかな祝宴を開くことになったのだ。

「本当に、一時はいよいよ安濃一尉ともお別れじゃないかと本気で考えたんですから」

「そうだ。戒告処分くらいですむとは、運が良すぎる。今回の事件でBMDの価値がますます見直されたとは言え、上層部も甘すぎるな」

泊里の言葉に苦笑した。

「どっちの味方なんだよ、お前は」

命令に反して北軽井沢まで単身乗りこんだのは、加賀山のミサイルテロへの関与を疑ったが確信が持てなかったため、という安濃の陳述が、最終的に認められた。安濃自身のミサイルテロへの関与はなかったと警務隊も認めたのだ。問題とされたのは、自衛隊法第五十七条の、「上官の命令に服従する義務」に違反したことだった。基地内待機を命じられていた安濃が、上官に何も告げず基地を飛び出したことについては、抗弁のしようがない。

ただ、結果的に安濃の行動が、警察の目を加賀山に引きつけることになったということで、処分が軽くなったのだった。

基地内で拘束を受けながら、加賀山と話すために公安の刑事を殴ったことについては、事情を汲《く》んで公安側が不問に付すと言ってくれた。ただし——殴った数だけ、思い切り殴り返されたが。

複雑な気分だ。

事件が起きるまで、彼は自衛隊を辞めようと考えていたのだ。

「はい、お待たせ。デザートですよ」

キッチンから、アイスクリームを載せたトレイを抱えて紗代が現れた。水色の涼しげなシャツにジーンズ。安濃の気持ちが混乱し、別居していたころとは打って変わって、表情が明るい。事件が終息してすぐ、彼女は美冬を連れて府中に戻っていた。

「奥さん、すっかりごちそうになっちゃって、すみません」

「ほんとです。私もお手伝いしますから、何でも言ってくださいね」

泊里と真樹がこもごも言うのに、紗代は朗らかな笑みで答えた。

「とんでもない。主人が無事に戻ってきて、職場に復帰できるようになったのも、おふたりのおかげなんですから」

紗代は、安濃が拘束されている間に真樹とすっかり親交を深めたようだ。真樹は美冬とも仲良くなったらしく、今日も美冬はまるで姉か何かのようになついている。

——あの日。

イ・ソンミョクが乗ったF—2は、台湾沖で消息を絶った。衛星と偵察機を駆使して行方を追い続けた米軍と、自衛隊の結論は、メガフロートまで戻ってみたものの、中国の軍隊により占拠されてしまっていることに気づき、そのまま当てもなく逃げる途中で燃料が切れたと見るのが自然だろう、ということだ。F—2は海中に沈んだのに違いない。

ただ、何となく安濃は、イ・ソンミョクが生きているような気がする。祖国が彼らを切り捨てて、中国に泣きつくところまで予想していたかどうかはわからないが、ソンの化け物ぶりを知っている安濃には、その上官であるイ・ソンミョクが、さらに化け物ぶりを発揮して命を永らえていたとしても、不思議ではないと思うのだ。

「奥さん、本当に料理うまかったですよ。腹いっぱいになりました。ごちそうさまでした」

泊里がソファに腰を沈めた。

「俺な、安濃」

「うん？」

珍しく、言いだしかねているような泊里のそぶりに、気を惹《ひ》かれる。

「そのうち、加賀山さんに差し入れでも持っていこうかと思ってるんだ。何か、加賀山さんの好物でもさ」

紗代がはっとしたように口を開くのと対照的に、真樹は嬉《うれ》しそうにほほ笑んだ。

「あ、それ賛成です。良ければ私も差し入れしたいです」

加賀山はまだ警察の取り調べを受けている。次々に明るみに出る事実関係があり、公判までにはまだ時間がかかりそうだ。

加賀山司郎が書き残したという問題の遺書については、父親に送られたメールが押収された。加賀山の証言に基づいて、その存在が明らかになり、マスコミにも公表された。若き自衛官が、切々と愛国の情を謳《うた》い上げた遺書に、マスコミの論調はいま真っ二つに割れている。

加賀山司郎の遺書は、自暴自棄になり判断能力の狂った人間が書いた荒唐無稽《こうとうむけい》な文書なのか。それとも、「国家」という、現代の日本人がほとんど意識することもないもののために、命を懸けた清冽《せいれつ》な若者の憂国の書なのか。

司郎の死を、意味のあるものにしたい。

結局、加賀山が考えていたのはそのことだったのかもしれない。

――加賀山さんにとっては、それが自分の命よりも大切なことだったのだろうか。

不思議だった。メガフロートで命を落とした菊谷和美にしても、加賀山にしても。価値観というものが、人それぞれあまりに違うことが、不思議なのだ。

結局、あのミサイルテロによって、世の中は何か変わったのか。変わらなかったのか。

「何、考えてる？」

泊里がにやりと笑いながら尋ねた。

「うーん。何も」

嘘つけ、と肘《ひじ》でこちらの脇腹をつつく。

「俺たちは、ミサイルをみごとに迎撃した。今回の事件で、一番大事なのはそのことだ」

いつになく真面目な表情になり、泊里が口調をあらためて言った。なるほど、と安濃は応じた。その現場を、この目で見ることができなかったのがひどく残念だった。加賀山を始め、BMDに全力を注ぎこんだ人間たちにとって、それは幻の現場だったはずだ。

現代の兵器は、おおむね抑止力を行使するために準備される。保有していることが力になる。ほとんどは、使われることなく使用期限を迎えて廃棄される。

——それでいいのだ。

綱渡りかもしれないが、自衛隊はこれまでそうやって、うまくバランスを取りながら、この危うい平和を守ってきたのだ。

泊里と紗代がカモのローストについて話し合っている間に、真樹がなぜか含み笑いをして、そっと安濃に囁《ささや》いた。

「まだ、いろいろ怖いですか」

自分がとらわれていた強迫観念について、彼女が気づいていたことにも驚かされたが、本当にびっくりしたのは、その感覚をここしばらく自分が忘れていたことだった。あまりに色々なことがありすぎて、それどころではなかった、とも言えるかもしれない。

「——いや。何て言うか、そんなことすら忘れていたみたいだ」

言いながら、自分でも何か馬鹿みたいなことを言っているようで気が引けた。

「それは良かったです」

目を瞠《みは》り、真樹が弾《はじ》けるように笑う。

何か言い返そうとして、言葉が思いつかず、安濃は苦笑した。
まだ、自分には何かやるべきことが残されているのかもしれない。今の職場で。
なぜとはなく、手のひらの隅々まで、忘れていた力がいきわたるような気がした。

本作品の執筆にあたり、航空自衛隊　航空幕僚監部、第一高射群　第四高射隊、中部航空警戒管制団　飯岡整備班の皆さまに、多大な取材ご協力を頂きました。謹んで御礼申し上げます。

【参考文献一覧】

『弾道ミサイル防衛入門』　金田秀昭　かや書房　二〇〇三年二月
『防衛ハンドブック　平成二十一年版』　朝雲新聞社
『自衛隊装備年鑑　二〇〇八―二〇〇九』　朝雲新聞社
『在日米軍司令部』　春原剛　新潮社　二〇〇八年五月
『在日米軍最前線　軍事列島日本』　斉藤光政　新人物往来社
二〇〇八年九月
『米軍が見た自衛隊の実力』　北村淳　宝島社　二〇〇九年五月
『軍事研究』各号　ジャパン・ミリタリー・レビュー
特に　二〇〇九年六月号、二〇一〇年十二月号

あとがき

皆さまこんにちは。このたび、初のミリタリーサスペンス『迎撃せよ』が文庫化されることになりました。これが出る頃には続編の単行本『潜航せよ』も店頭に並んでいるはずなので、あわせてお楽しみくだされば望外の幸せです。

――ミサイルを積んだ航空自衛隊の国産戦闘機F―2がテロリストに奪われ、犯人は夜二十四時に都市に向けて発射すると宣言した。退職届をポケットに忍ばせ、今まさに上官に退職を願い出ようとしていた、はみ出し者の自衛官・安濃一等空尉は、テロリスト一味に、自分にミサイル防衛のイロハを伝授してくれた、元上官で恩師と呼ぶべき加賀山元一等空佐が加わっているのではないかと疑う。基地内待機命令を無視して加賀山の救出に向かう安濃と、彼を捜す仲間の自衛官たち。盗まれた戦闘機はどこに？　安濃たちはテロリストのミサイル発射を防ぐことができるのか――。

タイトルが『迎撃せよ』、表紙が戦闘機F―2の写真ときて内容をご覧になると、「作者はミリタリーおたくかしら？」と思われるかもしれませんが、実は意外とそうでもありません。子どもの頃に、新谷《しんたに》かおる氏の『エリア88』『ファントム無頼』を読んで戦闘機乗りに憧《あこが》れた程度でしょうか。航空祭に行ってブルーインパルスを見上げてニコニコする程度には、今でもミリタリーが好きですが。

この話を書こうと考えたきっかけは、二〇〇九年の某国「飛翔体《ひしょう》」発射実験に遡《さかのぼ》ります。万が一の事態に備えて市ヶ谷の駐屯地に配置されたパトリオットミサイル（PAC―3）の写真が、全国紙のトップを飾りました。駐屯地の敷地内にはミサイルと真剣な表情をした自衛官、敷地外には携帯電話を頭上に差し上げて、熱心に写真を撮る民間人――。

その構図に、ふと興味が湧いたのです。ミサイルと携帯のカメラ。命のやりとりと遊び心。駐屯地の柵《さく》のこちら側と向こう側とで、ずいぶんギャップがあるのでは？　海外からミサイルが飛んで来たとき、本当にパトリオットで撃ち落とせるの？　そもそも、ミサイル防衛ってどんな仕組みなの――？　そんな出発点からミサイル防衛について書かれた本を読みはじめ、ミリイル防衛の「ミ」の字も理解していないうちから、小説を書こう、と奮い立ってしまうのがエンタメ作家の宿痾《しゅくあ》とでも申しましょうか。

――また、とんでもないネタに手を出しちゃったよ！

最初のうちは、どこから取材の手をつければいいのかもわからず、いきなり青森県の航空自衛隊三沢基地にお電話しました。ええ、自慢じゃありませんが、知識がなくても行動力だけはある人ですから。どうして三沢基地に電話をかけたかというと、ある軍事雑誌で「三沢の車力分屯基地に、在日米軍のXバンドレーダーが設置された」と読んだからなんですね。今にして思えば突拍子もない見当違いですよね。また妙なのが電話してきたなあと思われたことでしょうが、そういう取材は市ヶ谷の航空幕僚監部広報室にかけてくださいと優しく教えていただきました。ひええ市ヶ谷、ひええ航空幕僚監部。名前を聞いただけでハードル高そう。もう、断られるのを覚悟のうえで、目をつむってしゃにむに突撃するしかありません。

「あのう、ミステリなど書いている福田和代と申しますが、ミサイル防衛について取材を申し込みたいのですが」

一瞬の絶句の後、広報室のご担当の方はさわやかな口調で言われました。

「ミサイル防衛ですか。それはまた、すごいところに目をつけましたね」

わーん、断られるんだーと思いましたが、話はとんとん拍子に進み、取材申請書を提出して防衛省にお邪魔し、お話を伺うことになったのでした。その節は本当にお世話になりました。私の立場はまさしく、〈何も知らない民間人代表〉。「ミサイル防衛って、何ですか？」と基礎から教えていただきました。その成果が、小説の中にしっかり込められているはずであります。

ミリタリーに限らず、私は冒険小説が大好きなのです。ＳＦが好きなのも、広大な宇宙を舞台にした冒険にロマンを感じるという面が大きいようです。いま、文筆業の末席を汚している私が目標のひとつに掲げているのは、「現代日本を舞台に、痛快な冒険小説を書くこと」。『迎撃せよ』『潜航せよ』は、その路線をひた走るシリーズです。

さて、安濃とその仲間たちのシリーズ、既に続編を書くことも決まっております。ちょっぴり気になっているのは、シリーズの呼び名です。タイトルが『○○せよ』と続いていますので、某所で「せよシリーズ」と呼ばれて一瞬理解が追いつきませんでした（笑）。「せよシリーズ」も悪くはないのですが、できればもうちょっと——何とかならないものでしょうか。求む、かっこいいシリーズ名。

福田和代

著作一覧（単著のみ）

『ヴィズ・ゼロ』　青心社　二〇〇七
『TOKYO BLACKOUT』東京創元社　二〇〇八（文庫あり）
『黒と赤の潮流』　早川書房　二〇〇九
『プロメテウス・トラップ』早川書房　二〇一〇
『オーディンの鴉』　朝日新聞出版　二〇一〇（文庫あり）
『ハイ・アラート』　徳間書店　二〇一〇（文庫あり）
『迎撃せよ』　角川書店　二〇一一（文庫あり＝本書）
『タワーリング』　新潮社　二〇一一
『怪物』　集英社　二〇一一（文庫あり）
『リブート！』　双葉社　二〇一一
『ヒポクラテスのため息』　実業之日本社　二〇一一
『スクウェアⅠ、Ⅱ』　東京創元社　二〇一二
『特殊警備隊ブラックホーク』　幻冬舎　二〇一二
『ZONE』　角川春樹事務所　二〇一二
『宇宙《そら》へ』　講談社　二〇一二
『碧空《あおぞら》のカノン』　光文社　二〇一三

『東京ダンジョン』　ＰＨＰ研究所　二〇一三
『サイバー・コマンドー』　祥伝社　二〇一三
『潜航せよ』　角川書店　二〇一三

本書は、二〇一一年一月、小社より
単行本として刊行されました。

迎撃《げいげき》せよ

福田和代《ふくだかずよ》

平成25年 11月25日　初版発行

発行者●山下直久

発行所●株式会社KADOKAWA
〒102-8177　東京都千代田区富士見2-13-3
電話 03-3238-8521（営業）
http://www.kadokawa.co.jp/

編集●角川書店
〒102-8078　東京都千代田区富士見1-8-19
電話 03-3238-8555（編集部）

角川文庫 18252

印刷所●旭印刷株式会社　製本所●株式会社ビルディング・ブックセンター

表紙画●和田三造

ISBN978-4-04-101091-4　C0193

角川文庫発刊に際して

角　川　源　義

第二次世界大戦の敗北は、軍事力の敗北であった以上に、私たちの若い文化力の敗退であった。私たちの文化が戦争に対して如何に無力であり、単なるあだ花に過ぎなかったかを、私たちは身を以て体験し痛感した。西洋近代文化の摂取にとって、明治以後八十年の歳月は決して短かすぎたとは言えない。にもかかわらず、近代文化の伝統を確立し、自由な批判と柔軟な良識に富む文化層として自らを形成することに私たちは失敗して来た。そしてこれは、各層への文化の普及滲透を任務とする出版人の責任でもあった。

一九四五年以来、私たちは再び振出しに戻り、第一歩から踏み出すことを余儀なくされた。これは大きな不幸ではあるが、反面、これまでの混沌・未熟・歪曲の中にあった我が国の文化に秩序と確たる基礎を齎らすためには絶好の機会でもある。角川書店は、このような祖国の文化的危機にあたり、微力をも顧みず再建の礎石たるべき抱負と決意とをもって出発したが、ここに創立以来の念願を果すべく角川文庫を発刊する。これまで刊行されたあらゆる全集叢書文庫類の長所と短所とを検討し、古今東西の不朽の典籍を、良心的編集のもとに、廉価に、そして書架にふさわしい美本として、多くのひとびとに提供しようとする。しかし私たちは徒らに百科全書的な知識のジレッタントを作ることを目的とせず、あくまで祖国の文化に秩序と再建への道を示し、この文庫を角川書店の栄ある事業として、今後永久に継続発展せしめ、学芸と教養との殿堂として大成せんことを期したい。多くの読書子の愛情ある忠言と支持とによって、この希望と抱負とを完遂せしめられんことを願う。

一九四九年五月三日

角川文庫ベストセラー

空の中　有川　浩

200X年、謎の航空機事故が相次ぎ、メーカーの担当者と生き残ったパイロットは調査のため高空へ飛ぶ。そこで彼らが出逢ったのは……？　全ての本読みが心躍らせる超弩級エンタテインメント。

海の底　有川　浩

四月。桜祭りでわく米軍横須賀基地を赤い巨大な甲殻類が襲った！　次々と人が食われる中、潜水艦へ逃げ込んだ自衛官と少年少女の運命は!?　ジャンルの垣根を飛び越えたスーパーエンタテインメント！

クジラの彼　有川　浩

『浮上したら漁火がきれいだったので送ります』。それが2ヶ月ぶりのメールだった。彼女が出会った彼は潜水艦（クジラ）乗り。ふたりの恋の前には、いつも大きな海が横たわる――制服ラブコメ短編集。

図書館戦争
図書館戦争シリーズ①　有川　浩

2019年。公序良俗を乱し人権を侵害する表現を取り締まる『メディア良化法』の成立から30年。日本はメディア良化委員会と図書隊が抗争を繰り広げていた。笠原郁は、図書特殊部隊に配属されるが……。

不思議の扉
時をかける恋　編／大森　望

不思議な味わいの作品を集めたアンソロジー。ひとたび眠るといつ目覚めるかわからない彼女との一瞬の再会を待つ恋……梶尾真治、恩田陸、乙一、貴子潤一郎、太宰治、ジャック・フィニィの傑作短編を収録。

角川文庫ベストセラー

不思議の扉 時間がいっぱい
編／大森 望

同じ時間が何度も繰り返すとしたら？ 時間を超えて追いかけてくる女がいたら？ 筒井康隆、大槻ケンヂ、牧野修、谷川流、星新一、大井三重子、フィッツジェラルド描く、時間にまつわる奇想天外な物語！

青に捧げる悪夢
岡本賢一・乙一・恩田 陸・小林泰三・近藤史恵・篠田真由美・瀬川ことび・新津きよみ・はやみねかおる・若竹七海

その物語は、せつなく、時におかしくて、またある時はおぞましい――。背筋がぞくりとするようなホラー・ミステリ作品の饗宴！ 人気作家10名による恐くて不思議な物語が一堂に会した贅沢なアンソロジー。

赤に捧げる殺意
赤川次郎・有栖川有栖・太田忠司・折原 一・霞 流一・鯨 統一郎・西澤保彦・麻耶雄嵩

火村&アリスコンビにメルカトル鮎、狩野俊介など国内の人気名探偵を始め、極上のミステリ作品が集結！ 現代気鋭の作家8名が魅せる超絶ミステリ・アンソロジー！

八月十五日の開戦
池上 司

終戦を無視して突如開始された砲撃。濃霧の中、北千島に殺到する上陸部隊。祖国は分断の危機に！ 太平洋戦争最後の闘いに身を挺した人々の、壮絶な運命を描く戦史小説。

教室に雨は降らない
伊岡 瞬

森島巧は小学校で臨時教師として働き始めた23歳だ。音大を卒業するも、流されるように教員の道に進んでしまう。腰掛け気分で働いていたが、学校で起こる様々な問題に巻き込まれ……傑作青春ミステリ。

角川文庫ベストセラー

角川文庫ベストセラー

昭和二十年夏、僕は兵士だった
梯　久美子

俳人・金子兜太、考古学者・大塚初重、俳優・三國連太郎、漫画家・水木しげる、建築家・池田武邦。戦場で青春を送り、あの戦争を生き抜いてきた5人の著名人の苦悩と慟哭の記憶。

ふたたびの、荒野
北方謙三

ケンタッキー・バーボンで喉を灼く。だが、心のひりつきまでは消しはしない。張り裂かれるような想いを胸に、川中良一の最後の闘いが始まる。〝ブラディ・ドール〟シリーズ、ついに完結！

約束の街① 遠く空は晴れても
北方謙三

酒瓶に懺悔する男の哀しみ。街の底に流れる女の優しさ。虚飾の光で彩られたリゾートタウン。果てなき利権抗争。渇いた絆。男は埃だらけの魂に全てを賭けた。孤峰のハードボイルド！

鷲と虎
佐々木　譲

一九三七年七月、北京郊外で発生した軍事衝突。日中両国は全面戦争に。帝国海軍航空隊の麻生は中国へ出兵、アメリカ人飛行士・デニスは中国義勇航空隊として出撃。戦闘機乗りの熱き戦いを描く航空冒険小説。

くろふね
佐々木　譲

黒船来る！　嘉永六年六月、奉行の代役として、ペリーと最初に交渉にあたった日本人・中島三郎助。西洋の新しい技術に触れ、新しい日本の未来を夢見たラスト・サムライの生涯を描いた維新歴史小説！